Damon Galgut

Der gute Doktor

DAMON GALGUT

Der gute Doktor

Roman

Aus dem Englischen
von Thomas Mohr

MANHATTAN

Die Originalausgabe erschien 2003 unter dem Titel
»The Good Doctor«
bei Atlantic Books, an imprint of Grove Atlantic Ltd.

Umwelthinweis:
Dieses Buch und der Schutzumschlag
wurden auf chlorfei gebleichtem Papier gedruckt.
Die Einschrumpffolie (zum Schutz vor Verschmutzung)
ist aus umweltfreundlicher und recyclingfähiger PE-Folie.

Manhattan Bücher erscheinen
im Wilhelm Goldmann Verlag, München,
einem Unternehmen
der Verlagsgruppe Random House GmbH

1. Auflage

Die Nutzung des Labels Manhattan
erfolgt mit freundlicher Genehmigung
des Hans-im-Glück-Verlags, München
Satz: deutsch-türkischer fotosatz, Berlin
Printed in Germany · GGP Media GmbH, Pößneck
ISBN 3-442-54567-6
www.manhattan-verlag.de

Hunderte von Werst
öder, eintöniger, verbrannter Steppe
können einen nicht so in Trübsinn stürzen
wie ein Mensch, der dasitzt, redet,
und niemand weiß, wann er geht.

Anton Tschechow

Anmerkung des Autors

Die Homelands Südafrikas waren verarmte
und unterentwickelte Landstriche, die das
Apartheidregime den verschiedenen schwarzen
»Nationen« zur »Selbstbestimmung« überließ.

1

Als ich ihn das erste Mal sah, dachte ich: *Der macht's nicht lange.*

Ich saß spätnachmittags im Ärztezimmer, da stand er plötzlich in der Tür. Er hatte eine Reisetasche in der Hand und trug leger Jeans und ein braunes Hemd unter seinem weißen Kittel. Er wirkte jung, verloren und leicht verwirrt, aber das war nicht der Grund, weshalb mir dieser Gedanke kam. Es lag an etwas anderem, und es stand ihm förmlich ins Gesicht geschrieben.

»Hallo ...?«, sagte er. »Ist das hier das Krankenhaus?«

Seine Stimme war erstaunlich tief für einen so großen, dünnen Mann.

»Kommen Sie rein«, sagte ich. »Stellen Sie Ihre Tasche ab.«

Er kam herein, doch statt die Tasche abzustellen, presste er sie an sich und betrachtete die rosa Wände, die leeren Stühle, den staubbedeckten Schreibtisch in der Ecke und die welken Topfpflanzen, die ihre Köpfe hängen ließen. Er glaubte wohl, es müsse sich um einen Irrtum handeln. Er tat mir Leid.

»Ich bin Frank Eloff«, sagte ich.

»Laurence Waters.«

»Ich weiß.«

»Ach ja ...?«

Es schien ihn zu erstaunen, dass er erwartet wurde, dabei schickte er schon seit Tagen Faxe, die seine Ankunft avisierten.

»Wir teilen uns ein Zimmer«, erklärte ich ihm. »Ich zeige es Ihnen.«

Das Zimmer lag in einem anderen Flügel. Wir mussten die Grünfläche gleich neben dem Parkplatz überqueren. Obwohl er denselben Weg gekommen sein musste, betrachtete er den Pfad durch das hohe Gras und die zerzausten Bäume, die schwer an ihren Blättern trugen, als sähe er sie zum ersten Mal.

Wir gingen den langen Flur entlang zum Zimmer. Bis heute hatte ich allein darin gewohnt. Zwei Betten, ein Schrank, ein kleiner Teppich, ein Druck als Wandschmuck, ein Spiegel, ein grünes Sofa, ein niedriger Couchtisch aus Furnierholz, eine Lampe. Die Standardeinrichtung. Die wenigen bewohnten Zimmer sahen alle gleich aus, wie in einem tristen, trostlosen Hotel. Allein im Arrangement der Möbelstücke zeigte sich eine Spur Individualität, obgleich ich mir bis vor zwei Tagen, als das andere Bett hinzugekommen war, nicht die Mühe gemacht hatte, etwas umzustellen. Ich hatte auch nichts hinzugefügt. Das schäbige, schmucklose Mobiliar war völlig unpersönlich. Vor diesem neutralen Hintergrund hätte selbst eine Tischdecke verräterisch gewirkt.

»Sie schlafen da drüben«, sagte ich. »Im Schrank ist noch Platz. Hier ist das Bad.«

»Hmm. Ja. Ist gut.« Doch seine Tasche stellte er immer noch nicht ab.

Ich hatte erst vor zwei Wochen erfahren, dass ich mein Zimmer mit ihm teilen musste. Dr. Ngema hatte mich zu sich zitiert. Ich war zwar nicht sonderlich erfreut, sagte aber auch nicht Nein. Und freundete mich, zu meinem größten

Erstaunen, im Lauf der Zeit mit dem Gedanken an. Es war vielleicht doch gar nicht so schlecht. Ein bisschen Gesellschaft konnte weiß Gott nicht schaden, und gesetzt den Fall, wir kamen miteinander aus, würde sich mein Leben dadurch eventuell auf angenehme Weise ändern. Und so sah ich seiner Ankunft mit Vorfreude und Neugierde entgegen. Um ihm das Gefühl zu geben, willkommen zu sein, schob ich das neue Bett unters Fenster und bezog es frisch. Ich räumte ein paar Schrankfächer leer. Ich fegte und putzte, was ich sonst nur selten tat.

Aber jetzt, wo er hier stand, erkannte ich an seinem Blick, dass meine Bemühungen fruchtlos geblieben waren. Das Zimmer war hässlich und kahl. Und Laurence Waters sah ganz anders aus als das Bild, das ich mir von ihm gemacht hatte. Ich weiß nicht, was ich mir vorgestellt hatte, aber gewiss nicht diesen unscheinbaren, beigehäutigen jungen Mann, fast noch ein Kind, der endlich seine Tasche abstellte.

Er nahm seine Brille ab und polierte sie mit seinem Ärmel. Dann setzte er sie wieder auf und sagte müde: »Ich verstehe das nicht.«

»Was?«

»Das alles hier.«

»Das Krankenhaus?«

»Nicht nur das Krankenhaus. Ich meine …« Er machte eine weit ausholende Bewegung. Er meinte die Stadt draußen vor den Mauern rings um das Krankenhaus.

»Sie wollten doch unbedingt hierher.«

»Aber da wusste ich noch nicht, wie es hier ist. Warum?«, fragte er mit jähem Nachdruck. »Ich verstehe das nicht.«

»Darüber reden wir später. Ich bin im Dienst, ich muss wieder an die Arbeit.«

»Und ich muss Dr. Ngema sprechen«, entgegnete er schroff. »Sie erwartet mich.«

»Machen Sie sich deswegen mal keine Sorgen. Das hat Zeit bis morgen früh. Nur keine Eile.«

»Und was soll ich jetzt tun?«

»Was Sie wollen. Auspacken, sich einrichten. Sie können natürlich auch mitkommen und mir Gesellschaft leisten. Ich habe in zwei Stunden Dienstschluss.«

Ich ließ ihn allein und ging zurück ins Ärztezimmer. Er war bestürzt und niedergeschlagen. Ich konnte das gut nachvollziehen. Mir war es ebenso ergangen, als ich hierher gekommen war. Man hatte bestimmte Erwartungen, und dann kam alles ganz anders.

Man erwartete ein modernes Krankenhaus – klein, aber fein, von reger Betriebsamkeit erfüllt – in einem belebten Ort in der Provinz. Dies war immerhin die Hauptstadt eines früheren Homelands, also erwartete man – ungeachtet der Moral der Politik, der sie ihren Aufstieg verdankte – Beamte, Händler, Menschen überall, ein einziges Kommen und Gehen. Wenn man von der Grenzstraße abbog und stattdessen eine der kleineren Zufahrtstraßen nahm, sah die Stadt, von weitem, eigentlich immer noch aus wie erwartet. Die Hauptstraße führte ins Zentrum, wo der Brunnen und die Statue standen, mit den Fensterfronten, Gehsteigen und Straßenlaternen und all den anderen Häusern und Gebäuden. Alles wirkte sauber, ordentlich und adrett. Hier ließ es sich aushalten.

Doch wenn man schließlich da war, sah man, wie es wirklich war, das erste Anzeichen nichts weiter als ein störendes Detail: ein Riss, der sich durch eine sonst makellose Mauer zog, oder die zerbrochenen Fensterscheiben eines Bürogebäudes. Oder der Umstand, dass der Brunnen trocken war und voller Sand. Und man hielt inne, schaute sich – erfüllt von einer dunklen Ahnung – um, und mit einem Mal stand einem alles klar vor Augen. Das Unkraut in den Fugen zwischen den Gehsteigplatten und Ziegelsteinen, das Gras, das hier und da die Fahrbahn überwucherte, die durchgebrannten Lampen und leer stehenden Ladenlokale hinter kahlen Schaufenstern, der Schimmel, die Feuchtigkeit, die blätternde Farbe, die Stockflecken überall, der schleichende Verfall von Bauten, hier im Kleinen, dort im Großen. Und plötzlich wusste man nicht mehr, wohin man geraten war.

Und nirgends gab es Menschen. Das fiel einem als Letztes auf, und plötzlich wurde einem klar, dass dies der eigentliche Grund war für das dumpfe, ungute Gefühl, das einen von Anfang an beschlichen hatte: Die Stadt war verlassen. Zwar rollte dann und wann ein Auto langsam eine Seitenstraße entlang, stand hier ein Uniformierter auf dem Gehsteig, krauchte da eine Gestalt über ein verwildertes Grundstück, aber im Großen und Ganzen war die Stadt verlassen. Unbewohnt. Keine Menschenmassen, kein Kommen und Gehen.

Eine Geisterstadt.

»Als ob hier etwas Schreckliches passiert wäre«, sagte Laurence. »So kommt es einem vor.«

»*Ja*, aber das stimmt nicht. Ganz im Gegenteil. Hier ist noch nie etwas passiert. Und hier wird auch nie etwas passieren. Genau da liegt das Problem.«

»Und warum …?«

»Warum was?«

»Nichts. Bloß warum.«

Er wollte sagen: *Warum gibt es sie dann überhaupt?* Und das war die eigentliche Frage. Diese Stadt war nicht auf natürlichem Wege und aus den üblichen Gründen entstanden, aus denen sich Menschen irgendwo ansiedeln, wie zum Beispiel ein Fluss in trockener Umgebung, eine Goldader oder ein historisches Ereignis. Diese Stadt war am Reißbrett entworfen worden, von bösen Bürokraten aus der Großstadt, die vermutlich niemals hier gewesen waren. Das ist unser Homeland, sagten sie, und zeichneten die Grenzen in eine Karte ein, und wo soll nun die Hauptstadt hin? Warum nicht gleich hier in die Mitte? Sie machten ein Kreuz mit rotem Filzstift, und alle waren hoch zufrieden, schickten nach den Staatsarchitekten und beauftragten sie mit den Plänen für die neue Stadt.

Laurence Waters' Verwirrung war also keineswegs ungewöhnlich. Ich kannte sie aus eigener Erfahrung. Und deshalb wusste ich auch, dass sie vorübergehen würde. In ein oder zwei Wochen würde sie anderen Gefühlen weichen: Verdrossenheit, zum Beispiel, oder Unmut, Zorn. Der sich früher oder später wiederum in Resignation verwandeln würde. Und nach zwei, drei Monaten würde Laurence, genau wie wir anderen, seine Strafe still erdulden und insgeheim Fluchtpläne schmieden.

»Aber wo sind sie alle?«, fragte er, eher an die Decke als an mich gerichtet.

»Wer?«

»Die Menschen.«

»Da draußen«, sagte ich. »Wo sie leben.«

Das war Stunden später, abends in meinem oder, besser, unserem Zimmer. Ich hatte eben das Licht ausgemacht und versuchte zu schlafen, als seine Stimme aus der Dunkelheit kam.

»Und warum leben sie da draußen? Warum sind sie nicht hier?«

»Was haben wir ihnen hier denn schon zu bieten?«

»Alles. Auf der Fahrt hierher habe ich das Land gesehen. Da draußen gibt es nichts. Keine Hotels, keine Geschäfte, keine Restaurants, keine Kinos … Nichts.«

»Das brauchen sie alles nicht.«

»Und das Krankenhaus? Brauchen sie das etwa auch nicht?«

Ich stützte mich auf einen Ellbogen. Er rauchte eine Zigarette, die Spitze glomm bei jedem Zug rot auf. Er lag auf dem Rücken und starrte an die Decke.

»Laurence«, sagte ich. »Ich will Ihnen etwas verraten. Das hier ist kein Krankenhaus. Sondern ein Witz. Erinnern Sie sich an die letzte Stadt, durch die Sie auf der Fahrt hierher gekommen sind, eine knappe Stunde entfernt? Da steht das richtige Krankenhaus. Da gehen die Leute hin, wenn sie krank sind. Und nicht hierher. Hier gibt es nichts. Hier sind Sie falsch.«

»Das glaube ich nicht.«

»Wenn ich es Ihnen sage.«

Die rote Glut hing einen Moment lang reglos in der Luft, glomm auf, erlosch, glomm auf, erlosch. »Aber die Menschen verletzen sich und werden krank. Brauchen sie denn keine Hilfe?«

»Was, glauben Sie, bedeutet ihnen diese Stadt? Hier hatte die Armee ihr Hauptquartier. Hier lebte ihr Marionettendiktator. Sie hassen diese Stadt.«

»Sie reden von Politik«, sagte er. »Aber das ist doch alles längst vorbei. Es spielt keine Rolle mehr.«

»Was vorbei ist, ist noch lange nicht vergessen.«

»Das ist mir egal. Ich bin Arzt.«

Ich lag da und beobachtete ihn eine Weile. Nach ein paar Minuten drückte er die Zigarette auf dem Fenstersims aus und warf die Kippe hinaus. Dann murmelte er ein oder zwei

Wörter, die ich nicht verstand, gestikulierte, seufzte und war im Nu eingeschlafen. Die Spannung wich aus seinem Körper, und sein Atem ging regelmäßig.

Aber ich konnte nicht schlafen. Es war Jahre her, dass ich zuletzt mit einem anderen Menschen im selben Zimmer übernachtet hatte. Und ich dachte – absurderweise, denn er bedeutete mir nichts – an eine längst vergangene Zeit, als mir die Vorstellung, dass jemand im Dunkeln dicht neben mir schlief, Beruhigung und Trost gewesen war. Ich hatte mir nichts Schöneres vorstellen können. Und jetzt machte mich dieser andere atmende Körper hellhörig, nervös und irgendwie auch wütend, so dass es Stunden dauerte, bis die Müdigkeit mich übermannte und ich endlich die Augen schließen konnte.

2

Wir waren lange nur zu siebt gewesen: Tehogo und das Küchenpersonal, Dr. Ngema, die Santanders und ich. Früher war das anders. Bei meiner Ankunft hatten noch eine indische Ärztin und ein Weißer aus Kapstadt hier gearbeitet. Die Frau ging kurz darauf fort, und der Mann heiratete und zog ins Ausland. Damals hatten wir auch vier oder fünf Pfleger und Schwestern, die inzwischen jedoch, mit Ausnahme Tehogos, allesamt versetzt oder entlassen worden waren. Für die wenigen Notfälle, die wir zu behandeln hatten, waren wir einfach zu viele. Wenn jemand uns verließ, wurde er nicht ersetzt; die dadurch entstandene Lücke wurde lediglich notdürftig geschlossen und gesichert, als Bastion gegen den endgültigen Zusammenbruch.

Insofern war es mir ein Rätsel, was Laurence bei uns wollte. Ich kam beim besten Willen nicht dahinter. Als Dr. Ngema mir erzählte, dass ein junger Arzt seinen Sozialdienst bei uns absolvieren werde, hielt ich das zunächst für einen Scherz. Ich hatte vom Sozialdienst – einem neuen staatlichen Programm zur personellen Aufstockung sämtlicher Krankenhäuser des Landes – gehört. Aber dafür waren wir eigentlich viel zu unbedeutend.

»Warum?«, fragte ich. »Wir brauchen niemanden.«

»Ich weiß«, sagte sie. »Ich habe auch niemanden angefordert. Er wollte zu uns.«

»Im Ernst? Aber warum?«

»Keine Ahnung.« Sie starrte ratlos auf ein Fax, das sie bekommen hatte. »Uns bleibt nichts anderes übrig, Frank. Wir müssen ihn irgendwo unterbringen.«

»Na und?«, entgegnete ich achselzuckend. »Das ist nicht mein Problem.«

Seufzend blickte Dr. Ngema auf. »Ich fürchte, doch«, sagte sie. »Ich muss ihn in Ihrem Zimmer einquartieren.«

»Was?«

So etwas hatte es noch nie gegeben. Sie bemerkte meine bestürzte Miene.

»Es ist doch nur vorübergehend, Frank. Wenn die Santanders fortgehen, kann er ihr Zimmer haben.«

»Aber … es steht doch ein ganzes Stockwerk leer. Warum kann er denn nicht da einziehen?«

»Weil die Zimmer nicht möbliert sind. Das Einzige, was ich zu bieten habe, ist ein Bett. Weder Tische noch Stühle … Und irgendwo muss er schließlich sitzen. Bitte, Frank. Es ist nicht schön, ich weiß. Aber einer muss in den sauren Apfel beißen.«

»Und warum ausgerechnet ich?«

»Wer denn sonst, Frank?«

Das war als rhetorische Frage gemeint. Aber es gab noch ein zweites Zimmer, am Ende des Flurs, über das sie hätte verfügen können.

»Tehogo«, sagte ich.

»Frank. Sie wissen doch, dass das nicht geht.«

»Warum nicht?«

Sie rutschte auf ihrem Stuhl verlegen hin und her und erhob kaum merklich die Stimme. »Frank. Frank. Was soll ich denn machen? Bitte. Ich lasse mir was einfallen, Ehrenwort. Aber ich kann ihn ja wohl schlecht auf die Straße setzen.«

»Das brauchen Sie ja auch nicht. Sie könnten sich das Zimmer doch teilen.«

»Aber … Tehogo ist kein Arzt, Sie schon. Und ich halte es für sinnvoller, wenn zwei Ärzte sich ein Zimmer teilen.«

Was sie eigentlich sagen wollte, blieb unausgesprochen. Es ging nämlich keineswegs darum, dass Laurence Waters und ich Ärzte waren. Es hatte vielmehr damit zu tun, dass wir beide weiß waren und deshalb zusammen in ein Zimmer gehörten.

Als der Wecker mich am nächsten Morgen aus dem Schlaf riss, saß Laurence bereits angezogen auf der Kante seines Bettes und rauchte eine Zigarette.

»Ich möchte Dr. Ngema sprechen«, sagte er ohne Umschweife.

»Die werden Sie schon noch früh genug kennen lernen. Keine Panik.«

»Ich gehe besser rüber in ihr Dienstzimmer. Sie brauchen mich nicht hinzubringen. Ich finde den Weg auch allein.«

»Es ist sechs Uhr morgens, sie ist noch nicht da. Nur die Ruhe, junger Mann, entspannen Sie sich. Warum gehen Sie nicht erst mal unter die Dusche?«

»Ich habe schon geduscht.«

Der Badezimmerfußboden stand unter Wasser, er hatte sein nasses Badetuch über die Tür gehängt. Im Waschbecken klebten Bartstoppeln und Rasierschaum. Meine Laune sank, als ich hinter ihm aufräumte, und erreichte ihren Tiefpunkt, als ich die Tür aufmachte und feststellen musste, dass das Zimmer völlig verraucht war. Er lief ziellos auf und ab und paffte dabei nachdenklich vor sich hin. Als ich hustete, drückte er die Zigarette wie am Abend zuvor auf dem Fenstersims aus und warf die Kippe hinaus.

»Würden Sie das bitte lassen? Das gibt ja überall Brandflecke.«

»Hier ist kein Aschenbecher. Ich habe überall nachgesehen.«

»Den müssen Sie sich schon selber besorgen. Ich rauche nicht.«

»Eine ekelhafte Angewohnheit, ich weiß, ich sollte dringend aufhören.« Er blickte fieberhaft um sich und sank dann aufs Bett. »Sind Sie so weit?«

»Ich bin noch nicht angezogen, Laurence. Warum hetzen Sie eigentlich so? Es gibt wahrhaftig keinen Grund zur Eile.«

»Ach nein?«

Ich zog mich langsam an und beobachtete ihn. Er sah nur alle paar Sekunden zu mir herüber und wandte dann sofort wieder den Blick, gefesselt von irgendeinem nebensächlichen Detail, zumeist draußen vor dem Fenster. Er wirkte aus unerfindlichen Gründen zerstreut und angespannt, ein Zustand, der mir mit der Zeit immer vertrauter wurde, den ich an jenem ersten Tag jedoch als seltsam und beunruhigend empfand.

Schließlich war ich fertig. »Na schön«, sagte ich. »Gehen wir. Aber, Laurence … Ihr weißer Kittel. So etwas tragen wir hier eigentlich nicht.«

Er zögerte einen Augenblick, zog ihn aber nicht aus. Ich schloss ab, und wir gingen den Fußweg unter dem schweren Blätterbaldachin entlang, während das Licht ringsum greller wurde. Ich spürte, wie sehr es ihn zum Haupthaus, zu Dienst und Dienstzimmer drängte, doch ich führte ihn über einen Nebenweg zum Frühstücksraum. Der Speisesaal befand sich, wie auch die Küche und die inzwischen nahezu verlassenen Unterkünfte des Koch- und Reinigungspersonals, im dritten Gebäude des Krankenhauses. Eine Hälfte des langen Saales diente als Aufenthaltsraum, in der anderen stand ein großer, rechteckiger Tisch mit einer schmuddeligen Decke darauf.

Ich machte Laurence mit Jorge und Claudia Santander bekannt; sie starrten ihn entgeistert an.

»Sie sind … neu?«, fragte Jorge.

»Ja, Sozialdienst. Ein Jahr.«

»Entschuldige«, sagte Claudia, »was für ein Dienst?«

»Das ist ein staatliches Programm«, erklärte ich. »Alle frisch gebackenen Ärzte müssen es absolvieren. Wenn sie ihre Ausbildung beendet haben.«

»Aha. Aha.« Trotzdem schauten sie ihn verblüfft an. Sie hatten viele gehen, aber noch nie jemanden kommen sehen.

Schweigen trat ein. Zwar hatte ich mich in Gegenwart der Santanders noch nie recht wohl gefühlt, doch Laurence, der während des gesamten Frühstücks zappelte und seinen Toast auf dem Teller hin und her schob, ohne ihn zu essen, machte alles noch viel schlimmer. Er versuchte halbherzig, ein Gespräch in Gang zu bringen, und dann sprach niemand mehr ein Wort. Nur noch das Klappern der Teller, das Klirren des Bestecks und das Gelächter aus der Küche waren zu hören, bis die Santanders schließlich aufstanden und gingen.

Er und ich blieben allein zurück und starrten zur anderen Hälfte des langen Saals, wo eine Tischtennisplatte, ein Schwarzweißfernseher und ein Regal mit alten Zeitschriften und Brettspielen standen.

Ich glaube, allmählich schwante ihm, wohin es ihn verschlagen hatte. Seine manische Ruhelosigkeit war mit einem Mal wie weggeblasen. Als er aufgegessen hatte, zündete er sich die nächste Zigarette an, doch statt daran zu ziehen, stierte er bloß in die Ferne, während der Rauch langsam zur Decke stieg.

Später gingen wir zusammen ins Haupthaus hinüber. Obwohl Claudia Santander Dienst hatte und eigentlich auch Tehogo hätte da sein müssen, war das Ärztezimmer leer. Wir tranken schweigend eine Tasse Kaffee und warteten auf Dr. Ngema. Ich hatte Jahre meines Lebens damit verbracht, hier zu sitzen und bittersaures Koffein zu schlürfen. Eine kaputte Uhr hing stumm an der Wand. Die Zeiger standen bis in alle Ewigkeit auf zehn vor drei. Die Dartscheibe an der Tür war das Einzige, was seit meiner Ankunft hinzugekommen war. Ich hatte sie eines Sonntags aus dem Aufenthaltsraum geholt, um mir ein paar öde Stunden zu vertreiben. Aber nachdem man mit dem Pfeil soundsooft auf die Scheibe geworfen hatte, verlor die Sache rasch ihren Reiz.

Dr. Ngema kam pünktlich um neun. Sie machte ihren täglichen Rundgang durch die Station. Das ließ sie sich nicht nehmen, selbst wenn wir – wie an den meisten Tagen – keinen einzigen Patienten hatten. Es gab immer etwas zu besprechen, und sei es noch so nebensächlich und belanglos, wie etwa Fragen zum Tagesablauf oder zum allgemeinen Procedere. Heute hatten wir zufällig gleich zwei Patienten.

In der Tür blieb sie stehen, und ihr Blick wanderte unwillkürlich zu Laurence' blendend weißem Kittel. Er war aufgestanden und streckte ihr lächelnd die Hand hin.

»Ich bin Laurence Waters.«

Sie schüttelte ihm verwirrt die Hand. »Ach ja«, sagte sie, »richtig. Wann sind Sie angekommen?«

»Gestern. Gestern Abend. Ich wollte mich Ihnen auch gleich vorstellen, aber Frank meinte …«

»Es war schon ziemlich spät«, fuhr ich dazwischen. »Deshalb habe ich ihm geraten, bis heute zu warten.«

»Ja«, sagte Dr. Ngema. »Ja.« Sie nickte energisch.

Schweigen. Laurence stand mit einem breiten, erwartungsfrohen Grinsen und glänzenden Augen da und brannte offenbar darauf, dass endlich etwas passierte. Alles andere – seine Ankunft, die Warterei, unsere Gespräche – war nur die Ouvertüre gewesen. Er hatte die Chefin kennen gelernt, und nun erwartete ihn ein sinnvolles Leben mit Rechten und Pflichten.

Doch Dr. Ngema sah sich stirnrunzelnd um. »Wo ist Tehogo?«, fragte sie.

»Keine Ahnung. Noch nicht da.«

»Aha. Na dann … Gehen wir?«

Ich ging neben, Laurence hinter ihr. Unsere Schritte hallten gewichtig durch die leeren Räume. Beide Patienten lagen im ersten Krankensaal, der als einziger noch in Betrieb war. Er lag zwei Türen weiter auf demselben Flur. Der erste Raum, an dem man auf dem Weg dorthin vorbeikam, war die Chirurgie, wo sämtliche Untersuchungen und Operationen durchgeführt wurden. Sie war verschlossen. Die nächste Tür rechts führte in den Krankensaal. Er sah aus wie ein ganz normales Zimmer in einem ganz normalen Krankenhaus. Je eine Reihe Betten links und rechts, Vorhänge, fahles Neonlicht.

Wir versammelten uns um das Bett des ersten Patienten, eines jungen Mannes Anfang zwanzig, der illegal zu Fuß ins Land gekommen war. Da wir uns in Grenznähe befanden, bekamen wir solche Fälle häufiger herein: Menschen, die ohne Geld oder Nahrung weite Strecken zurückgelegt hatten. Der Grenzübertritt war gefährlich. Dieser junge Mann hatte es zwar geschafft, dabei aber einen schlimmen Sonnenbrand davongetragen. Er war völlig dehydriert, und seine Füße waren blutig. Er wurde intravenös versorgt und schien sich gut zu erholen. Er sprach kein Wort und starrte uns aus großen, angsterfüllten Augen an.

»Sein Blutdruck liegt bei hundertdreißig zu achtzig. Wann hat Tehogo sein Krankenblatt ausgefüllt?«

»Keine Ahnung.«

»Er muss die Uhrzeit miteintragen. Und zwar leserlich. Würden Sie ihm das bitte sagen? Frank, er hat ein wenig erhöhte Temperatur. Aber er kann schon wieder Wasser lassen. Was schlagen Sie vor?«

»Versuchen wir es morgen früh mit fester Nahrung.«

»Sehr gut. Würden Sie das bitte auch an Tehogo weitergeben?«

»Wird gemacht.«

»Wann, glauben Sie, können wir ihn entlassen?«

»Er erholt sich gut«, sagte ich. »Übermorgen.«

Dr. Ngema nickte. Obwohl wir nicht befreundet waren – sie hatte keine Freunde –, fragte sie mich vor den anderen stets nach meiner Meinung. Wir hatten ein so genanntes »gutes Arbeitsverhältnis«.

Nun traten wir ans Bett des anderen Patienten, einer Frau, die vor einigen Tagen von ihrem Mann mit großen Schmerzen eingeliefert worden war. Es war der Blinddarm, er drohte durchzubrechen, und Dr. Ngema hatte sofort operiert. Appendizitis war ein Notfall ganz nach unserem Geschmack: leicht zu diagnostizieren und einfach zu behandeln, im Rahmen unserer Möglichkeiten.

Die meisten Eingriffe wurden von Dr. Ngema persönlich vorgenommen, obwohl ihre Hand bisweilen merklich zitterte und ihre Sehkraft sehr zu wünschen übrig ließ. Aus ganz eigennützigen Gründen war ich bestrebt, so viele OPs wie möglich durchzuführen, musste mich zumeist jedoch mit kleineren Eingriffen zufrieden geben. Das wurmte mich, aber da ich mir meinen Unmut unter keinen Umständen anmerken lassen durfte, schluckte ich meinen Ärger immer wieder hinunter.

Zum Beispiel heute Morgen. Ich sah sofort, dass mit dieser Patientin etwas nicht stimmte – sie war schwach, und eine rasche Untersuchung ergab einen geblähten Unterleib –, doch war dies weder die Zeit noch der Ort für übertriebene Offenheit. Dr. Ngema reagierte empfindlich auf Kritik, aber das war nicht das einzige Problem. Wenn etwas nicht in Ordnung war, mussten wir die Patientin in die große Klinik in der nächsten Stadt bringen, die materiell und personell zwar weitaus besser ausgestattet war als wir, aber auch eine gute Stunde entfernt lag. In Extremfällen, in denen wir wirklich nichts mehr machen konnten, waren wir verpflichtet, die Patienten weiterzugeben, was wir jedoch tunlichst zu vermeiden suchten, weil sich die ohnehin begrenzten Mittel, die wir vom Staat bekamen, nur schwer rechtfertigen ließen, wenn uns ein Fehler unterlief.

»Wir sollten sie noch ein paar Tage dabehalten«, sagte ich. »Zur Beobachtung.«

Dr. Ngema nickte schwerfällig. »Ist gut.«

»Er suppt«, sagte Laurence.

Wir sahen ihn an.

»Der Stumpf suppt«, sagte er. »Sehen Sie hier. Das Abdomen ist aufgebläht. Und reagiert auf Druck mit Schmerzen. Das geht nicht lange gut.«

Wir schwiegen, und der keuchende Atem der Frau im Bett erfüllte die Stille.

»Laurence«, rief ich ihn mit scharfer Stimme zur Ordnung, doch mehr als sein Name wollte mir nicht über die Lippen. Er hatte Recht, und das wussten wir, und dass er es ausgesprochen hatte, genügte, um uns zu beschämen.

»Ja«, sagte Dr. Ngema schließlich. »Ja. Das ist wohl nicht zu übersehen.«

»Was soll ich tun?«, fragte ich.

»Bringen Sie sie in die Stadt. Ich übernehme solange Ihren Bereitschaftsdienst. Es ist besser, wenn wir …, ja. Ja. So machen wir's.«

Sie sprach ruhig und beherrscht, aber die Stimmung war alles andere als heiter. Als sie auf dem Absatz kehrtmachte und in ihr Dienstzimmer zurückging, setzte ich mich nicht neben sie, wie sonst, sondern hinkte einen Schritt hinterher. Laurence nahm meinen gewohnten Platz ein.

»Dr. Ngema«, sagte er. »Kann ich Sie einen Moment sprechen? Ich möchte wissen, was von mir erwartet wird.«

»Wie meinen Sie das?«

»Was sind meine Aufgaben?«, fragte er voller Tatendrang. »Ich möchte mich gern so schnell wie möglich nützlich machen, wissen Sie.«

Sie gab ihm zunächst keine Antwort, aber an der Tür zu ihrem Dienstzimmer drehte sie sich zu ihm um. »Sie fahren mit Frank«, sagte sie. »Vielleicht lernen Sie etwas dabei.«

»Ist gut.«

»Ja«, sagte sie. »Frank ist ein sehr erfahrener Arzt. Und von Menschen mit Erfahrung … kann man sehr viel lernen.«

So scharfe Worte hatte ich von ihr noch nie gehört, doch er schien das gar nicht zu bemerken. Er folgte mir wie ein Hündchen ins Ärztezimmer, wo Tehogo an seinem Schreibtisch saß und mit finsterem Blick auf die Maserung der Platte starrte.

»Ich bringe die Blinddarmpatientin in die Klinik«, sagte ich. »Und Tehogo, du musst die Zeiten ins Krankenblatt eintragen. Der andere Patient, der junge Mann, bekommt ab morgen feste Nahrung.«

»Ist gut«, antwortete Tehogo, ohne aufzublicken. Es gelang ihm, das so zu sagen, als würde er mir gnädig seine Erlaubnis erteilen. Obwohl ihn normalerweise nichts aus der Fassung bringen, geschweige denn überraschen konnte, schien er im ersten Augenblick erschrocken, als mein neuer Mitbewohner mit ausgestreckter Hand auf ihn zustürzte.

»Hallo«, sagte er. »Freut mich. Ich heiße Laurence Waters.«

Ich beschäftigte mich mit Routinearbeiten, und es war bereits später Vormittag, als wir endlich aufbrachen. Das Krankenhaus verfügte über einen museumsreifen Rettungswagen, obwohl uns der Fahrer längst verlassen hatte. Wenn der Rettungswagen ausrückte, musste sich einer der Ärzte als Chauffeur verdingen. Wir schoben die Frau auf einer Trage hinten rein, und ich setzte mich ans Steuer. Ich hatte eigentlich erwartet, dass Laurence mir Gesellschaft leisten würde, aber nein, er zwängte sich neben die Patientin und starrte sie gebannt an, wie eine Eule ihre Beute.

»Lassen Sie ihr Raum zum Atmen«, sagte ich. »Die arme Frau kriegt ja Platzangst.«

»Entschuldigung. Entschuldigung.« Verlegen rückte er von ihr ab, und ich betrachtete sein breites Gesicht im Spiegel. Er schien ständig die Stirn zu runzeln, als würde ihn seit Ewigkeiten eine ungelöste Frage quälen.

Wortlos ließ ich den Motor warmlaufen und setzte den Wagen auf die Straße. Langsam zog die Stadt vorüber, in all ihrer imposanten Leere und Verlassenheit. Dann bogen wir auf eine kleine Landstraße, die durch den dichten Busch zur Hauptstraße führte. Die flirrende Hitze ließ die Blätter verschwimmen, so dass sie wie eine undurchdringliche Laubwand wirkten. Der Weg schlängelte sich zwischen Höhenrücken und flachen Hügeln hindurch. Es war eine Landschaft der Extreme, wo sich trockenes, braunes Gras und sattgrünes Buschwerk abwechselten.

Als ich hierher kam, liebte ich diese Landschaft, ihre Leben spendende Fruchtbarkeit. Hier gab es keine kahlen Stellen. Alles war mit Trieben, Dornen und Blättern bewachsen; überall verliefen winzige, von Tieren oder Insekten angelegte Pfade. Die Farben und Gerüche waren überwältigend. Ich verbrachte jede freie Minute mit Wanderungen durch den Busch. Ich wollte das grüne Herz der Dinge erkunden. Doch nach einer Weile offenbarte dieses zauberhafte Wunder der Natur eine andere, verborgene Seite. Die Hitze und die schiere Lebendigkeit des Waldes wurden unerträglich. Hier ließ sich nichts bewahren, blieb nichts, wie es war. Metall fing an zu rosten, Gewebe zerfiel, die leuchtendste Farbe verblasste. Hatte man eine kleine Lichtung angelegt, so war sie nach zwei Wochen verschwunden.

Als wir zur Hauptstraße kamen, veränderte sich die Landschaft: Der Busch lichtete sich, und links und rechts erschienen Dörfer – Ansammlungen von bunt bemalten Hütten mit kegelförmigen Strohdächern. Der Boden war festgestampft und flach. Spielende Kinder, schuftende Männer und dösende Greise sahen uns nach. Die Frauen auf den kargen Gemüsefeldern richteten sich mühsam auf, die Hacke in der Hand.

Nach einer halben Stunde gelangten wir zu einem Höhenzug, wo die Straße unvermittelt anstieg. Er markierte die natürliche Grenze des einstigen Homelands und den Beginn profitabler Industrie: Riesige Pinienplantagen warfen ihren Schatten über das Land. Von oben konnte man kurz auf die Ebene hinunterblicken, die wir hinter uns gelassen hatten, ein sanft wogendes Meer von stockfleckiger Bronze, bevor das weite Grasland anfing.

Die Stadt, in der die große Klinik stand, lag gleich hinter dem Höhenzug: eine Abzweigung, eine Nebenstraße, und schon waren wir da. Selbst in der Mittagshitze, wenn die umliegenden Straßen träge in der Sonne schmorten, herrschte rings um den Eingang reger Betrieb – Autos fuhren vor, Menschen kamen und gingen. Obwohl die Patientin streng genommen gar kein Notfall war, lieferte ich sie in der Notaufnahme ab. Dort arbeitete ein Arzt, den ich von vielen früheren Besuchen kannte, ein nassforscher junger Mann namens du Toit, der kaum älter war als Laurence. Er hatte heute Dienst; ich hatte uns telefonisch angekündigt, damit er die entsprechenden Formulare fertig machen konnte. Er empfing mich mit einem unverschämten Grinsen.

»Schon wieder einer, um den wir uns kümmern dürfen«, sagte er. »Was ist los? Habt ihr sie allein nicht totgekriegt?«

»Das wollten wir euch überlassen.«

»Wenn du einen richtigen Job suchst, weißt du ja, an wen du dich wenden musst. Wie lange willst du eigentlich noch in diesem öden Kaff rumhängen?«

»So lange wie nötig«, sagte ich, setzte zum x-ten Mal meinen Namen unter das ewig gleiche Formular und sah der Frau nach, die von einem Pfleger davongeschoben wurde. Immer wenn ich einen Patienten brachte, lieferten du Toit und ich uns eine Variation dieses scherzhaften Wortgeplänkels.

Er musterte Laurence interessiert. »Du bist neu«, sagte er. »Ich dachte, bei euch wird nur entlassen und nicht eingestellt.«

»Ich absolviere hier meinen Sozialdienst«, sagte Laurence. »Ein Jahr.«

Du Toit schnaubte. »Schöne Scheiße. Pech gehabt, was?«

»Nein, nein. Ich bin freiwillig hier.«

»Wer's glaubt, wird selig. Keine Sorge, ein Jahr geht schnell vorbei.« Er klopfte Laurence auf die Schulter und wandte sich an mich. »Mittagessen?«

»Nein, danke, wir müssen zurück. Ich habe Bereitschaft. Nächstes Mal.«

Als wir wieder draußen waren, sagte Laurence: »Er gefällt mir nicht.«

»Er ist in Ordnung.«

»Er ist ordinär. Völlig von sich eingenommen. Ein richtiger Arzt ist der jedenfalls nicht, das sieht man auf den ersten Blick.«

Kurz vor dem Gipfel des Höhenzugs hielt ich bei einem Rasthaus.

»Was jetzt?«, fragte Laurence.

»Ich wollte etwas zu Mittag essen. Haben Sie keinen Hunger?«

»Ich dachte, wir sind im Dienst. Sehen Sie?«, sagte er augenzwinkernd. »Mit dem Kerl wollten Sie nicht zu Mittag essen. Im Grunde können Sie ihn nämlich auch nicht leiden.«

Wir setzten uns an einen Tisch, aßen und verfolgten das Kommen und Gehen der Gäste. Die Straße diente vor allem dem grenzüberschreitenden Lastwagenverkehr, und die Fahrer machten hier oft Halt, um einen Happen zu essen. Die Männer waren mir sympathisch. Die quälende Selbstbespiegelung, der sich Ärzte häufig hingaben, war ihnen fremd. Ihr Leben war die Straße.

»Soso«, sagte Laurence plötzlich. »Das war also das andere Krankenhaus, wo alle hingehen.«

Ich nickte schwerfällig. »Genau.«

»Und dorthin fließen auch die ganzen Mittel, Material und Personal und so?«

»Genau.«

»Aber warum?«

»Warum? Eine Laune der Geschichte. Vor ein paar Jahren gab es eine Linie auf einer Karte, ziemlich genau da, wo wir jetzt sitzen. Auf der einen Seite lag das Homeland, auf der anderen ein billiger Abklatsch des weißen Traums, wo das ganze Geld …«

»Ja, ja, ich weiß«, fuhr er unwirsch dazwischen. »Aber die Linie auf der Karte ist verschwunden. Warum werden wir nicht alle gleich behandelt?«

Ich zuckte die Achseln. »Ich weiß nicht, Laurence. Es ist nicht genug Geld für alle da. Da muss man Prioritäten setzen.«

»Und weil die ganz oben auf der so genannten Prioritätenliste stehen, gehen wir leer aus.«

»So ähnlich. Sie möchten unseren Laden dichtmachen.«

»Aber. Aber.« Eine steile Kummerfalte erschien auf seiner Stirn. »Aber das ist doch schon wieder Politik.«

»Alles ist Politik, Laurence. In dem Moment, wo zwei Leute zusammen in einem Zimmer sitzen, kommt die Politik ins Spiel. So ist das nun mal.«

Dieser Gedanke brachte ihn zum Schweigen. Er sprach erst wieder, als wir gingen. Plötzlich wollte er fahren.

»Was?«

»Mir ist einfach danach. Kommen Sie, Frank, überlassen Sie mir das Steuer. Ich möchte mal sehen, wie das so ist.«

Ich warf ihm den Schlüssel zu. Noch bevor wir den Parkplatz verlassen hatten, spürte ich, dass er ein vorsichtiger Fahrer war; langsam und beherrscht, ganz im Gegensatz zu seiner Sprechweise und seinem Verhalten. Aber das war nur einer der vielen Widersprüche an Laurence, einer der vielen kleinen Mängel und Schönheitsfehler, die nicht so recht zusammenpassen wollten.

Inzwischen war es früher Nachmittag. Der Fuß des Höhenzuges lag bereits im Zwielicht; als wir wieder an die Sonne kamen, warf alles lange, schmale Schatten. Die Straße erstreckte sich pfeilgerade bis zum Horizont, zur Grenze. Nach zwanzig Minuten Fahrt sagte ich: »Halten Sie mal an.«

Der Impuls schien wie aus dem Nichts zu kommen, doch heute weiß ich, dass ich ihn schon am frühen Morgen in mir gespürt hatte. Wenn nicht früher.

»Hä?«

»Da vorn, bei den Bäumen.«

Am Straßenrand wuchs eine Hand voll Fieberbäume, in deren Schatten eine winzige Holzhütte stand. Dahinter waren, über eine kleine Anhöhe hinweg, die Dächer eines Dorfes zu sehen.

»Aber wozu?«

»Nur auf einen Sprung.«

Da entdeckte er das Schild und las laut: »›Souvenirs und Kunsthandwerk‹.«

»Mal sehen, was es gibt.«

Vor der Hütte stand ein zweiter Wagen. Ein amerikanisches Pärchen kam, laut und übertrieben freundlich, mit zwei holzgeschnitzten Giraffen aus dem improvisierten kleinen Laden. Die Verkäuferin stand lächelnd in der Tür. Als sie mich sah, verschwand das Lächeln, kehrte jedoch gleich darauf, etwas gezwungener jetzt, zurück.

»Schöne Ferien«, rief sie den Amerikanern nach.

Sie war Anfang dreißig. Schmal, aber kräftig, mit breitem, offenem Gesicht. Barfuß, in einem zerrissenen roten Kleid.

Wir gingen an ihr vorbei und betraten die dämmrige Hütte. Primitive Regale mit Kunsthandwerk säumten die Wände – holzgeschnitzte Tierfiguren, Perlenstickereien, Flechtmatten und -körbe, Drahtspielzeug. Afrika light, endlos kopiert und touristengerecht aufbereitet. Einem handbemalten Schild voller Rechtschreibfehler entnahmen wir, dass die Arbeiten allesamt von Leuten aus den Dörfern dieses Distrikts stammten. Wir sahen uns um, ließen den Blick über die Regale schweifen. In der Hütte herrschte eine Bullenhitze.

»Es ist alles so …«, begann Laurence.

»So was?«

»So ärmlich.«

Der Wagen draußen fuhr davon, und die Frau kam wieder herein und rieb sich die Oberarme. »Hallo«, sagte sie, an niemand Bestimmten gerichtet.

»Guten Tag«, sagte ich.

»Sie wollen etwas kaufen?«

»Wir schauen uns nur ein wenig um.«

Laurence blickte mit gequälter Miene um sich. »Ist das Ihr Laden?«, fragte er.

»Nein. Ich hier nur arbeiten.«

»Wer ist der Besitzer?«

Sie streckte die Hand aus und wies zur Tür. Auf irgendjemanden dort draußen.

»Sehr schön.«

Sie nickte lächelnd. »Ja, ja«, sagte sie. »Willkommen.«

»Ich möchte Ihnen etwas kaufen, Frank.« Laurence hielt einen grob geschnitzten Fisch hoch.

»Fünfundzwanzig Rand«, sagte sie.

»Zum Dank dafür, dass Sie mich heute mitgenommen haben. Es hat mir großen Spaß gemacht.«

»Aber ich bitte Sie. Das ist wirklich nicht nötig. Bitte.«

»Lassen Sie mir doch die Freude.«

»Zwanzig«, sagte sie.

»Ich gebe Ihnen fünfundzwanzig.« Er zählte ihr das Geld

in die Hand. »Danke. Ihr Laden ist wirklich wunderschön. Wie heißen Sie?«

»Maria.«

»Sie haben einen schönen Laden, Maria.«

Das erste Mal, seit wir hereingekommen waren, sah sie mir direkt ins Gesicht und sagte: »Sie hatten zu sehr viel zu tun.«

Ich antwortete wie auf eine Frage. »Ähm, *ja, ja,* genau.«

Ich setzte den Wagen aus dem Schatten der Fieberbäume auf die Straße zurück. Der Fisch lag plump auf meinem Schoß. Im Licht des Spätnachmittags sah der Höhenzug aus wie eine dunkle, im Brechen erstarrte Welle.

»Sie waren schon mal hier«, sagte er.

»Ja, gleich an meinem ersten Tag. Auf dem Weg zum Krankenhaus.«

»Aber das ist Jahre her.«

»Ja.«

Er kurbelte das Fenster herunter, und warme Luft umhüllte uns. Wir rasten durch den frühen Abend, und es war, als lägen all die Orte, an denen wir heute gewesen waren, wahllos hinter uns verstreut, wie Punkte auf einer Karte, die nur wir entziffern konnten. Hinter uns lag ein guter, irgendwie schwereloser Tag, deshalb traf es mich wie ein Faustschlag in den Magen, als er mir plötzlich, ganz beiläufig, die Frage stellte: »Haben Sie mit der Frau geschlafen?«

»Was?«

»Die Frau in dem Laden. Haben Sie …?«

»Schon gut, ich habe verstanden. Nein. Nein. Wie kommen Sie darauf?«

»Ich weiß auch nicht, nur so ein Gefühl.«

»Trotzdem, nein.«

»Sind Sie jetzt beleidigt?«

»Nein, nur … überrascht.«

»Tut mir Leid. Wenn mir etwas durch den Kopf geht, muss ich es auch aussprechen. Ich kann einfach nicht anders.«

Der Rest der Fahrt verlief schweigend. Als wir zurückkamen, brach bereits die Dämmerung herein – der Tag war vorbei, meine Schicht zu Ende. Ich ließ das Ärztezimmer links liegen, hatte aber auch keine Lust, im Zimmer herumzuhocken. Es gab nichts zu tun, und ich war unruhig, unternehmungslustig.

Da Laurence nicht zu Abend essen wollte – nein, danke, er habe keinen Hunger –, ging ich allein in den Speisesaal. Aber auch ich hatte eigentlich keinen rechten Appetit, und so fand ich mich bald darauf im Aufenthaltsraum vor dem Fernseher wieder. Sinnlose Bilder huschten stumm über den Schirm, und ich saß da und ließ einen Tischtennisball von einer Hand zur anderen wandern. Unzufriedenheit rumorte in mir. Alte Fragen, die zu stellen ich mir abgewöhnt hatte, kehrten schlagartig zurück. Alte Sehnsüchte und Wünsche. Das Stillsitzen fiel mir schwer, und nach ein oder zwei Stunden ließ ich den Ball fallen und davonrollen. Ich ging auf den Parkplatz hinaus. Das Licht in unserem Zimmer brannte, ging jedoch urplötzlich aus, als ich hinüberblickte.

Anfangs fuhr ich langsam, gab dann aber immer mehr Gas. Ich hatte das Gefühl, mich auf einer Mission zu befinden, die konsequent und planmäßig erfüllt werden musste, während ich in Wahrheit völlig kopflos war. Ich parkte an der gewohnten Stelle und ging zu Fuß zurück zur Hütte. Sie hatte den Wagen gehört und erwartete mich schon. Sie nahm mich bei der Hand, zog mich hinein und verriegelte die Tür – ein Schloss, das selbst ein Kind aufbrechen konnte, ein um einen Nagel gewickeltes Stück Schnur.

3

Nicht alles, was ich Laurence erzählt hatte, war gelogen: Ich hatte an meinem ersten Tag auf dem Weg zum Krankenhaus tatsächlich bei der Hütte Halt gemacht. Ich wollte alles sehen, und der kleine Laden erschien mir sehenswert. Und Maria war da. Barfuß, vielleicht sogar in demselben roten Kleid. Sie sagte Hallo, während ich meinen trüben Blick über die Regale mit den holzgeschnitzten Tierfiguren schweifen ließ.

»Sie wollen Elefant«, sagte sie.

»Nein, nein, ich schaue mich bloß um.«

»Schauen ist umsonst.«

»Ja«, sagte ich.

Vielleicht fiel aber auch keines dieser Worte, und ihr Kleid war schwarz. Ich kann mich an nichts von alledem entsinnen. Ich weiß nicht einmal mehr, wie ihr Gesicht aussah an diesem ersten Tag. Ich weiß nur, dass ich dort war und sie mit Sicherheit gesehen habe, weil bei meinem nächsten Besuch alte Erinnerungen wach wurden. Und sie erkannte mich sofort und fragte mich lächelnd, wie es mir ginge.

Knapp zwei Jahre später. Ich hatte einen Patienten in das andere, bessere Krankenhaus gebracht. Auf der Rückfahrt sah ich das Schild, das an einem Baum am Straßenrand befestigt war. Irgendetwas an diesem Schild – das Pathos, die holprige Schrift, die Rechtschreibfehler – bewog mich zum Anhalten.

Dann ihr Gesicht, das breite Lächeln. »Wie geht Ihnen heute?«, fragte sie. »Sie nicht sind traurig?«

»Traurig?«

»Letzte Mal Sie sehr viel traurig.«

Sie trug ein dunkelblaues Baumwollkleid, das an einigen Stellen fast schon durchgescheuert war, und jede Menge Perlenschmuck an Fußknöcheln und Handgelenken.

»Wie heißen Sie?«

»Maria.«

»Nein, wie lautet Ihr wirklicher Name? Ihr afrikanischer Name?«

Sofort verfinsterte sich ihre Miene; sie senkte den Blick. »Maria«, wiederholte sie. »Maria.«

Ich beließ es dabei. Der Name passte nicht zu ihr, klang falsch aus ihrem Mund, dennoch gefiel mir die spröde Entschlossenheit, mit der sie diese kleine Schranke zwischen uns errichtet hatte. Mit einem Mal erschien sie mir unendlich rätselhaft.

Ich saß etwa zwei Stunden auf einer Holzkiste in der Ecke und sprach mit ihr. Es war keine Unterhaltung, sondern ein Verhör. Ich stellte Fragen, und sie antwortete. *Wer sind Sie? Woher kommen Sie? Wie alt sind Sie?* Ich wollte alles wissen.

Sie arbeite seit drei Jahren hier. Sie mache alles in der winzigen Hütte – essen, schlafen, waschen. Als ich sie fragte, wo ihre Sachen seien, deutete sie auf einen verbeulten Kleiderkoffer unter einem der Regale. Sie zeigte mir ihr Bett: eine zerschlissene, ordentlich zusammengefaltete Decke. Ein rostiger Eimer in der Ecke diente ihr als Waschgelegenheit. Wasser hole sie im Dorf gleich hinter der Hütte, sagte sie. Manchmal bringe ihr auch jemand etwas zu essen.

Ob es ihr Dorf sei? Nein. Sie komme von weit her. Warum sie dann hier lebe? Wegen des Ladens. Warum der Laden hier sei? Weil ihr Mann ihn hier gebaut habe. Er sei seine Idee gewesen, und er habe sie zum Arbeiten hierher gebracht. Er klappere die umliegenden Dörfer nach den Schnitzereien und Kuriositäten ab, die sie dann hier verkaufe. Ob er mit ihr im Laden wohne? Nein, woanders. Im Dorf hinter der Hütte? Nein, woanders, aber wo, wisse sie nicht genau. Er komme manchmal, manchmal. Wann sie ihn zuletzt gesehen habe? Sie streckte sechs Finger in die Höhe. Stunden, Tage, Wochen?

Sie redete mit Händen und Füßen und lächelte in einem fort. Ein oder zwei Mal lachte sie über sich selbst. Ich konnte kein Auge von ihr lassen. Ich war völlig fasziniert von dieser Sprache aus Zeichen und Symbolen mit ihrer dunklen Kalligraphie von Gesten, die wir allein erfunden zu haben schienen. So etwas wie dieses winzige Sandgeviert mit den Regalen voller Holztiere hatte ich noch nie gesehen. Lange bevor es in der Hütte zu dunkel wurde, um etwas erkennen zu können, verspürte ich den Drang, das zu tun, was ich schließlich auch tat: mich vorbeugen und sie mit den Fingerspitzen am Hals berühren. Sie erstarrte.

»Komm mit mir«, sagte ich. »Lass uns irgendwohin gehen.«

»Wohin?«

»In mein Zimmer.« Ich fühlte mich zu allem bereit.

Kopfschüttelnd machte sie sich los.

»Warum nicht?«

»Geht nicht«, sagte sie. »Geht nicht.«

Ich war zu weit gegangen, von einem Augenblick zum anderen wirkte sie angespannt und distanziert. Ich hatte die Situation falsch eingeschätzt. Doch als ich mich wieder in der Gewalt hatte und aufstand, um zu gehen, sagte sie plötzlich:

»Später.«

»Später?«

»Du kommen danach. Danach, wenn Laden ist …« Sie machte eine Geste, die *geschlossen* bedeuten sollte.

»Um wie viel Uhr?«

»Acht. Wenn dunkel ist.«

»Gut«, sagte ich. »Dann komme ich später wieder.«

Ich fuhr ins Krankenhaus, duschte, rasierte mich und zog mich um. Ich stand völlig unter Strom, war hin- und hergerissen zwischen Zweifel und Verlangen. Dieses Stelldichein verdankte ich einer Regung, die ich so noch nie verspürt hatte. Wie kam ich dazu? Und was versprach ich mir davon? Vielleicht war die ganze Sache eine Falle; vielleicht lauerte mir jemand auf. Wörter wie *Mord, Entführung* und *Erpressung* schossen mir durch den Kopf. Ich wusste, dass ich auf keinen Fall noch einmal zu ihr gehen durfte.

Trotzdem tat ich es. Ich ängstigte mich fast zu Tode. Sie erwartete mich schon. Sie bat mich, den Wagen ein Stück weiter, hinter einer Reihe von Büschen zu parken. Im Dunkeln ging ich den Weg zurück, mein Herz schlug laut wie eine Glocke. Auch sie hatte Angst, blickte mit angehaltenem Atem um sich. Die Lampe brannte nicht. Sie nahm mich bei der Hand und zog mich hinein, an einen Ort, an dem die Zeit stillstand und die Erinnerung erlosch.

Es war jedes Mal dasselbe. Der Ablauf, den wir an jenem ersten Abend festlegten, wiederholte sich in den Folgenächten immer und immer wieder – das verstohlene Abstellen des Wagens, der Gang zurück zur Tür, wo sie mich in Empfang nahm. Dann band sie die Tür hinter uns zu, und wir legten uns auf die zerschlissene Decke, die sie auf dem Fußboden ausgebreitet hatte.

Der Sex war hektisch und fiebrig, halb angezogen, stets

von Furcht begleitet. Ich wusste nicht, wovor wir Angst hatten, bis sie eines Abends sagte, ich dürfe am nächsten Tag nicht kommen.

»Warum?«

»Gefahr, Gefahr.«

»Was denn für eine Gefahr?«

»Mein Mann.«

Einerseits musste ich mich ihr zuliebe natürlich vor ihm verstecken. Andererseits gab sie mir stillschweigend zu verstehen, dass er mir etwas antun könnte. Sie wollte nicht weiter darüber sprechen. Am nächsten Abend fuhr ich vorbei, um nachzusehen, und vor der Hütte stand ein Auto. Ein weißes Auto, welche Marke, wusste ich nicht. Direkt vor der Tür, wo es jeder sehen konnte.

Ab diesem Abend war er stets präsent, stand immer hinter ihr, das Gesicht im Schatten. Ich wartete eine Woche, bevor ich sie das nächste Mal besuchte. »Ist er auch wirklich dein Mann?«, fragte ich.

Sie nickte feierlich.

»Wirklich?«, fragte ich. »Und nicht vielleicht doch bloß dein Freund? Seid ihr tatsächlich verheiratet? Verheiratet?«

»Verheiratet«, sagte sie heftig nickend. Schwer zu sagen, ob sie meine Frage überhaupt verstanden hatte.

Sie trug zwar keinen Ehering, aber das hatte nichts zu bedeuten. Sie führte ein so karges, ärmliches Leben, dass all das nichts galt. Außerdem spielte bei den hiesigen Hochzeitszeremonien oder -ritualen ein Ring vielleicht gar keine Rolle. Wer weiß? Das gefiel mir. Es gefiel mir, dass ich kaum etwas von ihr wusste. Es war keine Beziehung im üblichen Sinne. Ich hatte noch nie auch nur annähernd so etwas verspürt wie diese wortlose Obsession mit ihren zahlreichen unausgesprochenen Bedeutungen. Natürlich hatte es nach dem kläglichen Ende meiner Ehe andere Frauen gegeben, eine kurze Affäre mit Claudia Santander im Krankenhaus, ein paar flüchtige Begegnungen, doch keine dieser Beziehungen verlief so schweigsam und überwältigend zugleich. Das Einzige, worauf ich mich stützen konnte, war das, was mich allabendlich erwartete: die ärmliche Einrichtung der Hütte, der harte Lehmboden, ihr Schweißgeruch, manchmal leicht abstoßend, wenn ich ihr das Kleid aufknöpfte. Und die heißen, blinden Umarmungen im Dunkeln.

Wir waren nicht zärtlich zueinander. Und wenn, dann nur in den seltensten Fällen. Ich berührte und liebkoste sie, während sie mich nie auf diese Art anfasste. Und Küssen war tabu – immer wenn ich es versuchte, wandte sie abrupt den Kopf und sagte: »Nein, nein.« Ich fragte warum, doch sie erklärte es mir nicht, und ihr Schweigen war mir angenehm. Wir konnten uns ohnehin nicht richtig unterhalten. Wir kamen nur zusammen, um den ureigensten Akt zu vollziehen, der die Entfernung zwischen uns jedoch trotz allem nicht zu überbrücken vermochte.

Manchmal schliefen wir nicht miteinander. Manchmal war Sex nicht das, wonach ich suchte. Dann lag ich nur da, mit dem Kopf auf ihrer Schulter und der Hand unter ihrem Kleid, auf ihrer Brust. Das geschah normalerweise schweigend, so dass nur das Geräusch unseres Atems die Dunkelheit erfüllte. Doch dann, einmal, sprach sie zu mir, hielt einen langen, leisen Monolog in ihrer Sprache. Ich verstand kein Wort, doch ihre Stimme projizierte eine Geschichte auf die Innenseite meiner Lider, in der ich und sie anderswo zusammen waren.

Eine Zeit lang führte ich also zwei Leben: das eine, sinnlos und leer, bei Tag im Krankenhaus, das andere, leidenschaftlich und geheim, bei Nacht am Straßenrand. Das eine hatte mit dem anderen nichts zu tun. Zunächst interessierte sie sich nicht dafür, wer ich war und was ich machte. Und als sie schließlich danach fragte, ertappte ich mich bei einer Lüge. Ich erzählte ihr, dass ich als Ingenieur für die Regierung tätig sei und mein Vertrag zwei Jahre laufe. Dass ich momentan im Krankenhaus arbeitete und deshalb bisweilen den Rettungswagen führe. Dass ich in der Stadt wohnte und eine Frau in der Großstadt hätte, die mich häufig besuchen komme. Ich weiß nicht, aus welchem Grund ich sie belog, außer dass ich sie von jenem anderen Leben, das ich bei Tage führte, fern halten wollte.

Ich hätte mir deswegen keine Sorgen zu machen brauchen. Sie bekundete niemals auch nur das geringste Interesse daran, meine andere Seite näher kennen zu lernen. Schon die Stadt schien für sie auf einem anderen Planeten zu liegen. Einmal nur habe ich sie dort gesehen. Eines Nachmittags fuhr ich die Hauptstraße entlang und entdeckte sie allein auf dem Gehsteig. Ich tat, als hätte ich sie nicht gesehen, und bog an der nächsten Ecke ab. Sie verlor nie ein Wort darüber, vielleicht hatte sie mich auch gar nicht bemerkt, aber noch zwei Tage danach quälten mich Gewissensbisse.

Trotzdem kam ich wieder, ich kam immer wieder. Jeden Abend, wenn ich nicht arbeiten musste und sie mir nicht ausdrücklich verboten hatte, sie zu besuchen, fuhr ich bei Einbruch der Dunkelheit zu ihr. Und die primitive, windschiefe Hütte, sie war immer da.

Nach und nach festigte sich unsere Beziehung und wurde zu einem massiven Etwas mit Fundament, dessen Realität sich nicht mehr leugnen ließ. Und ich bekam es mit der Angst zu tun. Ich dachte: *Das kann unmöglich so weitergehen, es muss aufhören.* Ich wollte mich nicht verpflichtet fühlen, wollte keine Verantwortung übernehmen. Ich wollte nichts, für das ich eines Tages vielleicht würde büßen müssen.

Dann, eines Abends, bat sie mich um Geld.

Plötzlich war alles anders.

Es war eine beiläufige Bitte, kurz bevor ich ging. Ich hatte mich eben angezogen und band mir die Schuhe zu, da sagte sie: »Ich muss Gefallen bitten.«

»Worum geht's?«

Dabei kannte ich die Antwort längst. Und mir wurde klar, dass ich seit dem ersten Abend darauf gewartet hatte.

»Ich habe große Problem. Meine Mann ...« Sie erzählte mir eine lange Geschichte, die ich nicht verstand. Noch bevor sie fertig war, fragte ich: »Gut, wie viel brauchst du?«

»Ich bitte zweihundert Rand.«

»Gut.«

»Du mir geben?«

»Ja.«

»Nur leihen.«

»Schon gut. Behalt es«, sagte ich, ohne nachzudenken. Wir beide sprachen, ohne nachzudenken, einfach so dahin.

Danach gab ich ihr von Zeit zu Zeit ein wenig Geld. Mal bat sie mich darum, mal gab ich es ihr so. Doch diesen Transaktionen haftete stets der Makel jenes ersten Mals an; seither bewegten wir uns auf anderem Terrain. Und jetzt erst wurde mir klar, in welchem Maß mein Leben im Krankenhaus von dem abhing, was abends in der Hütte geschah. Welche Bedeutung es dadurch gewonnen hatte – auch wenn ich sie nicht verstand. Das Gefühl dümmlicher Unschuld, das ich bislang verspürt hatte, war weg. Ich begann, an allem zu zweifeln. Ich hatte Unmengen von Fragen: Was war in ihr vorgegangen an jenem ersten Abend, als sie mich gebeten hatte, später wiederzukommen? Hatte sie, immer wenn ich auf der Suche nach Erleichterung und Trost hierher gekommen war, nach etwas anderem gesucht? War von Anfang an Geld das Motiv gewesen?

Und jetzt sah ich zum ersten Mal mit unverstelltem Blick, was ich tatsächlich vor mir hatte. Diese primitive, winzige Behausung mit dem Sandfußboden und den sonderbaren Gerüchen diente nicht nur als exotischer Hintergrund für die nächtlichen Ausbrüche aus meinem Leben: Die Hütte war ihre Heimstatt, ihr eigentliches Zuhause. Sie war sehr arm, sie hatte nichts. Die Münzen und Scheine, die ich ihr beim Hinausgehen in die Hand drückte, symbolisierten einen Grad der Trennung, der sich nicht quantifizieren ließ: Es war, als stünde eine Mauer zwischen ihrem und meinem Leben. Geld konnte diese Kluft nicht überbrücken, Geld *bildete* die Kluft. Wir wussten rein gar nichts voneinander.

Dieser Gedanke ging mir nicht mehr aus dem Kopf. Tagsüber dachte ich an die ein oder zwei Stunden am Abend. Ich wusste nicht mehr, was ich glauben sollte. Ich stellte alles in Frage, was sie sagte. Selbst dass sie in der Hütte wohnte. Vielleicht verhielt es sich in Wahrheit ja ganz anders; vielleicht ging sie wer weiß wohin, nachdem ich verschwunden war. Ich war nie über Nacht geblieben, um mir Gewissheit zu verschaffen. Und ihr Mann – existierte er überhaupt? Ich hatte ihn nie zu Gesicht bekommen, nur das weiße Auto vor der Tür, das sonst jemandem gehören konnte. Und falls es ihn wirklich gab – diesen schattenhaften, gesichtslosen Mann –, wusste er von mir? War er am Ende gar derjenige, der im Hintergrund die Fäden zog? All die scheinbar so kleinen und harmlosen Lügen, die ich ihr aufgetischt hatte, bestärkten mich in dem Verdacht, dass sie dasselbe tat. Es war so einfach; was also sprach dagegen? Ihr Stöhnen, ihr gebrochenes Englisch, ihre Erklärungen mit Händen und Füßen – all das erschien mir plötzlich unwahr und geheuchelt. Womöglich verstand sie jedes Wort. Keine Frage, all diese Überlegungen waren irre, das war mir klar. Aber mein Argwohn und mein Misstrauen waren grenzenlos, genauer gesagt, ebenso groß wie meine Unaufrichtigkeit.

Ich fing an, auch tagsüber zu ihr zu gehen. Ich redete mir ein, das sei das einzig Richtige: sie zu besuchen, wie es sich gehörte, wenn die Sonne hoch am Himmel stand. In Wahrheit jedoch spionierte ich ihr nach, um dahinter zu kommen, wer sie war. Ich erfuhr nicht das Geringste. Ich saß auf der Holzkiste, und wir sprachen oft stundenlang kein Wort. Es war ständig etwas los. Durchreisende oder Touristen, die über die Grenze oder zu den nahe gelegenen Wildfarmen wollten, hielten an, inspizierten die Regale und kauften eine Kleinigkeit. Manchmal kam auch eine Frau aus dem Dorf hinter der Hütte und brachte Essen oder Tee in angeschlagenen Emailtellern oder -bechern. Als sie mich das erste Mal sah, lief sie verschreckt davon, doch Maria musste mit ihr gesprochen haben, denn danach setzte sie sich immer eine Weile zu mir und lächelte mich schüchtern an. Leider sprach sie kein Wort Englisch.

Und dann war es mit einem Mal vorbei. Wie in meiner Ehe ließ sich der Zeitpunkt nicht eindeutig bestimmen. Es war vielmehr etwas Unausweichliches, das sich langsam, aber sicher Bahn brach. Meine bizarre Liaison des Schweigens und der nächtlichen Besuche war zu einer schnöden Alltagsaffäre verkommen, ebenso real wie der Rest meines Lebens.

Also hörte ich auf, zu ihr zu gehen. Nicht direkt über Nacht, doch nach und nach. Erst besuchte ich sie einmal die Woche, dann nur noch alle vierzehn Tage, und schließlich verging ein ganzer Monat. Von Zeit zu Zeit fuhr ich an der Hütte vorbei, ohne anzuhalten, nur um mich zu vergewissern, dass sie noch da war. Einmal stand das weiße Auto davor, und zum ersten Mal verspürte ich einen leisen Anflug echter Eifersucht. Dennoch kehrte ich nicht zu ihr zurück. Später vielleicht, redete ich mir ein. Ich nahm mir vor, ein paar Monate verstreichen zu lassen, um mit mir ins Reine zu kommen. Dann würde ich zu ihr gehen wie früher, bei Nacht, ohne viele Worte. Und es würde genauso sein wie damals, als alles anfing. Aber aus der kleinen Weile wurde eine halbe Ewigkeit – ein Jahr, anderthalb Jahre, zwei. Da wusste ich, dass ich nicht zu ihr zurückkehren würde.

Bis zu dem Tag, als ich mit Laurence Waters dort vorbeifuhr und plötzlich nichts mehr war wie früher, als eins zum anderen führte.

4

Am Morgen nach Laurence' Ankunft bat Dr. Ngema mich zu einer Unterredung in ihr Dienstzimmer. Wir setzten uns in die Sessel vor ihrem Schreibtisch, was auf ein informelles, persönliches Gespräch hindeutete.

Dr. Ngema war Anfang sechzig, eine vertrocknete alte Jungfer mit ernstem Gesicht. Obwohl wir uns seit Jahren mit Vornamen anzureden pflegten, war sie für mich nach wie vor Dr. Ngema. Sie leitete das Krankenhaus, war meine Brötchengeberin und Vorgesetzte, doch eine seltsame Laune der Geschichte hatte mich zum Thronerben bestimmt, und so war unsere berufliche Beziehung kompliziert.

Ich hatte ursprünglich Dr. Ngemas Nachfolge antreten sollen. Bei Ausschreibung des Postens stand ich an einem kritischen Punkt in meinem Leben. Meine Ehe war gescheitert, ich musste meine Praxis schließen und wollte mich verändern. Da kam mir der Umzug in die Provinz gerade recht. Und eine Zeit lang schien auch alles gut zu gehen.

Dr. Ngema war auf einen Posten im Gesundheitsministerium in der Hauptstadt befördert worden. Sie hatte zehn oder elf Jahre im Krankenhaus gearbeitet, nach mehreren Jahrzehnten des Exils in Übersee. Zwar wollte sie keineswegs ihren Lebensabend hier – am Rande der Zivilisation – verbringen, doch gab die Stelle ihr Gelegenheit, so lange Däumchen zu drehen, bis sie die Chance bekam, ins Zentrum der Macht vorzustoßen. Jetzt war der große Augenblick gekommen. Sie brauchte bloß noch einen Nachfolger für sich zu finden, und ihre Wahl fiel auf mich. Später kam ich dahinter, dass es nur drei andere Bewerber gegeben hatte. Aber das einzige Mitglied des Auswahlkomitees war Dr. Ngema, und ich schien ihren Vorstellungen zu entsprechen.

Wie gesagt ging eine Zeit lang alles gut. Ich kam einen Monat früher als geplant, damit sie mich einarbeiten konnte. Aber ein oder zwei Wochen nach meiner Ankunft war der mysteriöse Posten, den man ihr versprochen hatte, mit einem Mal besetzt. Irgendwo war etwas schief gelaufen. Und so war auch mein neuer Job mit einem Mal vergeben.

Ich hätte gehen können. Ich hätte mich mit einer Abfindung und einer förmlichen Entschuldigung abspeisen lassen und mich wieder dem Scherbenhaufen meines früheren Lebens widmen können. Doch ich entschied mich zum Bleiben. Dr. Ngema zufolge war es ohnehin nur eine Frage der Zeit, bis der Posten, den sie haben wollte, wieder zur Verfügung stand, und ich sei selbstredend noch immer ihre erste Wahl. Wider besseren Wissens beschloss ich, ihr zu glauben. Es war ja nur vorübergehend, redete ich mir ein – ein oder zwei Jahre, dann wollte ich meine Zukunft überdenken.

Aber aus ein oder zwei waren sechs oder sieben Jahre geworden, und es hatte sich noch immer nichts geändert. Zwar gab es von Zeit zu Zeit Gerüchte, die bei Dr. Ngema helle Begeisterung auslösten, doch die machte schon nach kurzer Zeit Frust und Enttäuschung Platz. Es war nicht ihre Schuld, aber dieses ewige Hin und Her verlieh selbst dem harmlosesten Gespräch zwischen uns eine unangemessene Bedeutung.

Heute wollte sie sich über Laurence unterhalten. Was er

gestern getan hatte – nämlich sie wegen des Blinddarmpatienten vor mir bloßzustellen –, hatte sie verärgert. Sie wollte, dass er verschwand, aber das sagte sie so natürlich nicht.

»Ich habe den Eindruck, dass dieses Krankenhaus nicht seinen Vorstellungen entspricht«, sagte sie. »Die hiesigen Gegebenheiten ... wir haben jemandem wie ihm einfach nicht genug zu bieten.«

»Stimmt«, bestätigte ich.

»Warum führen Sie ihn nicht ein wenig herum, Frank? Zeigen Sie ihm alles. Damit er sieht, worauf er sich hier eingelassen hat. Wenn er sich dann versetzen lassen möchte, will ich sehen, was ich tun kann.«

»Ist gut. Kein Problem.«

»Selbstverständlich ist er hier willkommen. Das muss ich wohl nicht extra betonen. Der Sozialdienstgedanke – den finde ich gut. Aber Sie wissen ja, dass ich für Innovation und Erneuerung immer zu haben bin.«

»Aber ja«, sagte ich. »Ich weiß.«

Innovation und Erneuerung: das war einer ihrer Schlüsselsätze, ein Mantra, das sie nur zu gern hersagte. Dabei war es nichts als heiße Luft. Ruth Ngema tat alles, um jegliche Innovation oder Erneuerung nach Kräften zu verhindern, denn: Wer wusste schon, was danach kam? Aber heute war ich mit ihr einer Meinung, ich wusste schon, was sie wollte, und sie verstand, wie ich empfand.

»Und wenn er geht, haben Sie Ihr Zimmer wieder ganz für sich allein«, sagte sie. »So haben wir alle etwas davon.«

Also zeigte ich Laurence das Krankenhaus. Es war seltsam, den Fremdenführer zu spielen. Ich war schon so lange da, dass ich kaum noch etwas wahrnahm. Jetzt jedoch stand mir alles klar vor Augen, wie an meinem ersten Tag. Ich streifte mit ihm durch die Gänge. Da sich das ganze Leben in einem Flügel des Haupthauses abspielte, war der Rest des Gebäudes nicht weiter von Interesse. Türen führten in verlassene Säle, reihenweise standen Betten geisterhaft und nackt zwischen an Schienen befestigten grünen Vorhängen. Die Verwaltung befand sich in der oberen Etage. Das erste Dienstzimmer, gleich über dem Haupteingang, gehörte Dr. Ngema. Im Vorbeigehen konnte man sie, über Papiere gebeugt und mit kratzendem Füllfederhalter, an ihrem Schreibtisch sitzen sehen. Manchmal blickte sie auch auf und lächelte verschmitzt. Dann ein leerer Raum nach dem anderen, in denen selbst die einfachsten Möbel fehlten. All diese Zimmer warteten auf Menschen, auf Arbeit und Betriebsamkeit – vergeblich.

Obwohl das Krankenhaus seit fast zehn Jahren stand, war es nie richtig fertig geworden. Es war immer wieder etwas dazwischengekommen. Es hatte als Projekt des ersten Ministerpräsidenten des Homelands begonnen, aber dann putschte das Militär, und die Bauarbeiten gerieten erst ins Stocken und wurden schließlich eingestellt. Bald darauf streckte die weiße Regierung – im eigentlichen Zentrum der Macht, in weiter Ferne – endgültig die Waffen, und wieder standen alle Räder still. Mit der Wiedereingliederung des Homelands in den Staat wurden Bedeutung und Zukunft des Krankenhauses vollends ungewiss.

Ein seltsamer, geheimnisvoller Ort, auf halbem Wege zwischen Irgendwo und Nirgendwo. Die kleine Ansammlung einzeln stehender Häuser war, wie alle Gebäude in der Stadt, dem Verfall preisgegeben. Auf dem Dach wucherte Unkraut. Wind und Wetter hatten das Rosa der Wände – niemand wusste, warum man alles rosa gestrichen hatte – in ein blasses Orange verwandelt. Das Gras hinter der Mauer und dem Tor stand meterhoch. Nachts blieben die meisten der – vergitterten – Fenster dunkel.

Für die Hand voll Unentwegter, die geblieben waren, spielte sich das Leben zwischen zwei Polen ab: Banalität und Gewalt. Meistens herrschte Langeweile, und es passierte nichts, das Krankenhaus war leer. Dann plötzlich helle Aufregung, mitten in der Nacht ein Verletzter, blutüberströmt. Und wir versuchten, ihm zu helfen. Aber letztlich waren unsere Möglichkeiten sehr begrenzt. Es fehlte an Material, Gerätschaften und Geld. Genauer gesagt waren gewisse Dinge nicht erhältlich, während andere sich in unseren Schränken stapelten. So hatten wir riesige Vorräte bestimmter Medikamente, die wir nur selten brauchten, während Lieferungen dringend benötigter Arzneimittel ausblieben, weil irgendwo an höherer Stelle eine Rechnung nicht bezahlt worden war. Zum Beispiel Kondome: Wir hatten ganze Regale voll davon und wussten nicht, wohin damit, während wesentliche Dinge wie Tupfer, sterile Handschuhe und Röntgenpapier zwar ständig bestellt wurden, aber niemals kamen. Wir hatten ein elektronisches Beatmungsgerät und ein oder zwei andere Instrumente zur Intensivbetreuung, doch es fiel häufig der Strom aus, und wir konnten die Provinzregierung nicht dazu bewegen, unser kaputtes Notstromaggregat zu reparieren. Und so mussten wir schwerstverletzte Patienten bisweilen im Schein einer Taschenlampe operieren.

Im anderen Gebäude, wo wir wohnten, herrschten katastrophale Bedingungen. Am Ende des Flurs war eine Tür, die in einen Flügel führte, der als Erweiterung des Haupthauses hatte dienen sollen. Dort gab es weitere Dienstzimmer und Krankensäle. Er war im Grunde ein Spiegelbild des Hauptflügels. Leider war er geplündert worden. Es waren ein oder zwei Bettgestelle übrig, und hier und da baumelte ein zerfetzter Vorhang. Aber alles Brauchbare hatten die Diebe mitgenommen. Im Waschraum hatten sie die Becken aus der Wand gerissen und die metallenen Duschköpfe abgeschraubt. Rohre ragten ins Leere. In ein oder zwei Zimmern waren die Fensterscheiben zerbrochen, und es hatten sich Vögel eingenistet. Das Gurren der Tauben hallte gespenstisch in der Stille, und weiße Sterne aus Scheiße bedeckten den Boden.

Schweigend durchstreiften wir die verwahrlosten, halb verfallenen Räume. Am anderen Ende, wo der mit Brettern vernagelte Eingang auf den Parkplatz hinausführte, blieben wir stehen. Aus einem Fenster blickte man auf die überwucherte Freifläche zwischen uns und dem Haupthaus. Die Schatten der Blätter huschten über unsere Gesichter.

»Sie haben sich das vermutlich anders vorgestellt, nicht wahr?«, fragte ich.

»Ja.«

»Sie brauchen nicht zu bleiben. Wenn Sie um Ihre Versetzung bitten, wird Dr. Ngema Ihnen sicherlich …«

»Nein, nein«, rief er erstaunt. »Ich möchte bleiben.«

Ich blickte ihn an und sah ihn plötzlich mit ganz anderen Augen. Er war groß, schlaksig und dünn. Das Gesicht unter seinem blonden Pony war weich und offen. Es war ein unscheinbares, gewöhnliches Gesicht, abgesehen von der Eigenschaft, die mir auf den ersten Blick aufgefallen war und die wie eine zweite Haut darüber lag. Sie gab ihm etwas Unverwechselbares, das ich jedoch nicht benennen konnte.

»Warum sind Sie hierher gekommen?«, fragte ich.

»Aber das habe ich Ihnen doch schon gesagt.«

»Ich meine, warum ausgerechnet zu uns? Sie wollten unbedingt an dieses Krankenhaus. Sie haben ausdrücklich darum gebeten. Warum?«

Er nahm die Brille ab und polierte sie mit seinem Ärmel. Seine grauen Augen blinzelten leise, während er aus dem Fenster starrte. »Ich hatte gehört, es sei ziemlich klein«, sagte er. »Ich hatte gehört, es gebe jede Menge Probleme.«

»Das verstehe ich nicht. Das sind doch gute Gründe, *nicht* hierher zu kommen. Warum wollen Sie sich das antun?«

Darüber wollte er nicht sprechen. Er setzte seine Brille wieder auf und zeigte aus dem Fenster, über die Bäume hinweg, auf den höchsten Hügel am Rande der Stadt. »Sehen Sie! Was ist das?«

»Das war das Haus des Brigadiers.«

»Wer ist der Brigadier?«

»Ist das Ihr Ernst?«

»*Ja.* Müsste ich das wissen? Hat er irgendetwas Bedeutendes geleistet?«

»Er hat einen Militärputsch gegen die Regierung des Homelands angeführt.«

Aber seine Miene verriet, dass sein Interesse längst erloschen war. Stirnrunzelnd blickte er um sich.

»Und jetzt?«, fragte er. »Wie geht es weiter? Soll das alles hier etwa einfach verrotten und zugrunde gehen?«

»Hier wird über kurz oder lang kein Stein auf dem anderen bleiben, wenn Sie mich fragen. Das Gebäude wird komplett geplündert.«

»Aber das ist ja furchtbar. Und wer macht so was?«

Ich zuckte die Achseln. »Hier kommt jeder rein. Die Tür ist nicht abgeschlossen.«

Mir war das ziemlich gleichgültig, doch er schien tief bestürzt zu sein. Ich sah, dass er das Ausmaß der Zerstörung erst jetzt richtig wahrnahm: die fehlenden Scheuerleisten, die abgerissenen Lampen, die baumelnden Kabel. Er schüttelte den Kopf. »Wozu? Was geschieht damit?«

»Da draußen gibt es jede Menge arme Leute. Die können buchstäblich alles gebrauchen.«

»Aber genau für die ist es doch da! Das Krankenhaus. Für die ist es doch da!«

»Dann bringen Sie ihnen das mal bei.«

Er schien den Tränen nahe zu sein. Seine Miene verriet, dass er nicht wusste, wie er aus diesem Dilemma herausfinden sollte. Ich legte ihm die Hand auf die Schulter und sagte:

»Kommen Sie, gehen wir. Das ist zu deprimierend.«

»Warum unternimmt niemand etwas dagegen?«

»Und was, bitte, wenn ich fragen darf?«

Wir traten den Rückweg durch das sonderbare Mausoleum an und hinterließen unsere Fußabdrücke im Staub. Tauben flatterten vor uns davon. Draußen angekommen, blinzelte ich in die heiße Sonne und sagte: »Das war's. Das ist das Krankenhaus.«

»Das war alles?«

»Was halten Sie von einer kleinen Spritztour? Wir könnten uns die Stadt ansehen.«

Er fuhr einen blauen VW-Käfer, älter und verbeulter als mein Wagen. Und machte hinter dem Steuer eine großartige Figur. Mit einem Mal hatte er etwas Lässiges an sich, das so gar nicht zu dem ernsten jungen Arzt im weißen Kittel passen wollte. »Wohin, Frank?«, fragte er. »Sagen Sie mir, wie ich fahren soll.«

Wir fuhren langsam die Hauptstraße entlang, die einzige geteerte Straße in der ganzen Stadt, vorbei an leeren Geschäften mit leeren Regalen. Hier und da hatte der eine oder andere Laden überlebt: Der kleine Supermarkt stand träge und nahezu verlassen in der Hitze, hinter der Theke ein einsamer, gelangweilter Kassierer. Der Wachmann vor der Tür fächelte sich mit seiner Mütze Luft zu und blickte dem vorbeifahrenden Wagen nach, als sähe er fern. An der Kreuzung wachte die Statue über den rissigen, halb zerfallenen Brunnen und das braune Rasenoval, das ihn umgab, und bewahrte ihre resolute Pose: die eine Hand in die Hüfte gestemmt, die andere nach vorne weisend, in die Zukunft oder ins *veld*. Die Beine verfärbten sich allmählich grün.

»Das ist der Brigadier, nur falls es Sie interessiert.«

»Wo?«

»Ich meinte die Statue.«

»Ach so.«

»Dazu gibt es eine Geschichte.«

Aber sein Gesicht zeigte keinerlei Interesse daran. Die Geschichte von der Statue gehörte zu einer Welt, die nicht die Seine war. Und so verschwieg ich ihm, wie ich, bald nach meiner Ankunft in der Stadt, ganz in der Nähe eine kleine Wanderung unternommen hatte. Damals war ich erfüllt von richtungslosem Zorn, der mich zu langen, wahnwitzigen Streifzügen durch den Busch trieb, auf dem Rücken einen Rucksack und ein Zelt. Ich hatte nur selten ein festes Ziel, und als ich mich eines Tages durch eine überwucherte Schlucht unweit des nördlichen Stadtrands schlug, stieß ich auf einen halb im Sand begrabenen Gegenstand. Er hätte vom Himmel gefallen sein können. Es war eine alte Büste von der Größe eines Autos, und erst als ich das wirre Gestrüpp von Ranken und Kriechpflanzen beseitigt hatte, erkannte ich das Gesicht des früheren Ministerpräsidenten des Homelands. In dieser Bronzeausführung trug er eine

Miene penetranter Frömmigkeit zur Schau. Das war vor dem Militärputsch und den vierundzwanzig Anklagen wegen Betrugs und Korruption, derentwegen er die Flucht ergriffen hatte.

Ein paar Tage später erst wurde mir klar, dass die Büste auf der Säule an der Kreuzung gestanden hatte, wo jetzt die Statue des Brigadiers in die Höhe ragte. Ich stellte mir die aufgebrachten Soldaten vor, die das Denkmal mit Äxten, Ketten und Brechstangen hierher geschleift hatten. Ich weiß nicht, wie es ihnen gelungen war, es in die Schlucht hinauszuschaffen, doch es sah aus, als ob der Körper, zu dem dieser abgetrennte Eisenkopf gehörte, ganz in der Nähe liegen müsste. Ich war nie wieder dorthin zurückgegangen.

Ich zeigte Laurence die lächerliche Kuppel auf dem vernagelten, leer stehenden Parlamentsgebäude. Ich zeigte ihm die Bibliothek, in der es keine Bücher gab. Die Schule, in der nie jemand unterrichtet hatte. Die Wohnblöcke, staatseigene Wohnungen für all die Arbeiter, die kommen und die geplanten Büros und Geschäfte übernehmen sollten – und eine Zeit lang kamen tatsächlich Arbeiter. Nur gab es keine Arbeit. Und dann fing der Ärger an, und am Ende verschwanden sie einer nach dem anderen wieder und gingen zurück in die Städte oder dorthin, wo sie hergekommen waren, bis auf die wenigen, die man noch heute hier und da entdecken konnte, einsam und verloren in ihrer Dienstkleidung, zwischen all den nutzlosen Gebäuden.

Und dann kamen wir ans andere Ende der Stadt, und nach ein paar Metern verlor die Straße sich im Nichts. Die Häuserzeilen links und rechts endeten wie abgeschnitten. Vor uns erstreckte sich von neuem der Busch: endlose, mit braunem Gras bewachsene Weiten und nur hier und da ein

Dornbaum oder Ameisenhügel. In der Ferne ein dunkler Streifen Wald.

Er saß hinterm Steuer und stierte in die siedende Hitze. Seine Miene verriet dieselbe Bestürzung wie zuvor im Krankenhaus. »Und jetzt?«, fragte er. Ich glaubte einen Anflug von Verzweiflung ausmachen zu können.

»Möchten Sie was trinken gehen?«

»Wo denn?«

»In der Stadt gibt's eine Kneipe.«

»Echt?«

Er starrte mich zweifelnd an. Vermutlich hielt er meine Worte für einen Scherz. Dabei war es bei Mama Mthembu eigentlich sehr schön und absurderweise immer voll. Jeder, sei es der gelangweilte Beamte oder der Arbeiter nach Feierabend, ging zu ihr, um die Leere und Isolation, die dort draußen herrschten, zu vergessen. Und so, wie wir in dem kleinen Innenhof unter der Bougainvillea saßen, hätten wir sonstwo sitzen können, in jeder Kleinstadt auf dem Lande. Die schmutzigen Plastiktische und die traurigen Gesichter an der Theke störten da nicht weiter. Wir waren umgeben von Stimmen und Betrieb, der Illusion von Geselligkeit.

Mama Mthembu war eine ungeheuer dicke alte Frau, die stets dasselbe geblümte Kleid, dieselben Badelatschen und dasselbe zahnlückige Lächeln im Gesicht trug. Sie hatte auch allen Grund zum Lächeln: Sie führte das einzige florierende Geschäft in der Stadt. Ursprünglich war es ein Hotel gewesen, dem jedoch, aus einleuchtenden Gründen, wenig Erfolg beschieden gewesen war. Die Fremdenzimmer im ersten und im zweiten Stock standen ebenso leer wie das Krankenhaus, und das Geschehen hatte sich ins Erdgeschoss und nach draußen in den Hof und an die Theke verlagert.

Sie kam schwitzend und mit einem freundlichen Lächeln auf den Lippen an unseren Tisch und wischte mit einem dreckigen Lappen über die Platte. »Wie geht's, Mr. Doktor?« Obwohl ich seit Jahren hier war und die ersten zwei Wochen nach meiner Ankunft in ihrem Hotel gewohnt hatte, wusste sie noch immer nicht, wie ich hieß.

»Bestens, Mama. Und Ihnen?«

»Wie immer, wie immer. Wer ist Ihr Freund?«

»Laurence Waters. Ein neuer Kollege im Krankenhaus.«

»Willkommen, willkommen. Zwei Bier?«

Als sie weg war, fragte er: »Warum nennen Sie sie Mama?«

»Weil alle sie so nennen.«

»Aber warum?«

»Keine Ahnung. Ist wohl so eine Art Kosename. Oder hat etwas mit Respekt zu tun. Keine Ahnung.«

Nachdem er die anderen Leute im Hof in Augenschein genommen hatte, wirkte er sichtlich entspannter. Es war schön, hier im Halbschatten zu sitzen und fremden Gesprächen zu lauschen. Als Mama unsere Biere gebracht hatte und wir jeder einen großen kalten Schluck getrunken hatten, sagte er seufzend:

»Im Krankenhaus haben Sie mich gefragt, warum ich ausgerechnet hierher gekommen bin.«

»Ja.«

»Ich will es Ihnen erklären. Auch wenn ich nicht weiß, ob Sie es verstehen. Alle anderen – Studenten, meine ich – hatten es auf eine möglichst bequeme Stelle abgesehen. Sie waren ohnehin sauer, weil sie keine Lust hatten, Sozialdienst zu schieben. Aber wenn es schon sein musste, dann doch bitte bequem, Sie wissen schon, ein gutes Krankenhaus, nahe der Heimat. Das Ganze interessierte sie einen Dreck.«

»Und Sie?«

»Ich dachte: Ich mache alles anders. Ich suche mir den winzigsten Laden am Ende der Welt. Ich mache es mir schwer.«

»Aber warum?«

»Weil ich nicht so sein will wie die anderen.« Er beäugte mich unsicher durch seine Brille und senkte dann den Blick. »Warum?«, fragte er. »Halten Sie mich für einen Trottel?«

»Nein. Aber das ist eine große symbolische Geste. Was versprechen Sie sich davon?«

»Ich möchte sinnvolle Arbeit leisten«, antwortete er vorsichtig.

»Aber wenn Sie arbeiten wollen«, sagte ich, »warum kommen Sie dann ausgerechnet an ein Krankenhaus, wo es so gut wie keine Arbeit gibt?«

Er dachte lange nach und knabberte an seiner Unterlippe. »Ist das immer so?«, fragte er schließlich. »Das kann doch nicht sein.«

»Warum nicht?«

»Dann muss es sich eben ändern.«

»Wie?«

»Menschen schaffen Verhältnisse«, meinte er. »Und wer Verhältnisse geschaffen hat, der kann sie auch verändern.«

»Sie sind ein Idealist«, sagte ich.

Ich wollte sagen: *Sie sind noch sehr jung.* Ich wollte sagen: *Sie machen es nicht lange.*

»Ja«, sagte er und nickte zufrieden. Meine Kritik war ihm offenbar entgangen. Er nippte an seinem Bier und wurde wieder ernst. »Wissen Sie was, Frank?«, sagte er. »Ich mag Sie.«

Ich gab keine Antwort, seine Erklärung machte mich verlegen, aber in Wahrheit mochte ich ihn auch. Wir hatten nur ein paar Stunden miteinander verbracht, doch schon fiel es mir schwer, ihn zu verachten.

Wofür ich ihn, in gewisser Weise, noch mehr verachtete.

5

Ich hatte von Anfang an den Eindruck, dass in Laurence' Brust zwei Seelen schlugen. Einerseits war er mein Schatten, der mich erwartete, wenn ich die Augen öffnete, mir zum Essen und zur Arbeit folgte, ein unerwünschter Eindringling, der mich in meinem eigenen Zimmer bedrängte. Andererseits war er mir Gefährte und Vertrauter, der die öden Tage mit anregenden Gesprächen bereicherte.

Auch in meiner Brust schlugen zwei Seelen. Es gab den bösen, zornigen Frank, der sich belagert fühlte. Und es gab den sanfteren Frank, der dankbar war, weil er Gesellschaft hatte.

Der letzte Mensch, mit dem ich mir ein Zimmer hatte teilen müssen, war meine Frau Karen gewesen – aber das hatte hiermit nichts zu tun. Zwei Mann in einem Boot: zwei Betten auf beengtem Raum. Es war wie damals in der Armee. Doch hier wurden uns keine Verhaltensnormen oktroyiert. Hier waren wir nichts weiter als zwei grundverschiedene Charaktere, die man zusammen in eine Kiste gepfercht hatte.

Er war schlampig und unordentlich. Seine Manieren besserten sich nicht – seine Kleider lagen überall herum, und er setzte allmorgendlich das Badezimmer unter Wasser. Dass ich hinter ihm herräumte, schien er gar nicht zu bemerken. Obwohl ich im Supermarkt einen Aschenbecher kaufte und ihn auf den Tisch stellte, wo er ihn gar nicht übersehen konnte, warf er seine Kippen auch weiterhin aus dem Fenster. Es machte mich wahnsinnig.

Bisweilen jedoch war er durchaus ordentlich und diszipliniert. Zum Beispiel wenn er sich in den Kopf gesetzt hatte, eine beliebige Ecke zu fegen oder eine geflieste Wand zu wischen. Dann scheuerte und schrubbte er mit Hochdruck, bis er mit dem Ergebnis zufrieden war. Schließlich lehnte er sich zurück, rauchte zur Entspannung eine Zigarette – und aschte auf den Teppich.

Eines Tages kam ich in unser Zimmer und ertappte ihn dabei, wie er die Möbel umstellte. Couchtisch, Schrank und Lampe hatte er bereits verrückt. Und obwohl es im Grunde keine Rolle spielte und völlig belanglos war, wo sie standen, empfand ich es als persönliche Beleidigung, ganz so als habe er mein Zuhause geschändet und entweiht.

»Du brauchst dich hier gar nicht häuslich einzurichten«, sagte ich. »Ist doch sowieso nur für den Übergang.«

»Was soll das heißen?«

»Dass du früher oder später umziehen wirst. Wenn sie weg sind, gibt Dr. Ngema dir das Zimmer der Santanders.«

»Ach«, sagte er und blickte um sich. »Das wusste ich nicht.«

Trotzdem blieb das Mobiliar an seinem Platz, und nach ein paar Tagen kam mir die neue Anordnung schon ganz normal vor. Bald darauf erneuerte er die Vorhänge und pflasterte die Wand mit Postern. Wieder fühlte ich mich beleidigt, wenn auch nicht mehr ganz so schlimm. Und als er schließlich auf dem Fenstersims über seinem Bett einen Schrein für seine Freundin einrichtete, störte mich das kaum noch.

Der Schrein bestand aus einer Hand voll Fotos, auf denen

eine zierliche schwarze Frau mit kurzem Haar zu sehen war. Rings um die Fotos hatte er einen kleinen Steinhaufen, ein getrocknetes Blatt und eine Halskette drapiert. Diese Gegenstände schienen eine persönliche Bedeutung für ihn zu haben.

»Wie heißt sie?«

»Zanele.«

»Wo hast du sie kennen gelernt?«

»Im Sudan.«

»Im Sudan?«

Mein Erstaunen bereitete ihm sichtlich Vergnügen. »Ja. Nach der Schule bin ich ein Jahr kreuz und quer durch Afrika gereist. Und unter anderem im Sudan gelandet.«

»Und was hat sie da gemacht?«

»Als Freiwillige für ein Hungerhilfeprojekt gearbeitet. Sie hat ihr Leben dieser Art von Arbeit gewidmet.«

Obwohl er all das nebenher und en passant erzählte, spürte ich sofort, wie ernst er es nahm. In Augenblicken wie diesen faszinierte er mich. Er wirkte so geradlinig und schlicht gestrickt, und dann bewies er einem das genaue Gegenteil.

»Und wo ist sie jetzt, deine Freundin?«

»In Lesotho. Sie war zwar eine Weile in Südafrika, um näher bei mir sein zu können, aber dann hat sie bei einer anderen Hilfsorganisation angefangen, und dann …« Er verstummte und machte ein zufriedenes Gesicht. »So ist sie nun mal.«

Er war stolz auf sie, auf seine Beziehung zu ihr, doch irgendetwas stimmte nicht. Fast hatte ich den Eindruck, als sei es ihm eigentlich ganz recht, dass sie weit weg war und ihre Verbindung sich auf Rituale, auf Fotos und Briefe beschränkte. Sie schrieben sich regelmäßig, einmal die Woche. Ich betrachtete ihre Schrift auf den Umschlägen, die mit der

Post kamen: kraftvoll, gerade, klar. Ganz anders als sein unsicheres, wackliges Gekrakel. Doch irgendwie schien ihre gesamte Beziehung aus diesem Hin und Her von Briefen zu bestehen und natürlich dem Schrein über seinem Bett.

Nicht alle Fotos über dem Bett zeigten seine Freundin. Auf einem von ihnen war eine ältere Frau zu sehen, dunkel, schmal, mit zurückgebundenem Haar. Sie lächelte gequält in die Kamera.

»Deine Mutter?«

Er schüttelte kurz den Kopf. »Schwester.«

»Deine Schwester? Aber sie sieht so viel ...«

»Älter aus? Ich weiß. Der Altersunterschied ist enorm. Eigentlich ist sie so etwas wie meine zweite Mutter. Sie hat mich großgezogen, nachdem meine Eltern gestorben waren.«

»Das wusste ich nicht. Tut mir Leid.«

»Schon gut. Das ist ewig her.« Er erzählte mir, dass seine Eltern vor fünfundzwanzig Jahren bei einem Autounfall ums Leben gekommen seien. »Ich war damals noch ein Baby, ich kann mich nicht an sie erinnern.« Seine – damals zwanzigjährige – Schwester hatte ihn zu sich genommen und aufgezogen. Sie wohnten in einem Armenviertel einer vor sich hindarbenden Küstenstadt, von der ich noch nie gehört hatte. Erst als er ein Stipendium zum Medizinstudium erhielt, kam er von dort fort.

Er erzählte mir all das mit heiterer Stimme, als ob es ohne jede Bedeutung sei. Was nicht darüber hinwegtäuschen konnte, dass es ihm sehr wohl zu schaffen machte.

»Ich war auch noch ein Kind, als ich meine Mutter verlor.«

»Echt?«

»Ich war zehn. Also kann ich mich noch gut an sie erinnern. Sie starb an Leukämie.«

»Und darum bist du Arzt geworden«, sagte er.

Es war eine Feststellung und keine Frage. Sie erschreckte mich.

»Das glaube ich nicht«, sagte ich.

»Gab es einen bestimmten Moment, in dem dir klar geworden ist, dass du Arzt werden willst?«

»Ich glaube nicht, dass es so einen Moment für mich gegeben hat.«

»Nie?«

»Nein.«

»Warum nicht?«

»Ich weiß nicht«, sagte ich. »Darum.«

Er lächelte. »Ich weiß es noch genau.«

Das war typisch für ihn. Alles folgte einem großen Plan. Die Geschichte vom Moment seiner Erkenntnis hatte er sich schon tausendmal erzählt.

»Ich war zwölf Jahre alt. Meine Eltern lagen auf dem Friedhof nicht weit von unserem Haus, und meine Schwester hatte versprochen, mich eines Tages mit zu ihrem Grab zu nehmen. Aber da sie mich nie mitnahm, beschloss ich, alleine hinzugehen.

Ich kam jeden Tag dort vorbei und sah die vielen Kreuze, die im Boden steckten. Also marschierte ich eines Tages einfach durchs Tor und fing an zu suchen. Ich lief und lief. Es war ein heißer Tag. Ich hatte noch nie so viele Tote gesehen. Reihenweise Tote. Und ich ging auf und ab, auf und ab und suchte meine Eltern. Aber ich konnte sie nicht finden.

Ich fing an zu weinen. Ich konnte nicht mehr. Aber dann fand mich dieser alte schwarze Mann. Er arbeitete dort, er trug Uniform, eine Art weißen Kittel, und er hatte eine Liste aller Menschen, die auf dem Friedhof begraben waren. Er hatte sogar einen Lageplan. Aber meine Eltern fand er trotzdem nicht.«

»Warum nicht?«

»Keine Ahnung. Ich nannte ihm den Namen meines Vaters – Richard. Er meinte, auf dem Plan gebe es keinen Richard Waters. Ich konnte gar nicht mehr aufhören zu weinen.

Er war sehr nett zu mir. Er nahm mich mit in sein kleines Wärterhäuschen und gab mir Tee und Brot. Er redete eine Weile mit mir. Als ich mich erholt hatte, ging ich nach Hause. Meine Schwester erwartete mich schon.«

»Hast du es ihr gesagt?«

Er senkte den Blick. »*Ja.* Und das war der Moment. Ich kann das nicht erklären. Sie war ebenfalls sehr lieb, nahm mich in den Arm und versprach, eines Tages mit mir zu ihrem Grab zu gehen. Aber ich war völlig durcheinander – ihr Verständnis, der alte Schwarze ...«

»Sein weißer Kittel«, sagte ich. Auch ich war in der Kunst der Küchenpsychologie nicht unbewandert.

»Der weiße Kittel«, murmelte er nachdenklich. »Ja. Du hast womöglich nicht ganz Unrecht, Frank. Da kam mir der Gedanke.«

»Dass du Arzt werden wolltest.«

»Ja. Wenn auch nicht ganz so deutlich, aber ... der Grundstein war gelegt. In diesem einen Moment.«

»Wegen deinen Eltern.«

»Deshalb dachte ich, bei dir war es bestimmt genauso. Der Tod deiner Mutter. Bei mir war es wegen meinen Eltern. Ich glaube, wir sind uns sehr ähnlich, Frank.«

»Aber bei mir gab es diesen Moment nie«, widersprach ich.

»Du erinnerst dich vielleicht nicht mehr daran«, sagte er. »Aber das heißt nicht, dass es ihn nicht gegeben hat.«

Er ließ nicht locker, doch ich wusste genau, dass es einen

solchen Moment für mich nie gegeben hatte. Eine Berufung hatte ich nie gefühlt – allenfalls quälenden Ehrgeiz und das Bedürfnis, meinem Vater zu imponieren. Aber die Frage, die er mir gestellt hatte, wollte mir nicht mehr aus dem Sinn und wurmte mich. Warum hatte ich einen solchen Moment der Wahrheit nie erlebt? Viel später erst kam mir der Gedanke, dass er die Geschichte von seiner Offenbarung auf dem Friedhof vermutlich nur erfunden hatte.

Er verlor nie wieder ein Wort darüber. Dafür war er viel zu sehr damit beschäftigt, andere Fragen zu stellen. Wenn er etwas wissen wollte, kannte er weder Zurückhaltung noch Taktgefühl. Manchmal machte er mir Angst, dann wieder ertappte ich mich dabei, dass ich ihm Dinge erzählte, über die ich noch nie zuvor gesprochen hatte.

Zum Beispiel meine Ehe. Darüber redete ich nicht besonders gern. Es tat mir zwar nicht mehr weh – diese Nerven waren tot –, trotzdem fand ich, dass diese Geschichte nur mich etwas anging. Doch ein oder zwei Wochen nach seiner Ankunft stürzte er sich ausgerechnet auf dieses Thema.

»Mir ist aufgefallen, dass du noch immer deinen Ehering trägst.«

»Ich bin ja auch noch verheiratet.«

»Echt? Und wo ist deine Frau?«

Und im Nu schilderte ich ihm die ganze Angelegenheit bis ins letzte Detail – dass Karen mit Mike, meinem besten Freund aus Armeezeiten und einstigen Praxisteilhaber, durchgebrannt war. Dass sie immer noch zusammenlebten und mein Rückzug in diese gottverlassene Gegend den Scheidungsprozess gewissermaßen blockiert hatte, so dass wir rein formal nach wie vor Mann und Frau waren.

»Und wie lange soll das noch so weitergehen?«

»Keine Ahnung«, sagte ich. »Aber in spätestens einem halben Jahr ist die Scheidung durch. Sie hat die Sache vor kurzem wieder angeleiert. Ich glaube, die beiden wollen das Land so bald wie möglich verlassen.«

»Also will sie wieder heiraten?«

»Ich glaube schon.«

»Diesen Typen? Deinen Freund aus der Armee?«

»Mike? *Ja*, sie ist noch mit ihm zusammen. Er ist angeblich ihre ganz große Liebe.«

»Er ist nie dein Freund gewesen, Frank«, verkündete er feierlich. »Ein echter Freund würde einem so etwas niemals antun.«

»Das weiß ich, Laurence.«

»Ich würde das nie tun. Nie, nie, nie.«

»Das ist schön.«

»Ich würde den Ring nicht mehr tragen«, sagte er. »Warum trägst du ihn noch, Frank?«

»Keine Ahnung«, antwortete ich. »Aus Gewohnheit.« Aber der goldene Schimmer an meinem Finger war eher ein Symbol als eine Gewohnheit. Ich ballte meine Hand zur Faust, um ihn zu verbergen.

Als er sagte: »Ich würde das nie tun«, wollte er mir sagen, er sei ein echter Freund. Ich glaube, so empfand er fast vom ersten Tag an. Doch das beruhte nicht auf Gegenseitigkeit. Für mich war er nichts weiter als ein Mitbewohner, ein Störenfried, der hoffentlich bald wieder verschwand.

Trotzdem war ich viel mit Laurence zusammen. Was blieb mir auch anderes übrig, er war schließlich immer da: im Zimmer, bei der Arbeit. Doch nach und nach, ein schleichender, kaum merklicher Prozess, verbrachten wir auch einen Großteil unserer Freizeit miteinander. So wurde es beispielsweise zum Ritual, dass wir im Aufenthaltsraum zusammen Tischtennis spielten. Ich hatte ihn bislang gemieden; es war ein trauriger Raum. Aber es machte irgendwie Spaß, den kleinen Plastikball über die Platte zu schlagen und sich dabei locker zu unterhalten. Unsere Gespräche waren fast immer so: ziellos, schwerelos, kurzweilig.

Und wir wanderten gemeinsam. Mein letzter Gewaltmarsch lag Jahre zurück. Nun fingen wir wieder damit an. Ich weiß nicht mehr, wer den Vorschlag machte, er oder ich, aber er hatte irgendwo eine große Karte der Umgebung aufgetrieben. Meistens hing sie an der Wand über seinem Bett, doch mindestens einmal in der Woche nahm er sie ab und plante eine Route für unseren freien Tag. Wir packten Sandwiches und Bier ein und marschierten auf verschlungenen Pfaden durch den Busch. Ich zeigte ihm auch einige meiner alten Strecken, zum Teil mit herrlicher Aussicht. Diese Ausflüge verliefen zumeist fröhlich und entspannt, obwohl er sich draußen in der Wildnis nie so recht wohl fühlte.

Abends gingen wir immer häufiger zu Mama Mthembu. Für mich war das natürlich nichts Neues. Ich hatte die Kneipe früher des Öfteren besucht, meist am späten Nachmittag. Abends war es voll und verraucht, und das mochte ich nicht. Sämtliche Kollegen aus dem Krankenhaus waren da, und die plumpe Vertraulichkeit nach ein paar Gläsern Alkohol war mir zuwider. Jetzt jedoch, mit Laurence im Schlepp, fand ich diese Atmosphäre geradezu verlockend.

Bei Mama, nach Dienstschluss, galt die Rangordnung und Hierarchie, die bei der Arbeit herrschte, nicht. Themba und Julius, die beiden Küchenhilfen, standen auf einer Stufe mit Jorge und Claudia. Manchmal gesellte sich sogar Dr. Ngema als Gleichere unter Gleichen zu unserer Runde. Und obwohl ich mich nie völlig entspannte, färbten Laurence' Gleichmut und Gelassenheit doch so weit auf mich ab, dass ich nicht ganz so distanziert und abweisend wirkte wie sonst.

Eines Morgens, nach einem dieser abendlichen Treffen, saß ich allein mit Jorge am Frühstückstisch. Er saugte gut gelaunt an seinem Schnurrbart und sagte: »Der junge Mann. Dein Freund. Ist gute junge Mann.«

»Wer? Laurence? Er ist nicht mein Freund.«

»Nein. Aber ihr seid überall zusammen.«

»Dr. Ngema hat uns ins selbe Zimmer gesteckt. Aber im Grunde kenne ich ihn gar nicht.«

»Ist gute junge Mann.«

»Keine Frage. Aber deshalb ist er noch lange nicht mein Freund.«

Es war seltsam, aber es war mir unangenehm, auf diese Weise mit Laurence in Verbindung gebracht zu werden. Das Wort *Freund* rief bei mir allerhand Assoziationen wach. Auch Mike war mein Freund gewesen, bis er mit meiner Frau durchbrannte. Seitdem hatte ich mich mit niemandem mehr angefreundet. Ich ließ niemanden an mich heran.

Aber das Wort fiel immer wieder. Dein Freund hat dies getan. Dein Freund war da. Wie geht es deinem Freund? Und so nutzte sich das Wort allmählich ab und verlor damit ein gut Teil seiner Schärfe.

»Haben Sie mit unserem neuen Freund gesprochen?«, fragte mich Dr. Ngema eines Tages, als wir zusammen in den Wohntrakt gingen.

»Worüber denn?«

Dass ich keine Ahnung hatte, wovon sie sprach, war vermutlich ein Anhaltspunkt dafür, wie viel sich verändert hatte.

»Sie wissen schon. Sie wollten ihn herumführen … und ihn fragen, ob er sich evenutell versetzen lassen möchte.«

»Ach so. Ja, habe ich auch getan. Aber er fühlt sich hier ganz wohl. Er will nicht weg.«

»Das hatten wir ja noch nie«, sagte sie. Der Kies knirschte angenehm unter unseren Füßen. »Und wenn Sie ihn ein wenig unter Druck setzen?«, fragte sie nach einer Weile.

»Er stört mich aber eigentlich gar nicht.«

»Ach ja? Soll das heißen, dass Sie das Zimmer gerne mit ihm teilen?«

Das war eine andere Frage, die mit dem Vorangegangenen nichts zu tun hatte.

»Nein«, sagte ich. »Ruth, wenn etwas frei wird … Sei es das Zimmer der Santanders, sei es ein anderes Zimmer, wäre ich Ihnen wirklich dankbar …«

»Ich werd's mir merken.«

Doch von diesem Augenblick an wusste ich, dass sich gar nichts ändern würde: Laurence würde in meinem Zimmer wohnen bleiben.

»Sie gehen nicht«, verkündete er eines Tages, als wir zusammen im Ärztezimmer saßen.

»Wer?«

»Die Santanders. Du hast gesagt, sie würden fortgehen und ich könnte in ihr Zimmer umziehen. Aber ich habe gestern mit ihnen gesprochen, und sie haben gesagt, sie bleiben hier.«

Da ich einen Teil dieses Gesprächs zufällig mitgehört hatte, wusste ich, dass er nicht die ganze Wahrheit sagte. Ich hatte die drei belauscht, als sie im Aufenthaltsraum miteinander diskutierten.

»Aber warum ausgerechnet Südafrika?«, fragte Laurence.

»Echte Chance«, antwortete Jorge.

»Genau. Eine echte Chance. Die Möglichkeit, etwas zu

bewirken, zu verändern. Es gibt nicht allzu viele Orte auf der Welt, wo das heute noch möglich ist.«

»Ja, ja«, intonierte Jorge feierlich.

»Mehr Geld«, sagte Claudia. »Gutes Haus.«

»Ja, gut, das auch. Aber ich meine etwas anderes.«

»Was denn?«

»Ich glaube, das ist erst der Anfang. Dieses Landes. Die alten Geschichten zählen nicht. Jetzt wird alles anders. Von Grund auf. Darum möchte ich hier sein und sonst nirgends auf der Welt, wo es egal ist, ob ich dort bin oder nicht. Hier bin ich nicht egal.«

Die Santanders waren ein Ehepaar mittleren Alters aus Havanna. Sie waren vor einigen Jahren als Teil einer großen Gruppe von Ärzten hierher gekommen, die das Gesundheitsministerium zur Überwindung der Personalkrise angeworben hatte. Er war ein freundlicher, etwas korpulenter Mann mit gewaltigem Schnurrbart und wachem Verstand. Seine Frau war leicht hysterisch, eine gut aussehende ältere Frau, die kaum Englisch sprach. Seit unserer kurzen Affäre vor einem Jahr begegnete mir Claudia stets mit säuerlicher Miene. Die beiden bewohnten das Zimmer neben mir, und in jüngster Zeit häuften sich die Nächte, in denen ihre mit schriller Stimme und auf Spanisch geführten Auseinandersetzungen durch die Wand deutlich zu hören waren. Es war ein offenes Geheimnis, dass sie nicht länger bleiben und zurück in die Heimat wollte, während er die Absicht hatte, sich hier ein neues Leben aufzubauen. Ihre Ehe hatte einen tiefen Riss bekommen.

»Dieses Land«, deklamierte Laurence voller Inbrunst, »braucht Menschen wie euch. Engagierte Menschen, die etwas bewegen wollen.«

»Ja, ja«, sagte Jorge.

»Sie uns sagen gutes Haus, gute Auto«, klagte Claudia, »aber sie uns nicht sagen Soweto. Ooh, Soweto!« Ich konnte förmlich hören, wie es sie schauderte.

»Ich habe nichts gegen Soweto«, sagte Laurence. »Aber hier gefällt es mir besser. Am Ende der Welt.«

Ich wusste, wie die Santanders über Soweto dachten. Während unserer Affäre hatte Claudia mir davon erzählt. Es war ihr erster Posten in diesem Land, und sie hatten ihn sich ausgesucht. Vielleicht wollten sie, wie Laurence, etwas bewegen. Aber sie wurden mit den Fällen, die sie Tag für Tag behandeln mussten, einfach nicht fertig. Gewalt in dieser extremen Form kannten sie nicht. Ein Samstagabend in der Notaufnahme: Stichwunden, Schusswunden, Verstümmelungen und Verletzungen durch abgeschlagene Flaschen. »Wie Krieg«, jammerte Claudia, »wie wenn draußen ganze Zeit große Krieg!« Und das zusätzlich zu der üblichen Anzahl von Kranken und Unfallopfern, die die Klinik kaum zu bewältigen vermochte. Nach etwa einem halben Jahr hatten sie um ihre Versetzung gebeten und waren hier gelandet.

In gewissem Sinne hatte ihre Zeit in Soweto zu meiner Affäre mit Claudia geführt. Ein paar Wochen nach Ankunft der Santanders wurde eines Abends eine Frau eingeliefert. Sie war in ihrem Dorf von einem Lynchmob überfallen worden, der mit Messern auf sie eingestochen, sie geschlagen und obendrein versucht hatte, sie als Hexe zu verbrennen. Ihr Zustand war kritisch. Obwohl feststand, dass sie sterben würde, liefen wir alle wild durcheinander und taten unser Bestes. Ein Rettungswagen aus der Klinik übernahm den Abtransport der Leiche, und danach, in der bedrückenden Stille der frühen Morgenstunden, waren Claudia und ich allein im Ärztezimmer. Und plötzlich bekam ihre gleichgültige Maske Risse und fiel. Sie fing an, hemmungslos zu weinen und zu zittern, Folge all der grauenhaften Monate des Schreckens, die sie durchgemacht hatte, seit sie in dieses Land gekommen war. »Wie können Menschen so machen?«, heulte sie, »wie, wie?«

Ich nahm sie in den Arm, um sie zu trösten, während sie schluchzte wie ein kleines Kind. Ich wusste, konnte spüren, woher all das kam. Irgendetwas in diesem Land war aus dem Ruder gelaufen, ein Damm war gebrochen. Der Zorn war so stark, dass er sich durch nichts bändigen ließ. Ich hielt sie fest, um sie zu trösten – und dann wurde aus Trost mit einem Mal ein ganz anderes, bewegendes Gefühl – von Kummer entflammte Lust. Wir waren wie die Tiere in dieser ersten Nacht. Und so ging das wochenlang. Wir trafen uns in leeren Krankensälen oder den Winkeln dunkler Flure. All das geschah in der langen, einsamen Zeit nach dem Ende meiner Beziehung zu Maria, und es stillte mein Verlangen. Ich hatte nichts zu verlieren. Sie hingegen hatte eine Menge zu verlieren, und wir begaben uns leichtsinnig in Gefahr. Schließlich konnten wir jederzeit erwischt werden. Zumindest trafen wir uns nie in meinem Zimmer, schon weil uns dort nur eine Wand von ihrem Mann getrennt hätte.

Doch ich glaube, er wusste Bescheid. Seitdem herrschte eine unangenehme Spannung zwischen uns, aber das konnte natürlich ebenso gut an meinem schlechten Gewissen liegen. Erst seit Laurence da war, hatte sich diese Spannung ein wenig gelegt.

»Aber sie gehen weg«, versicherte ich ihm. »Das steht fest. Fragt sich nur, wann.«

»Das glaube ich nicht. Die beiden sind ein wunderbares, engagiertes Paar.«

»Ach. Wofür engagieren sie sich denn?«

»Na, du weißt schon. Das Land. Die Zukunft. Und so.«

»Also wirklich«, sagte ich. »Sie sprechen zwar nicht darüber, aber es ist ein offenes Geheimnis. Das weiß doch jeder.«

»Jorge hat gesagt, Kuba ist am Arsch.«

»*Ja*, kein Wunder«, sagte ich. »Das ist eine komplizierte Geschichte. Jorge will nicht zurück, sie schon. Und deswegen streiten sie sich in einer Tour.«

»Und du gehst davon aus, dass sie gewinnt.«

»So sicher wie das Amen in der Kirche.«

»Unsinn«, sagte er. »Außerdem streiten sie sich gar nicht.«

»Hast du sie etwa noch nie gehört? Durch die Wand?«

»Nein. Noch nicht ein Mal.«

»Jedenfalls«, sagte ich gereizt, »ziehst du nicht ins Zimmer der Santanders. Sondern in Tehogos Zimmer.«

»Tehogos Zimmer?«

Ich weiß nicht, wie ich darauf kam. Es rutschte mir einfach so heraus, doch kaum hatte ich die Worte ausgesprochen, wurden sie zu einer unumstößlichen Wahrheit.

»Ja«, sagte ich. »Tehogos Zimmer. Es steht ihm ohnehin nicht zu. Er zieht in Kürze aus.«

»Wohin denn?«

»Keine Ahnung«, sagte ich. »Ist doch egal.«

Tehogos Zimmer – die letzte Tür links auf unserem Flur – war eigentlich für einen Arzt bestimmt. Aber Tehogo war kein Arzt. Sondern Pfleger. Und streng genommen, mangels Qualifikation, nicht einmal das. Trotzdem erledigte er im Krankenhaus die Arbeit eines Pflegers.

Er war schon länger hier als ich. Als ich kam, hatte er das Zimmer bereits. Wie er hierher geraten war, wusste ich bis heute nicht genau, aber es hatte irgendetwas mit den Unruhen im damaligen Homeland zu tun. Fest stand nur, dass seine Familie – Mutter, Vater, Bruder, Onkel – durch politische Gewalt ums Leben gekommen war. Angeblich war er um mehrere Ecken mit dem Brigadier verwandt, und die Morde waren ein Racheakt.

All das lag im Dunkeln. Das einzig Klare war die Tatsache, dass er verwaist war und allein und nicht wusste, wohin. Damals war er im Krankenhaus als Pflegehelfer angestellt, fiel aber immer wieder durch die Prüfung und wurde nur mangels anderer Kandidaten nicht entlassen. Er hatte anfangs bei seiner Familie gewohnt und war jeden Tag zur Arbeit gekommen. Hätte er nicht im Krankenhaus Dienst tun müssen, wäre wahrscheinlich auch er ermordet worden. Aber jetzt konnte er nicht mehr zurück nach Hause.

Dr. Ngema gab ihm das Zimmer, als Übergangsmaßnahme, bis er auf eigenen Füßen stehen konnte. Er aber war geblieben. Das übrige Pflegepersonal war fortgegangen, und er hatte nach und nach ihre Arbeit übernommen, mit dem Resultat, dass er als Einziger willens oder in der Lage war, den täglichen Kleinkram zu erledigen – den Pförtner spielen, Patienten waschen und füttern, den Boden wischen, Anrufe entgegennehmen. Er war, wenn schon nicht im Dienst, so doch zumindest ständig dienstbereit, insofern hatte es durchaus seinen Sinn, dass er im Hause wohnte. Obgleich vermutlich mehr dahinter steckte. Auch dies war nichts weiter als Klatsch und Tratsch, aber es kursierte das Gerücht, dass der Brigadier persönlich darum ersucht habe, seinen jungen Verwandten bei uns wohnen zu lassen.

Das erfuhr ich von dem zweiten weißen Arzt, der bis vor ein paar Jahren hier gearbeitet hatte. Da er verbittert war und ausgebrannt, maß ich seinem Gerede nicht allzu viel Bedeutung bei. Aber dass Dr. Ngemas Interesse an Tehogo sich nicht auf rein Berufliches beschränkte, lag auf der Hand. Sie sorgte sich regelrecht um ihn. Bei Besprechungen und Konferenzen gab sie sich alle Mühe, ihn in die Diskussion einzubeziehen. Bisweilen rief sie ihn auf einen Plausch in ihr Dienstzimmer, und einmal hatte sie mich sogar gebeten, ein Auge auf ihn zu haben.

Ich tat mein Bestes. Doch es war nicht leicht, an Tehogo heranzukommen. Er war missgelaunt und mürrisch und kreiste in einem fort um den dunklen Kern in seinem Innern. Abgesehen von einem jungen Mann, der des Öfteren im Krankenhaus herumlungerte, hatte er anscheinend keine Freunde. Ich versuchte, ihn mit Nachsicht zu behandeln. Der schreckliche Verlust seiner Familie machte ihm sicher noch immer schwer zu schaffen. Dabei hatte er eigentlich gar nichts von einem Opfer. Er war jung, sah gut aus und war immer schick angezogen. Er trug einen Ring in einem Ohr und ein Silberkettchen um den Hals. Von irgendwoher bekam er Geld, aber darüber verlor niemand auch nur eine Silbe. Wir mussten ihn behandeln, als sei er traumatisiert und bettelarm, und es war verblüffend, wie viel Macht er in seiner Ohnmacht doch besaß. Statt zu sprechen, stieß er widerwillig Grunzlaute hervor, und auch das bloß, wenn man ihn fragte. Er zeigte nie auch nur das geringste Interesse an meinem Leben, und das machte es mir schwer, mich für ihn zu interessieren. Er war seit jeher nichts weiter als ein stummer Schatten am dunklen Ende des Flurs oder saß schweigend in der Ecke des Konferenzraums. Ich beachtete ihn kaum.

Doch seit Laurence Waters da war, konnte ich Tehogo nicht mehr ignorieren. Nicht solange er in dem Zimmer wohnte, das eigentlich Laurence zugestanden hätte. Aber ich hatte Laurence angelogen: Tehogo würde weder aus- noch umziehen. Wo sollte er auch hin?

»Hm«, sagte Laurence. »Tehogo ist irgendwie komisch.

Ich habe mehrmals versucht, mit ihm zu reden, aber er ist sehr …«

»Ich weiß, was du meinst.«

Er schwieg eine Weile und sagte dann, fast weinerlich: »Ich wohne gern mit dir zusammen, Frank.«

»Ach ja?« Ich schämte mich, für meinen Zorn wie auch für meine Lüge. »Vielleicht brauchst du ja gar nicht umzuziehen.«

»Meinst du?«

»Wer weiß?«, sagte ich. »Wer weiß, am Ende bleibt womöglich alles, wie es ist.«

6

Laurence konnte nicht lange stillsitzen. Er wurde von innerer Unruhe getrieben, die ganz von ihm Besitz zu ergreifen drohte. Wenn er nicht rauchend auf und ab lief, schlich er über das Gelände, sah sich alles an und stellte Fragen. Warum sind die Wände rosa? Warum ist das Essen so schlecht? Warum werden die leeren Räume nicht genutzt? Warum, warum, warum – es hatte etwas Kindliches. Zugleich drängte ihn die Erfindungsgabe des Erwachsenen, etwas zu verändern.

Als ich eines Nachmittags zu unserem Zimmer kam, machte er sich an der Tür am Ende des Flurs zu schaffen.

»Was treibst du denn da?«

»Hilf mir mal.«

Er versuchte, die Türklinke mit einem Vorhängeschloss und einer Kette zu sichern. Da es an der Wand keinen Bolzen gab, musste er ein Ende um die Metallklammer für einen Feuerlöscher schlingen, der entweder gestohlen oder aber gar nicht erst geliefert worden war.

»Warum besorgst du dir nicht einfach einen Schlüssel für die Tür?«, fragte ich.

»Weil es keinen gibt. Ich habe, mit Dr. Ngemas Erlaubnis, sämtliche Zweitschlüssel ausprobiert.«

»Wieso willst du sie überhaupt abschließen?«

Er blinzelte erstaunt. »Dumme Frage. Du hast doch gesehen, was da drin vor sich geht.«

Es dauerte einen Moment, bis ich begriffen hatte, dass er von den Diebstählen und Zerstörungen im leer stehenden Flügel des Krankenhauses sprach.

»Aber das ist doch alles ewig her. Und was spielt das überhaupt für eine Rolle?«

»Wie bitte?« Er lächelte unsicher. »Ist das dein Ernst? Das kann man doch nicht einfach durchgehen lassen.«

»Laurence, Laurence.«

»Was?«

Ich half ihm, die Kette um die Klammer zu schlingen und mit dem Vorhängeschloss zu sichern. Dabei sah man auf den ersten Blick, dass das Schloss leicht und billig war. Ein einziger Schlag hätte genügt, um es aufzubrechen.

Das war typisch für ihn. An einem der nächsten Tage sah ich zufällig, wie er den Rasen auf der freien Fläche zwischen unserem Zimmer und dem Haupthaus schnitt. Seit ich hier war, hatte diesen Rasen niemand auch nur angerührt. Da es keinen Mäher gab, hatte er sich irgendwo eine rostige alte Sense besorgt. Er schwitzte und war ganz rot im Gesicht, und die Arbeit fiel ihm schwer. Themba und Julius, die beiden Küchenhilfen, saßen auf der kleinen Treppe hinter dem Aufenthaltsraum und beobachteten ihn ebenso belustigt wie verwirrt.

»Dein Freund ist verrückt«, wandte Julius sich an mich.

»Trotzdem sieht es nachher besser aus«, sagte ich.

Genau das war vermutlich der springende Punkt. Und als die bräunlichen Hügel aus dickem, verdorrtem Gras schließlich auf dem Komposthaufen hinter der Küche lagen, den Laurence dort angelegt hatte, war die Fläche zwischen den beiden Gebäuden blitzsauber gemäht. Es sah gut aus.

Doch Laurence stand keuchend da und starrte stirnrunzelnd auf sein Werk.

»Was ist los? Das war eine stramme Leistung.«

»Ja. Ich weiß.«

»Bist du denn nicht zufrieden mit dir?«

»Doch«, sagte er. »Schon.«

Dafür sah er nicht sehr zufrieden aus.

Und tags darauf entdeckte ich ihn auf dem Dach, wo er das Unkraut und das Gras herauszog, das dort oben wuchs. Die Sonne brannte, und in der prallen Mittagshitze ging er einsam seiner Arbeit nach. Ich brachte ihm eine Flasche Wasser nach oben und wartete, während er trank.

»Das wird dir kein Mensch danken«, meinte ich.

»Danken? Wie meinst du das?«

»Ich verstehe nicht, weshalb du dir überhaupt die Mühe machst.«

»Das Dach muss sauber sein.«

»Schon möglich. Aber was bringt das? Das Zeug ist doch im Handumdrehen nachgewachsen.«

»Das macht nichts«, entgegnete er stur. »Nachher sieht es besser aus.« Und tatsächlich war das Dach nachher blitzblank und sah genauso ordentlich aus wie die Rasenfläche. Von hier oben konnten wir die ganze Stadt und die wogenden Hügel in der Umgebung überblicken, und in meinem Überschwang verspürte ich ein Gefühl der Zufriedenheit und des Behagens, als hätte auch ich den ganzen Tag schwer gearbeitet.

Aber ich hatte selbstverständlich Recht: Unkraut und Gras wuchsen nach, und obwohl sich das Grün langsam, millimeterweise ausbreitete, verlor niemand ein Wort darüber. Oder machte sich gar die Mühe, es zu jäten. Laurence hatte sich längst einem neuen Projekt zugewandt. Und als ich ein oder zwei Monate später entdeckte, dass jemand das billige Schloss an der Kette aufgebrochen hatte, mit dem die

Tür am Ende des Flurs gesichert gewesen war, sagte auch ich nichts dazu.

Ich war mit anderen Dingen beschäftigt. Mein Leben drehte sich keineswegs ausschließlich um Laurence oder das Krankenhaus: Ich verfolgte andere, aushäusige Interessen, und die waren mir wichtiger. Ich hatte wieder damit angefangen, Maria zu besuchen. Wenn auch nicht, wie früher, jeden Abend. Aber ein oder zwei Mal in der Woche überkam mich ein unbezähmbarer Drang, und ich setzte mich in meinen Wagen.

Der Sex war anders als damals. Härter, brutaler, heftiger. Es ging auch nur noch um Sex – und nicht um Zuneigung oder gar Liebe. Ich war grob zu ihr. Nicht direkt gewalttätig, aber mit einer Neigung zur Gewalt, die alles andere aus dem Gleichgewicht brachte. Ich lag immer oben und presste sie zu Boden. Und sie reagierte mit Passivität, Ergebenheit. Aber wir berührten uns nicht. Wir versuchten nicht einmal, uns zu unterhalten. Es war, als suchte ich etwas, das ich nicht finden konnte, dem ich jedoch am nächsten kam, indem ich immer wieder an diese schwere Holztür hämmerte.

Ich bezahlte sie inzwischen jedes Mal. Denn um nichts anderes ging es: Bezahlung. Unsere Treffen waren Transaktionen, mit praktischen Grenzen. Wenn wir überhaupt miteinander sprachen, dann über Termine. Zweimal wollte sie mich an bestimmten Abenden nicht sehen. Ich akzeptierte diese Einschränkungen, ohne dabei persönliche Gefühle aufkommen zu lassen. Der andere Mann existierte für mich allenfalls als Störfaktor oder als Symbol in Form eines weißen Wagens vor der Hütte.

Einmal nur schwand die Distanz dahin. Sie fragte: »Wo ist der Mann – dein Freund?«

Es dauerte einen Augenblick, bis ich verstanden hatte. »Laurence? Er ist nicht mein Freund.«

»Nein?«

»Nein. Na ja, vielleicht doch.« Ich sah zu, wie sie sich das Kleid über den Kopf zog und die Arme in die zerfetzten Ärmel gleiten ließ. »Warum interessierst du dich für ihn?«

Sie gestikulierte.

»Sein Gesicht ...?«

»Ja.«

»Was ist damit?«

Sie wollte mir erst eine Antwort geben, schüttelte dann aber den Kopf. Ein Blick, und schon war sie wieder da: diese Distanz, diese Mauer. »Du kommst Freitag?«, fragte sie.

Er war also auch hier, eine manische, irritierende Gestalt, deren Schatten über die Holzwand der Hütte huschte. Unvorstellbar, dass ich Laurence noch vor zwei Monaten gar nicht gekannt hatte.

Ich erzählte ihm nichts von Maria. Ich weiß auch nicht, warum. Aber das hatte vermutlich mit jenem erschreckenden Moment zu tun, als er mich fragte: »Haben Sie mit der Frau geschlafen?« Meine Antwort war eine spontane Lüge. Es steckte keine Strategie dahinter. Ich empfand seine Intuition instinktiv als Bedrohung; ich log, um mich gegen sie zu wappnen. Und diese Lüge musste ich aufrechterhalten.

Ich log, obwohl er genau wusste, wohin ich fuhr. Dass er mich nie danach fragte, bestärkte mich in diesem Verdacht. Er sah zu, wie ich duschte, mich umzog und davonfuhr, ohne etwas dazu zu sagen. Manchmal war er noch wach, wenn ich zurückkam. Auch die anderen Kollegen sahen mich seit langem kommen und gehen, ohne ein Wort darüber zu verlieren. Aber sie konnten nur Vermutungen anstellen. Er wusste Bescheid.

Und so war auch dieser winzige Teil meines Lebens – für den ich bar bezahlte, um ihn vom Rest zu isolieren – untrennbar mit Laurence verbunden.

Nach ein paar Wochen hatten wir uns einigermaßen miteinander arrangiert – beziehungsweise abgefunden –, und ich musste immer wieder an die Frage denken, die er mir kurz nach seiner Ankunft gestellt hatte. *Gab es einen bestimmten Moment, in dem dir klar wurde, dass du Arzt werden willst?* Ich beobachtete Laurence, wenn er sich um den einen oder anderen verirrten Patienten kümmerte. Egal wie alt oder jung, wie kritisch oder aussichtsreich ihr Zustand, er behandelte sie alle gleich: ernst, fürsorglich, engagiert. Jeder einzelne von ihnen schien ihm etwas zu bedeuten.

Das ärgerte mich. Es ärgerte mich, weil mich das alles nicht besonders interessierte. Was nicht heißen soll, dass ich mich nicht bemühte. Ich verarztete die Leute nach bestem Wissen und Gewissen, aber wenn nichts mehr ging, ließ ich mir deswegen keine grauen Haare wachsen. Und Laurence' Hingabe und Anteilnahme machten mir meine Unzulänglichkeit schmerzlich bewusst.

Ich suchte in meiner Vergangenheit nach einem Augenblick der Wahrheit, wie er ihn erlebt hatte. Mir schien, dass irgendwo und irgendwann etwas geschehen war, das mich in meinem Beschluss bestärkt hatte. Aber es gelang mir nicht, mir diesen Augenblick ins Gedächtnis zurückzurufen.

Und dann plötzlich klappte es. Eines Tages, wie ein Blitz aus heiterem Himmel, kam mir die Erinnerung. Und ich wollte, ich könnte sie wieder vergessen.

Der für mich entscheidende Augenblick lag dreizehn Jahre zurück. Ich hatte mich mit Laurence mehrmals flüchtig über meine Armeezeit unterhalten. Er hatte mir einige Fragen gestellt, mit der für einen jungen Mann seines Alters typischen lebhaften Neugier. Doch immer wenn das Thema zur Sprache kam, glaubte ich herauszuhören, dass es ihn eigentlich gar nicht interessierte. Schon wie er das Wort »Armee« aussprach. Ich hörte ihm deutlich an, dass er keine Ahnung hatte, wie und was das eigentlich war. Vierzig Jahre lang war die Wehrpflicht ein fester Bestandteil des Lebens jedes weißen Mannes gewesen, und dann plötzlich, über Nacht, trat ein neues Gesetz in Kraft, und sie war abgeschafft. Und da saß mir nun dieser Weiße gegenüber, von dem mich nur eine Generation trennte, der diesen Teil meines Lebens als alte Kamelle ansah.

Eines schönen Tages fuhren Laurence und ich wieder einmal einen Notfallpatienten in die Klinik. Da die Nebenstraße, welche die Stadt mit der Hauptstraße verband, recht kurvig war und sich über Hügel und durch Senken schlängelte, konnte man von einer bestimmten Biegung aus die Überreste des Militärcamps sehen, das der Brigadier befehligt hatte. Damals, kurz vor der Wende, als jederzeit eine Invasion zu befürchten stand, war es anscheinend ein bedeutender Armeestützpunkt gewesen: endlose Reihen von Zelten und Lastern, Scharen von Männern. Jetzt war es verlassen – eine dicht gedrängte Ansammlung verschlissener Zelte hinter wirrem Stacheldrahtgeflecht. Ein Feldweg führte von der Straße zum Camp hinunter, doch der war überwuchert, und so hatte ich mir das Lager nie aus der Nähe angeschaut. Trotzdem ging ich an dieser Stelle jedes Mal vom Gas, um einen Blick darauf zu werfen. Ich weiß nicht, weshalb es mich so faszinierte; es gab im Grunde nichts zu sehen. Heute jedoch glaubte ich, zwischen den Zelten eine menschliche Gestalt entdeckt zu haben. Sie war weit weg und winzig klein und gleich darauf wieder verschwunden.

Ich fragte mich sofort, ob ich überhaupt etwas gesehen hatte. Trotzdem drehte ich mich danach um.

»Was ist?«, erkundigte sich Laurence. »Hast du was gesehen?«

»Nein«, antwortete ich. »Schon wieder weg.«

Ich wollte nicht noch einmal mit jemandem über den Brigadier sprechen, der sich nicht für ihn interessierte.

»Was ist das überhaupt?«

»Ein altes Lager der Armee.«

»Ich wäre auch gern zur Armee gegangen«, sagte er. »Das ist bestimmt eine prägende Erfahrung.«

»Du hast ja keine Ahnung, wovon du redest.«

Er sah mich scharf an, ein erschrockener Seitenblick. »Hast du nicht gesagt, es war nichts Besonderes? Und obendrein todlangweilig?«

»Genau.«

»Aber?«

»Ich möchte nicht darüber sprechen.«

Obwohl er es dabei bewenden ließ, hatte dieses Gespräch bei mir einen wunden Punkt berührt. An diesem Abend lag ich lange wach und grübelte. Ich dachte nicht oft an meine Zeit beim Militär; die war eher eine Leerstelle, ein weißer Fleck in meiner Erinnerung. Es gab eigentlich nur einen Vorfall, eine viel sagende kleine Begegnung, die sich unauslöschlich in mein Gedächtnis eingebrannt hatte.

Die politischen Umstände hatten mich für zwei Jahre an die angolanische Grenze verschlagen. Was ich Laurence erzählt hatte, stimmte. Die meisten dieser Monate waren eintönig und öde: verlorene Zeit. Man schickte mich von Camp zu Camp. Da ich gerade erst mein Examen als Arzt gemacht hatte, wurde mir der Rang eines Lieutenants zuerkannt. Doch damit stand ich nicht allein, und ich vermied es, mich hervorzutun. Es erschien mir am klügsten, mich bedeckt zu halten.

Während dieser ganzen Zeit gelangte ich nur ein einziges Mal zum Einsatz. Damals tat ich drei Monate Dienst in einem kleinen Camp im tiefsten Busch. Bis dahin war es beim Militär eher nett und harmlos zugegangen. Ich behandelte Soldaten, die sich bei Unfällen verletzt hatten, versorgte Hitzschläge, Zeckenbisse und Knochenbrüche. Kleinere Katastrophen. Doch im Busch herrschten andere Verhältnisse. Dieses Lager diente als Basis für gezielte Operationen: Ständig schwärmten Spähtrupps aus, auf der Suche nach feindlichen Patrouillen, die es zu vernichten galt. Zum ersten Mal verarztete ich Menschen, die in kriegerische Auseinandersetzungen verwickelt worden waren. Ich sah Dinge, die ich noch nie gesehen hatte. Von Granaten, Gewehrkugeln und Tretminen gerissene Wunden; bewusst, vorsätzlich zugefügte Verletzungen. Was sich mir damals am tiefsten und nachhaltigsten eingeprägt hat, ist die Lebendigkeit blutenden Fleisches, das vor dem graubraunen Hintergrund des Graslands strahlte wie eine blühende Frucht.

In dem kleinen Feldlazarett gab es zwei Lieutenants – mich und Mike. Dort lernte ich den Mann kennen, der mein Freund werden und später mit meiner Frau durchbrennen sollte. Zunächst jedoch war er nichts weiter als ein angenehmer Zeitgenosse. Unser Vorgesetzter war ein fetter Captain, der so genannte Chefsanitäter. Der Lagerleiter hieß Kommandant Moller.

Bis zu jener bestimmten Nacht hatte ich ihn noch nie aus der Nähe gesehen. Ich kannte ihn nur als winzige Gestalt, die in der Ferne einem Hubschrauber entstieg, Dinge inspizierte, Befehle erteilte. Er war dünn, kräftig und kompakt und verströmte eine Aura der Gefahr. Wir hatten Angst vor ihm und gingen ihm möglichst aus dem Weg. Er stand in einem Ruf, der seine physische Erscheinung bei weitem überstrahlte: als jemand, der seine Pflicht mit blinder, feierlicher Hingabe erfüllte.

Seine Pflicht bestand darin, feindliche Soldaten zu töten, und nur aus diesem Grund gab es das Lager überhaupt. Und nur aus diesem Grund waren wir da, auch wenn wir niemanden töteten. Im Gegenteil, wir flickten die Mörder zusammen, damit sie weiter morden konnten. Wenn uns das nicht gelang, verließen unsere Patienten das Lager in der anderen Richtung, gen Süden, in Leichensäcken.

Was meine Arbeit anging, hatte ich keinerlei moralische Bedenken. Eigentlich dachte ich gar nicht darüber nach. Vielleicht war ich zu jung, mein Horizont zu eng; ich sah immer nur die unmittelbar bevorstehende Aufgabe. Schrappnell entfernen. Wunde klammern. Leben retten. Ich war Arzt und tat, was ich im Rahmen meiner Ausbildung gelernt hatte. Bei einem verwundeten feindlichen Soldaten wäre ich mit derselben beschränkten, kurzsichtigen, amoralischen Konzentration zu Werke gegangen.

Bis zu besagter Nacht.

Von Zeit zu Zeit wurde unser Chef, der Captain, noch zu später Stunde in den Zellenblock in der Lagermitte zitiert. Und zwar sonderbarerweise immer dann, wenn kurz zuvor eine neue Fuhre von Swapo-Häftlingen eingetroffen war. Uns war klar, dass da ein Zusammenhang bestand. Und uns war auch klar, dass wir am besten keine Fragen stellten. In diesen flachen Backsteingebäuden – den einzigen Massivbauten im ganzen Lager – herrschte rege Betriebsamkeit, umgeben von einem Schleier des Schweigens und der Heimlichtuerei. Wenn er zurück kam, wirkte der Captain –

ein fröhlicher, herzensguter Mensch – jedes Mal schweigsam und verstört.

Aber als in jener Nacht nach einem Arzt gerufen wurde, war der Captain nicht da. Ich weiß nicht mehr genau, warum, jedenfalls tat er in einem anderen Lager Dienst. Mike und ich waren allein, teilten uns eine Flasche Whisky und sprachen über unser Vorhaben, eine Gemeinschaftspraxis zu eröffnen, wenn diese zwei Jahre vorbei waren.

Der Corporal, der den Befehl überbracht hatte, ging wieder. Doch zehn Minuten später war er zurück.

»Der Kommandant sagt, einer von euch muss kommen.«

Wir sahen uns an. Weder er noch ich wollte gehen.

»Geh du.«

»Nein, du.«

»Dein Afrikaans ist besser.«

Zwei Minuten später folgte ich dem braunen Rücken des Corporals durch die drückend heiße Dunkelheit zum Zellenblock. Ich hatte Angst vor dem Kommandanten und dem, was er mir antun konnte. Diese Furcht ließ mich die Frage nach dem rätselhaften Grund für diese Order – die mir womöglich weit schwerer zusetzen würde – glatt vergessen.

Der braune Rücken führte mich in einen kleinen Raum mit geklinkerten Wänden und Betonfußboden. Keine Fenster. Eine nackte Glühbirne baumelt an einem Kabel von dem niedrigen Zinkdach. Vier Soldaten sind zugegen, zwei davon Offiziere. Einer von ihnen ist Kommandant Moller. Er trägt braune Uniformhosen, Armeestiefel und ein weißes T-Shirt. Er sitzt auf einem Hocker, entspannt und ungezwungen.

Auf dem Boden liegt ein Schwarzer, nackt. Er ist mit Blut bespritzt und rührt sich nicht, bis auf seinen Brustkorb, der sich bei jedem Atemzug krampfhaft hebt und wieder senkt. Am Rande meines Blickfelds sehe ich Reitpeitschen und andere Dinge, seltsame Gegenstände, die ich nicht erkenne. Aber ich kenne die Szene, obwohl ich sie nie zuvor erlebt habe; ein altes Tableau, und welchen Platz ich darin einnehme, ist auf Anhieb klar.

»Naand, Lieutenant«, sagt der Kommandant. *»Jammer om te steur.«*

So nah bin ich ihm noch nie gekommen. Zum ersten Mal hebe ich den Kopf und sehe ihm in die Augen. Sie sind blau und ausdrucksleer. Er ist nicht unattraktiv, das Gesicht kalt und symmetrisch wie das eines Götzenbilds, das braune Haar millimeterkurz geschnitten. Und doch ist der auffallendste Zug seines Gesichts nicht dessen Makellosigkeit. Laut Vorschrift ist bei der Rasur zwischen Ohrläppchen und Nasenflügel eine imaginäre Linie einzuhalten, und diese Vorschrift hat er aufs Wort befolgt: Auf den Wangenknochen sprießt links und rechts ein kleines Büschel Haare.

Was ist das nur für ein Mensch?

»Is jy Engels of Afrikaans?«, fragt er.

»Englisch, Kommandant.«

Er schaltet auf akzentfreies Englisch um, sein Tonfall freundschaftlich und ruhig. »Wir brauchen Ihre Hilfe, Lieutenant. Sie sind doch Arzt, *né?*«

»Ja, Kommandant.«

»Wir führen hier ein kleines Verhör durch. Leider ist unser Freund ein wenig unpässlich. Angeblich kriegt er keine Luft. Würden Sie ihn sich mal anschauen?«

Ich gehe neben dem Körper auf dem Boden in die Hocke. Es ist nicht zu übersehen, dass er übel zugerichtet ist. Gesicht und Oberkörper sind mit blauen Flecken und Schwellungen übersät, und er hat eine Riss- oder Schnittwunde am Rücken. Seine Atemgeräusche sind unüberhörbar, ein hohes, schwaches Keuchen.

»Kommandant«, sage ich. »Er sieht nicht gut aus.«

»Ja, ja«, meint die ruhige Stimme hinter mir. »Aber simuliert er?«

»Ob er simuliert?« Die Frage ist absurd. Der Mann gehört ins Krankenhaus, muss genäht, desinfiziert, behandelt werden. »Ich weiß nicht, was Sie meinen.«

»Seine Atmung, Lieutenant«, sagt der Kommandant geduldig. »Stimmt etwas nicht damit?«

Es ist nicht leicht, bei all den Striemen und Blessuren seine Atmung zu kontrollieren, doch als es mir schließlich gelingt, höre ich sofort, was los ist. »Er hat einen Asthmaanfall, Kommandant. Er simuliert nicht.«

»Können Sie etwas für ihn tun?«

»Ich kann es versuchen. Ich brauche Wasser.«

»Gee vir hom water daar.«

Jemand bringt mir einen halb vollen Eimer Wasser, in dem blutiger Schaum schwimmt. Ich bewege mich in tiefer Dunkelheit und sehe mich wie durch einen langen Tunnel, als ich sein Gesicht mit Wasser benetze, seine Wunden auswasche, von Dreck und Blut reinige. Das wird sein Asthma zwar nicht lindern, trotzdem folge ich meinem Instinkt. Er windet sich stöhnend, doch sein Röcheln hält an. Ich hole den Zerstäuber aus meinem Arztkoffer.

Nach ein oder zwei Minuten geht sein Atem ruhiger.

»Daarsy«, sagt einer der anderen.

»Uitstekend«, meint der Kommandant. »Jetzt muss ich Sie etwas fragen, Lieutenant. Was meinen Sie, als Arzt, wie viel verträgt er noch?«

Ich stehe auf und drehe mich um, wage es aber nicht, seinem Blick zu begegnen. Trotz der Hitze fröstelt mich. »Kommandant«, sage ich. »Er braucht ärztliche Hilfe.«

»Danach habe ich Sie nicht gefragt.« Sein Tonfall ist strenger geworden. »Ich frage Sie: Wie viel Verhör verträgt er noch?«

»Nicht viel.«

»Wie viel?«

»Kommandant, wenn ich ihn ordentlich behandeln dürfte, könnte ich etwas gegen das Asthma machen. Aber dazu braucht er dringend Kortison.«

Einer der Umstehenden wiederholt »ordentlich behandeln« und lacht.

»Wird er sterben, Lieutenant?«

»Kommt drauf an. Wenn man ihn zu hart rannimmt …«

»Und wenn wir vorsichtig sind …?«

Diese Fragen sind grotesk, Zeichen einer verkehrten Welt, Ärzte sollen heilen und kurieren und nicht bei der kalkulierten Zerstörung von Nerven und Fleisch behilflich sein. Ich mache den Mund auf, um etwas zu sagen, doch da spüre ich die ausdrucksleeren Augen des Kommandanten, die mich anstarren, in die Knie zwingen.

Eine Zeit lang herrscht Schweigen, und mir fällt ein, wer ich bin, wo ich bin und was von mir verlangt wird. Der Mann auf dem Fußboden ist ein Feind, der die Nacht ohnehin nicht überleben wird. Ich muss für mich selber sorgen, damit ich mich nicht früher oder später genau da wiederfinde, wo er jetzt liegt, nackt auf dem Boden einer Zelle, nicht als Arzt, sondern als Patient, für den es keine Rettung gibt.

»Nein«, sage ich. »Der stirbt noch nicht.«

»Danke, Lieutenant.« Der freundschaftliche Ton ist wieder da. »Grüßen Sie den Captain, wenn er zurück ist.«

Und dann trotte ich wieder durch die Dunkelheit, fort von der Zelle und jenem Augenblick der Wahrheit, der sich im toten Zentrum meines Lebens festsetzen wird.

Mike erwartete mich schon. »Was wollte er? Warum hat er dich rufen lassen?«

»Ach, vergiss es«, sagte ich. »Er hatte Kopfschmerzen.«

Meine Qualen dauerten nur ein paar Tage. Schon am nächsten Morgen fing ich an, den Vorfall zu verdrängen: *Es hätte nichts geändert.*

Du hattest keine andere Wahl.

Du hast nur eine Frage beantwortet.

Und als ich schließlich versetzt wurde, in ein ödes Camp, wo nichts Bedeutendes passierte, hatte ich mein Versagen als elementaren Bestandteil meines Daseins akzeptiert. Ich dachte kaum je daran zurück, außer in jenen seltenen Augenblicken, in denen die Erinnerung mit seltsamer, unbändiger Macht an die Oberfläche drängte.

Wie jetzt. Es war, als habe jemand den Finger durch eine schwache Stelle des Gewebes meiner Vergangenheit gebohrt und schaue nun durch das Loch zu mir herein. Und ich verspürte den sonderbaren Drang, ebenfalls hineinzusehen und mich von außen zu betrachten. Doch das brachte ich nicht über mich. Ich hatte den für mich wichtigen, entscheidenden Moment gefunden, aber was er über mich verriet, das wollte ich nicht wissen.

7

Als ich eines Abends von Maria kam, saß er auf dem Bett und hatte eine Karte vor sich ausgebreitet. Es war sehr spät, und bis auf Dr. Ngemas Dienstzimmer lag das ganze Krankenhaus im Dunkeln. Nur Laurence war hellwach.

»Was machst du da?«

»Planen. Hast du morgen schon was vor?«

»Morgen ist mein freier Tag.«

»Hast du Lust auf einen Ausflug?«

»Wohin?«

»Nur ein kleiner Spaziergang. Lass dich überraschen. Komm schon, Frank, sag ja.«

»Meinetwegen«, lenkte ich ein. »Warum nicht?«

Ich dachte, wir würden wieder einmal wandern gehen. Aber da hatte ich mich geirrt. Laurence betrachtete die ganze Sache von Beginn an als Mission. Im Lauf der Nacht wurde ich zweimal wach, und er saß immer noch auf seinem Bett und starrte auf die Karte. Und um halb neun weckte er mich ganz aufgeregt. Den Rucksack hatte er schon gepackt – Brote, Bier und Sonnencreme.

Es war ein frischer, klarer Morgen, und das Gras schimmerte und glänzte wie Metall. Wir fuhren in Richtung Grenze. Die Bewohner der Dörfer, durch die wir kamen, pumpten Wasser, wuschen sich, kochten über offenem Feuer. Die weite Landschaft wimmelte von morgendlichem Leben.

Bäume und Pflanzen strebten mit Macht gen Himmel, schienen sich senkrecht gegen die Schwerkraft zu stemmen. Links und rechts zweigten Feldwege ab, manche mit Schildern versehen, die auf Farmen oder kleine Siedlungen hinwiesen, andere namenlos. Nach einer Weile bogen wir links ab, auf einen unmarkierten Pfad. Laurence' Wagen quälte sich schlingernd durch die tiefen Furchen, was meinen Eindruck, dass das Land vor Leben buchstäblich vibrierte, noch verstärkte. Bald begann der Weg dem dunklen Lauf eines Flusses zu folgen. Und dann plötzlich war er zu Ende, und wir standen auf einer schattigen, überwachsenen Lichtung. Hinter einer Wand aus Bambushalmen sah ich Wasser fließen. Ein schmales Rinnsal, ein kleiner Bach, mehr nicht, und doch erfüllte er die Bäume ringsum mit sattgrünem Leben.

Laurence stand am Ufer und spähte ins Wasser. »Da drin gibt's doch bestimmt jede Menge Fische«, sagte er. »Angelst du, Frank?«

»Schon lange nicht mehr. Wurde mir irgendwann zu langweilig.«

»Zum Angeln braucht man doch bestimmt Geduld. Meinst du, hier gibt's Krokodile?«

»Nein. Zu klein.«

Er wirkte erleichtert. Er fühlte sich hier draußen, in der Wildnis, offenbar nicht allzu wohl. Wir marschierten los, flussauf, stapften durch Schlamm und wateten durch Wasser. Ich ließ ihn vorangehen. Er schleppte den prallen Rucksack durch das Dickicht und drehte sich nur hin und wieder mit besorgter Miene um und zwinkerte mir zu. Alle paar Minuten blieb er stehen und warf einen Blick auf die Karte, obwohl wir die ganze Zeit am Bach entlanggingen. Ich fühlte mich wohl – so wohl wie schon seit Monaten nicht mehr. Ich hatte völlig vergessen, wie gut es tat, Häuser, Menschen und vertraute Gegenstände hinter sich zu lassen. Unter den Bäumen war es herrlich kühl.

Hier und da mussten wir über einen Felsen klettern oder versanken bis zu den Hüften im dunklen Wasser. Mir machte das nichts aus, er hingegen verzog ängstlich das Gesicht. »Bist du auch wirklich *sicher*, dass es hier keine Krokodile gibt?«, fragte er ein zweites Mal. »Mehr oder weniger«, antwortete ich. Es gab natürlich keine Krokodile, doch sein Unbehagen amüsierte mich. Nach einer Weile tauschten wir die Plätze, und ich ging voran. Ich horchte auf das quatschende Geräusch seiner Füße im Schlamm, hörte ihn wild fuchtelnd nach Mücken schlagen.

Nach etwa einer Stunde verbreiterte sich der Wasserlauf zu einem Tümpel, der auf der anderen Seite von einer Felswand begrenzt wurde, über die ein Wasserfall herunterstürzte. Ursprünglich, wild und wunderschön. Ein feiner Gischtschleier trieb über die Felsen und benetzte die Wedel der Farne, die aus den Spalten sprossen.

Aber wir hatten etwas aufgescheucht, ein längliches, saurierähnliches Wesen, das sich ins Wasser stürzte.

»Ich wusste doch, dass es hier Krokodile gibt!«

»Das ist kein Krokodil«, widersprach ich, »sondern ein Waran. Mensch, ist der flink!«

Der schlüpfrige Riese schwamm blitzschnell um den Fuß der Wand, hievte sich auf einen Vorsprung, kletterte ein Stück senkrecht nach oben und verschwand schließlich in einem Felsspalt.

Der Anblick der geschuppten Urechse hatte etwas Beunruhigendes. Er ging mir nicht mehr aus dem Kopf.

Trotzdem schwamm ich im Wasser. Dies war ein idealer Ort, um Rast zu machen und zu Mittag zu essen. Blitzende

Sonnenstrahlen stachen durch die dichten Baumkronen, und die großen Felsen waren warm. Ich zog mich aus und kraulte dorthin, wo die Wasseroberfläche schäumte, brodelte und zischte. Ich fühlte mich fast so wie damals, als ich im Krankenhaus angefangen hatte und allein durch den Busch gewandert war. Nur war ich jetzt natürlich nicht allein; Laurence war dabei. Mein Freund.

Er zog die Knie bis unters Kinn und sah mir zu. Er wirkte bekümmert und verwirrt. Das Chaos der Wildnis schien ihn zu bedrücken. Ich glaube, er hätte am liebsten alles ausgerissen und einen Rasen angelegt. Ich schwamm näher heran und winkte. »Komm doch rein!«

Er schüttelte den Kopf. »Nein, danke.«

»Das Wasser ist herrlich.«

»Willst du ein Bier?«

»Also, ich hätte lieber was zu essen.« Ich hievte mich aus dem Wasser und legte mich tropfnass auf den Felsen. »Wie wär's mit einem Brot?«

»Hier?«

»Was spricht dagegen?«

»Ich weiß auch nicht, es ist noch so früh. Ich dachte, wir essen weiter oben.«

»Weiter oben? Wie soll ich das verstehen?«

»Wir sind noch nicht da, Frank.«

»Noch nicht *wo*?«

»Ich habe dir doch gesagt, dass wir einen Ausflug machen.«

»Ja?«

Er nahm seine Brille ab und putzte sie. Als er sich zu mir herumdrehte, hatte sein Gesicht mit einem Mal einen erschrockenen, unverstellten Ausdruck. »Das war leider nur die halbe Wahrheit.«

Ich wartete ab.

»Nun ja, Wahrheit ist vielleicht nicht das richtige Wort.«

»Und was wäre das richtige Wort?«

»Ich habe dir etwas verschwiegen. Ich meine, das ist natürlich schon eine Wanderung, ein Ausflug.«

»Aber?«

»Aber ich habe ein ganz bestimmtes Ziel.«

»Nämlich?«

Er setzte die Brille wieder auf, holte die Karte hervor und ließ sich neben mir auf dem Felsen nieder. Er hatte sein Hemd ausgezogen, und seine blasse, knochige, unbehaarte Brust wirkte irgendwie unecht. Im Zimmer war ich der Schüchterne, Verklemmte, der sich stets im Badezimmer umzog oder ein Handtuch umlegte, während es ihm egal war, wie ich ihn sah. Hier draußen hatten wir die Rollen getauscht.

»Da«, sagte er. Er zeigte auf die Karte, doch ich konnte nichts erkennen. Ich sah nur die blaue Ader des Flusses, inmitten eines Wusts aus Höhenlinien, Umrissen und Punkten, die für namenlose Dörfer standen. »Da will ich hin.«

»Wo?«

»Hier. Siehst du?« Er tippte mit der Fingerspitze darauf.

»Aber das ist doch bloß ein Dorf.«

»Was soll das heißen, bloß ein Dorf? Es *ist* ein Dorf.«

»Aber. Aber.« Ich suchte in seinem Gesicht nach einer Erklärung. Es kam mir vor wie ein Witz, auch wenn er sonst nie Witze machte. Sein Blick war fest. »Das verstehe ich nicht«, sagte ich.

»Was?«

»Warum du da hinwillst.«

»Nur so.«

Ich sah auf die Karte. Ich konnte mir das nicht erklären.

Die gesamte Umgebung war mit Punkten gespickt, die menschliche Siedlungen markierten, manche groß genug für einen eigenen Namen, die meisten nicht. Aber einen, nur einen hatte er umkringelt. Ich starrte auf die Karte, und nach einer Weile fügten sich die Wellenlinien für mich zu so etwas wie einem Bild. Ich entdeckte die Felswand, in deren Schatten wir saßen. Zwei oder drei Kilometer weiter nördlich, ein Stück westlich des Flusses, lag der Punkt, den er sich ausgesucht hatte.

Aber wir waren nicht »nur so« hierher gefahren. Das war selbstverständlich Unsinn. Ihm ging es um etwas anderes, worüber er nicht sprechen wollte, und das hatte ich von Anfang an gespürt. Ich war aus purer Neugier mitgekommen.

»Hättest du dir kein abgelegeneres Kaff aussuchen können?« Es gab keine Straße, nicht einmal einen Pfad, und das Gelände schien unwegsam und hügelig.

»Das ist es ja gerade, verstehst du, genau darum geht es!« Er war furchtbar aufgeregt. An seinen Brillengläsern hingen Wassertropfen, und plötzlich sah es aus, als ob er weinte.

»Nein«, sagte ich. »Laurence, worum geht es?«

»Ich habe mir absichtlich das abgelegenste Dorf von allen ausgesucht. Es sollte möglichst unzugänglich sein.«

Zum ersten Mal hatte ich das Gefühl, dass er leicht verrückt war. Meine Miene schien das zu verraten, denn er senkte den Blick und nestelte an einem Zipfel der Karte. Er wirkte niedergeschlagen.

»Du willst nicht mitkommen, stimmt's?«

»Ich verstehe nicht, was das alles soll. Was machen wir hier?«

»Das habe ich dir doch gesagt«, beharrte er. »Ich will es mir bloß mal ansehen.«

»Wozu?«

»Nur so.«

»Nein.«

»Wir brauchen nicht die Felswand hochzuklettern. Es gibt einen Weg nach oben. Ich kann ihn dir auf der Karte zeigen.«

»Nein.«

»Ach, komm.«

»Für mich ist der Ausflug vorbei«, sagte ich. »Ich warte hier. Du kannst allein weitergehen.«

Es war, als wäre eine Tür zwischen uns zugeschlagen. Ich hatte noch nie so mit ihm gesprochen, und wenn, dann allenfalls im Scherz. Aber jetzt war mir nicht nach Scherzen zu Mute. Kalte Wut stieg in mir auf. Was bildete er sich eigentlich ein, dieser überdrehte Bengel, der kaum sein Praktikum beendet hatte, mit seiner falschen Freundschaft und seinen geheimen Plänen und Machenschaften? Ich hatte die Nase voll von ihm und nicht die Absicht, ihm weiter hinterherzulaufen.

Er sah es mir an. Er war verblüfft. Seine Augen wurden ganz rund, und seine Lippen bebten, doch er weinte nicht. Nachdem er eine Zeit lang auf seine Füße gestarrt hatte, stand er auf, zog sein Hemd an und knöpfte es ganz langsam zu, Knopf für Knopf. Dann sagte er, betont gleichgültig: »Na gut.«

»Was?«

»Du bleibst hier. Den Proviant lasse ich da. Es dauert bestimmt nicht lange. Zwei, drei Stunden. Bis später.«

Und dann ging er davon. Ich wollte etwas sagen, nur was? Er ließ mich zurück, beachtete mich nicht mehr weiter. Ich sah in die Bäume, und als ich mich nach ihm umdrehte, war er auch schon verschwunden.

Zunächst spielte ich den Trotzkopf. Ich aß ein Brot und trank ein Bier. Aber mein Triumph war nur von kurzer Dauer, und schon bald bereute ich, was ich getan hatte. Die Felswand hinaufzuklettern war vermutlich halb so schlimm. Und er hatte es nur gut gemeint. Ich verspürte den Drang, zusammenzupacken und ihm zu folgen. Leider wusste ich nicht einmal, in welche Richtung er gegangen war.

Schon hatte sich ein Schatten über den Tag gelegt. Und auch hier unten, in der kleinen Senke, war die Sonne verschwunden. Der Tümpel war ein dunkler Spiegel, das Glas von der Wucht des Wassers rissig und gesprungen. Die Gischt war kalt, und die Silhouette der Felswand kroch stetig auf den Waldrand zu. Dort oben war es heiß, und ich fror und war allein. Da fiel mir die riesige Echse im Wasser wieder ein.

Plötzlich fühlte ich mich beobachtet. Die Bäume ringsum schauten finster und bedrohlich auf mich hinab, die Steine barsten schier vor Leben. Es war Jahre her, dass mich die Welt zuletzt derart belauert hatte. Ich wurde wieder zum Kind. Ich dachte an unseren Garten und daran, wie groß und labyrinthisch er mir vorgekommen war an dem Tag, als meine Mutter starb.

Schließlich ging ich los, doch nicht, um ihm zu folgen. Immer noch nackt lief ich geradewegs in den Wald hinein. Ich weiß nicht, wonach ich suchte. Ich wollte einfach weg, bloß weg. Das Laub war dicht, doch nach ein paar Metern teilte es sich, und ich stieß auf eine Art Weg. Einen Trampelpfad zum Wasser hinunter. Nicht lange, und der Fluss war nur noch ein Geräusch, das allmählich hinter mir verebbte. Das feuchte Buschwerk lichtete sich, und ich schlug mich mühsam durchs Unterholz, aus dem sich hier und da ein zarter Zweig gen Himmel schraubte.

Und dann plötzlich stand ich davor. Ein Haus. Oder vielmehr ein rostiger, halb von Kriechpflanzen verschlungener

Maschendrahtzaun. Und dahinter, im dichten Laub eher zu erahnen als tatsächlich zu sehen, ein Giebel und eine kaputte Tür.

Ein Haus. Hier. Warum? Ich trat einen Schritt zurück, Zutritt verboten.

Dabei war es unbewohnt. Das sah man auf den ersten Blick. Hier lebte schon lange niemand mehr. Nicht die Spur eines Gartens, stattdessen Wildwuchs, überall. Die Fenster waren scheibenlos und schwarz. Und der – einst mächtige – Zaun hing durch, wo er nicht gleich ganz in sich zusammenstürzte.

Ich schlüpfte durch ein Loch im Draht und betrat das Grundstück. Bald machte ich den Schatten eines Gartenweges aus. Ein paar glatte Steine, die kaum sichtbaren Relikte eines Rasenstreifens. Die Blumenbeete ertranken in einer quellenden Flut von Unkraut und Laub, die alles unter sich begrub. Ich stieg die Verandatreppe hinauf. Risse, Stockflecken und Spinnweben. Die Haustür war aus den Angeln gebrochen. Ich trat hindurch. Warum ich hineingehen wollte? *Nur so.*

Ich ging einen langen Flur entlang, von dem Türen in leere Zimmer führten, keine Möbel, keine Bilder, kein Garnichts. Das Haus war leer geräumt worden, und das vermutlich nicht von den Besitzern. Seitdem waren andere Menschen hier gewesen: In einer Zimmerecke entdeckte ich die – nicht allzu frischen – Überreste eines Feuers. Und ein paar verstreute Zigarettenkippen, die mit der Zeit verblichen waren. In die lange Flurwand hatte jemand ein großes Wort geritzt, BESTIE, in riesigen, krakeligen Lettern, die sich müde aneinander lehnten. Doch die einzigen Fußspuren in den kleinen Sanddünen, die sich auf dem Boden gebildet hatten, stammten von mir.

Schwer zu sagen, welchem Zweck die einzelnen Zimmer gedient hatten. In einem der Räume, dem letzten, boten ein gesprungenes Waschbecken und der Linoleumfußboden zumindest einen Anhaltspunkt. Doch die anderen waren leere Höhlen ohne jede Spur von Leben. Hier und da wuchs Unkraut durch die Bodendielen, und ein Adergeflecht von feinen Rissen zog sich durch den Putz. Die Gegenwart der Bäume war auch im Haus deutlich zu spüren.

Das Haus machte mir Angst. Nicht wie der Tümpel am Fuß der Felsen. Nein, dort draußen war ich allein gewesen, hier war das genaue Gegenteil der Fall. Obwohl niemand bei mir war, kam es mir vor, als sei ich nicht allein, als husche jemand am Rande meines Blickfelds um die Ecken, noch ehe ich dort ankam. Ein gesichtsloses Wesen, auf der Schwelle zum Menschsein, keine Persönlichkeit, sondern vielmehr eine Kraft. Bösartig und voller Schadenfreude. Etwas, das dieses Land ausgewürgt und mir vor die Füße gespuckt hatte, geboren aus der Asche und der Wildnis und doch nicht dieser oder jener zugehörig, ein Schatten, ein Phantom, eine Gefahr. Für Leib und Leben.

Ich trat durch die Hintertür. Ich brachte es nicht über mich, noch einmal durchs Haus zu gehen, und es war eine Wohltat, sich wieder draußen, unter freiem Himmel aufzuhalten. Hinter dem Haus gab es ein zweites Tor und eine unbefestigte Straße, die unter einer Grasdecke verschwand. Es gab keine Erklärung für das Haus oder den Weg oder dafür, dass sie kein Haus und kein Weg mehr waren.

Als ich zum Tümpel zurückkam, wartete er schon.

»Wo warst du?«

»Da drüben«, sagte ich.

»Warum?«

»Nur so.« Kurz darauf setzte ich hinzu: »Da steht ein Haus.«

»Ein Haus? Und wer wohnt darin?«

»Niemand. Es ist verlassen. Ich weiß nicht.«

»Gehen wir es uns ansehen.«

»Nein«, sagte ich wohl etwas unwirsch, so dass er das Gesicht verzog. Sein Blick beschämte mich, und ich drehte mich um und zog mich an. »Es gehörte vermutlich einer weißen Familie«, fuhr ich fort. »Sie hat es verlassen, als die Gegend zum Homeland erklärt wurde.«

»Echt?«

»Keine Ahnung. Ist nur so eine Vermutung.«

»Dann schaue ich es mir eben allein an«, sagte er ein wenig halbherzig.

»Wie war dein Dorf?«

»Ich hab's nicht gefunden.« Er warf einen frustrierten Blick zur Felswand hinauf.

»Warum nicht?«

»Ich weiß auch nicht, die Karte … irgendwas stimmt nicht damit. Aber vielleicht gibt es das Dorf ja gar nicht mehr.« An seinen Kleidern klebten Dornen und Kletten, und er war wütend und ballte die Hände immer wieder zu Fäusten. Er wartete, bis ich mich angezogen hatte. »Frank, das von vorhin tut mir Leid.«

»Schon gut.«

»Nein, ich hätte es dir sagen müssen. Es war nicht richtig, dich so damit zu überfallen. Aber ich dachte, der Ausflug macht dir Spaß.«

»Tut er doch.«

»Echt?«

»Echt.« Meine düstere Stimmung war veflogen, und ich fühlte mich wohl. Trotzdem stand noch immer etwas Unausgesprochenes zwischen uns, das uns verstummen ließ, als wir wieder flussabwärts gingen.

Wir hätten vielleicht nie ein Wort darüber verloren. Aber noch in derselben Nacht wurden wir von einem lauten Krachen jenseits der Wand, gefolgt von spanischen Schimpfkanonaden aus dem Schlaf gerissen. Die Santanders im Nebenzimmer hatten einen fürchterlichen Streit. Nichts ließ erahnen, wie es dazu gekommen war, vor allem weil einer der beiden eigentlich Bereitschaftsdienst hatte.

Laurence sprang zu Tode erschrocken aus dem Bett. Seine weiße Unterwäsche schimmerte im Dunkeln.

»Um Gottes willen«, sagte er. »Was ist denn das?«

»Das traute Paar. Die beiden schlagen sich die Köpfe ein.«

»Was? Sie streiten?«

»Du wolltest es mir ja nicht glauben.«

Er horchte. »Um Gottes willen.«

Wieder krachte etwas an die Wand. Es war merkwürdig, aber der tiefe Riss, der durch ihre Ehe ging und über den hinweg sie schreiend aneinander zerrten, hatte sich jetzt auch hier im Zimmer, zwischen mir und Laurence aufgetan. Ich zog meinen Bademantel an, trat auf den Flur und klopfte an ihre Tür. Sie öffneten zwar nicht, aber das Geschrei verstummte sofort. An seine Stelle trat ein dumpfes Weinen, das nach und nach verebbte.

Als ich wieder ins Zimmer kam, lag er rücklings auf dem Boden, starrte an die Decke und rauchte eine Zigarette. Eine gewisse nächtliche Melancholie war über ihn gekommen; die Santanders hatten ihn bitter enttäuscht. »Weißt du was, Frank?«, sagte er traurig. »Ich glaube, du bist der Einzige hier, der mich wirklich versteht.«

»Jetzt hör aber auf.«

»Nein, im Ernst. Die anderen – sie sind egoistisch. Sie haben nichts begriffen.«

»Ich bin auch egoistisch, Laurence.«

»Du tust doch nur so.«

»Nein. Glaub mir, ich bin der größte Egoist hier.«

»Das ist nicht wahr. Warum machst du dich eigentlich dauernd schlecht, Frank? Du darfst dein Licht nicht unter den Scheffel stellen.«

»Komm. Schlafen wir weiter.«

»Ich glaube nicht, dass ich jetzt schlafen kann. Was haben die beiden gemacht – sich geschlagen?«

»Schon möglich.«

»Du bist mein Freund, Frank. Das darfst du nie vergessen.«

Die Erklärung kam wie ein Blitz aus heiterem Himmel. Ich legte mich ins Bett und deckte mich zu. Nach einer Weile setzte er sich auf und sah mich an.

»Ich habe da so eine Idee.«

Ich wusste sofort, dass dies das Gespräch war, das wir tagsüber, am Fluss, nicht geführt hatten. Ich wartete ab, und er sagte:

»Ich habe über das Krankenhaus nachgedacht.«

»Ja.«

»Es ist eine Katastrophe. Es funktioniert hinten und vorne nicht.«

»Ja.«

»Und da habe ich mir gedacht, wenn die Leute nicht freiwillig ins Krankenhaus kommen, müssen wir das Krankenhaus eben zu ihnen bringen.«

Er zog an seiner Zigarette. In diesem Augenblick wurde mir alles klar. Trotzdem ließ ich ihn weiterreden.

»Ich dachte … ich suche mir ein Dorf. Aber nicht irgendein x-beliebiges. Sondern das abgelegenste und unzugänglichste von allen. Und da fahre ich dann hin. Du weißt schon, mit Medikamenten. Verteile Kondome, spreche über Aids, führe Impfungen durch und so weiter. Ich weiß auch nicht.«

»Eine Ambulanz einrichten.«

»Ja. Im Prinzip schon. Wir können doch nicht einfach bloß im Krankenhaus herumsitzen und Trübsal blasen. Wir könnten doch zumindest zu den Menschen gehen und ihnen sagen, wo das Krankenhaus ist.«

»Du wolltest heute Morgen eine Ambulanz einrichten?«

»Nein, nein, ich wollte lediglich das Terrain erkunden. Mich ein wenig umschauen. Feststellen, woran es fehlt und was gebraucht wird. Findest du die Idee verrückt, Frank? Ehrlich. Ich muss es wissen.«

»Ja.«

»Im Ernst?«

»Ich finde die Idee völlig hirnverbrannt, Laurence.«

»Und wieso?«

Ich erwiderte nichts. Mir fehlten die Worte. Stattdessen fragte ich: »Warum muss es ausgerechnet ein abgelegenes Nest am Ende der Welt sein? Tut es nicht auch ein anderes Dorf? Zum Beispiel das hinter Marias Laden – was spricht dagegen?«

»Maria?« Er blinzelte verwirrt, dann fiel es ihm wieder ein. »Ach, die, ja, ja.«

»Also. Warum?«

»Es sollte eine Geste sein, Frank, ein Symbol. Verstehst du? Was in der Ferne klappt, klappt auch zu Haus.«

Genau deshalb war er hier, im Krankenhaus. Es genügte ihm nicht, sich vom Leben oder Schicksal leiten zu lassen. Nein, eitel, wie er war, musste er sich mit großer Geste etwas beweisen, das nur ihm etwas bedeutete. »Medizin hat mit Symbolen nichts zu tun«, entgegnete ich gereizt.

»Ach nein?«

»Woher kommst du, Laurence? In welchem Land lebst du?«

Beleidigt saß er da und starrte schweigend auf seine Zigarette. Ein kühler Windstoß blähte die Gardine. »Na ja«, sagte er schließlich.

»Na ja.«

»War ja bloß so eine Idee. Und da ich das Dorf ohnehin nicht gefunden habe, brauchen wir uns deswegen auch nicht zu streiten.«

»Ich möchte jetzt schlafen, Laurence. Komm. Es reicht.«

»Na schön«, sagte er und legte sich ins Bett. Nach langem Stöhnen und Keuchen sagte er: »Tut mir Leid, Frank.«

»Schon gut.«

»Ich wollte dich nicht verärgern.«

»Schon gut.«

»Du bist schließlich mein Freund, Frank. Und ich möchte, dass es dabei bleibt.«

»Es bleibt dabei.«

»Ehrenwort, Frank?«

»Ehrenwort, Laurence. Gute Nacht.«

»Gute Nacht, Frank. Gute Nacht.«

8

Und so blieb alles beim Alten. Wie es sich gehörte. Ein Tag ähnelte dem anderen, in seinen ewig gleichen Aufgaben, seinen allzu bescheidenen Ambitionen, und ich hatte mich daran gewöhnt. Ich wollte, dass alles genau so blieb, wie es war, für immer.

Nicht einmal die Jahreszeiten brachten Änderung. Dazu waren wir zu nahe an den Tropen. Zwar gab es eine Trockenzeit und eine Regenzeit, aber die Temperatur blieb fast durchweg gleich.

Als Laurence kam, herrschte Hochsommer, Regenzeit: Nachmittags bekam der Himmel einen nervösen, elektrischen Glanz, und Gewitterwolken ballten sich zu einer bleiernen Masse. Wenn das Unwetter dann losbrach, boten die Blitze ein grandioses Schauspiel. Danach klarte es meistens auf, und abends schwärmten Flugameisen. Jeden Morgen war der Fußboden mit ihren durchsichtigen Flügeln übersät. Doch inzwischen hatte der Winter Einzug gehalten, mit seinem klaren, spröden Licht. Bestimmte Bäume im Wald waren kahl, und frühmorgens bedeckte bisweilen eine dünne Frostschicht die Erde.

Nichts davon hatte sich geändert. So ging es Jahr für Jahr, alles wie gehabt. Mein Leben sah genauso aus wie immer. Doch irgendwo tief unter der Oberfläche war nichts mehr wie zuvor.

Eines Abends bei Maria hatten wir es uns kaum auf der Decke bequem gemacht, als ich spürte, wie mein sexuelles Verlangen – das inzwischen eher einer Gewohnheit glich – einer ganz anderen, geradezu subversiven, weil seltsamen Empfindung wich.

»Was ist?«, fragte sie.

Ich ließ die Hände von ihrem Körper gleiten und sah sie im Dunkeln an.

»Dazu habe ich heute keine Lust«, sagte ich. »Ich habe Lust auf etwas anderes. Ich habe Lust, mich mit dir zu unterhalten.«

»Unterhalten?«

»Erzähl mir was.«

Sie setzte sich auf, strich ihr Kleid glatt und starrte mich an.

»Wie, dir was erzählen?«

»Ich möchte, dass du mir alles von dir erzählst.«

»Hab ich dir längst alles erzählt.«

»Nein, ich meine wirklich. Alles. Ich möchte wissen, wo du herkommst. Wer deine Eltern sind. Ob du Geschwister hast. Ich möchte wissen, was dich als junges Mädchen beschäftigt hat. Ich möchte wissen, wie du geheiratet hast. Und wer dein Mann ist. Einfach alles.«

»Habe ich dir längst erzählt!« Angst, verborgen hinter einem Schleier der Entrüstung, als würde ich ihr Vorhaltungen machen.

Ich fuhr fort, als sei dieser Gedanke völlig logisch – und für mich war er das auch:

»Maria. Wenn du willst, können wir das hier auch beenden. Verstehst du? Wenn du möchtest, dass ich gehe und nie wiederkomme, brauchst du mir das nur zu sagen.«

»Du willst, dass ist zu Ende?«

»Nein. Nein. Aber wenn du möchtest, habe ich nichts dagegen.«

Sie schüttelte den Kopf. »Ich mag nicht diese Unterhalten«, sagte sie und wälzte sich auf mich. Sie hatte vermutlich einen falschen Ton in meiner Stimme gehört, und ihre Hände führten mich zurück in die alten, ausgetretenen Pfade der Gewohnheit. Es war eben doch alles wie früher.

Eines Tages, als wir im Aufenthaltsraum Tischtennis spielten, sagte Laurence plötzlich: »Hör mal, Frank. Wenn dich hier jemand besuchen kommt, wo bringst du ihn dann unter?«

»Mich kommt nie jemand besuchen.«

»Nie?«

»Nein.«

»Ach.« Der Plastikball sprang vom Tisch und rollte davon.

»Wer kommt dich denn besuchen, Laurence?«

»Zanele. Meine Freundin. Du weißt schon, aus Lesotho.«

Er hatte schon seit Monaten nicht mehr von ihr gesprochen. Zwar schrieben sie sich einmal in der Woche einen Brief auf feinem farbigen Papier, doch weiter nichts. Auf dem kleinen Schrein aus Fotos über seinem Bett sammelte sich der Staub. Keine atemlosen Telefongespräche, kein drängendes Verlangen, wie ich es aus meiner Jugend kannte. Allmählich zweifelte ich an ihrer Existenz.

Und nun kam sie übers Wochenende zu Besuch. Wegen ihrer Verpflichtungen in Lesotho, erklärte er mir, habe sie es jetzt erst einrichten können.

»Es gibt doch bestimmt ein Hotel oder so etwas.«

Ich schüttelte den Kopf. »Früher hat Mama Mthembu Zimmer vermietet, aber das hat sie mangels Gästen aufgegeben.«

»Vielleicht macht sie in diesem Fall ja eine Ausnahme.«

»Also«, sagte ich. »Ich ziehe gern um, wenn du das Zimmer brauchst.«

»Nein, nein, das ist nicht nötig. Aber es wäre nett, wenn du Mrs. Mthembu fragen könntest. Sie mag dich.«

Noch am selben Abend machte ich auf dem Weg zu Maria bei Mama Halt. Ich glaubte zwar nicht, dass sie uns helfen würde, aber wie es der Zufall wollte, standen zwei oder drei Männer, die ich hier noch nie gesehen hatte, an der Theke. Sie trugen Zivil, doch ihre Frisuren und ihr Auftreten waren unzweideutig militärisch. Und ja, sagte Mama, sie gehörten zu einer Gruppe von Soldaten, die hierher verlegt und in ihrem Hotel einquartiert worden seien. Die alten Zimmer würden soeben gereinigt und bezugsfertig gemacht. Gut fürs Geschäft, setzte sie breit lächelnd hinzu.

»Soldaten? Aber wozu?«

Sie beugte sich verschwörerisch zu mir. »Eine Grenzstreife, glaube ich. Damit keine Ausländer hereinkommen.«

»Wie viele?«

»Ich weiß nicht genau. Fünf oder sechs. Bis jetzt sind es erst drei. Es haben sich aber noch weitere angekündigt.«

Es herrschte ein neues Klima in der Stadt. Die alten Regeln hatten ihre Gültigkeit verloren, und der Stein geriet ins Rollen.

»Haben Sie übers Wochenende eventuell noch ein Extrazimmer frei? Wir brauchen eine Unterkunft für eine junge Frau.«

»Hmm. Vielleicht. Aber fragen Sie mich doch am Donnerstag noch mal. Haben Sie sich etwa eine kleine Freundin angelacht?«

»Nein. Sie besucht Laurence Waters. Das ist der junge Mann, der manchmal …«

»Ja, ich kenne Laurence. Er ist mein Freund.«

»Ach«, sagte ich. »Ja.«

Meinen Namen konnte sie sich bis heute nicht merken, aber Laurence war ihr Freund. Trotzdem schickte er mich vor, um sie nach einem Zimmer zu fragen, ganz so als hätte ich besonderen Einfluss.

Nach zwei Tagen hatte die Nachricht von den Soldaten die Runde gemacht. Verschiedene Gerüchte waren im Umlauf. Aber sie schienen tatsächlich den Auftrag zu haben, diesen Teil der Grenze zu sichern, die für ihre Durchlässigkeit geradezu berühmt war. Nicht nur Menschen, sondern auch allerlei andere illegale oder gefährliche Güter passierten sie: Waffen und Munition, Drogen, Elfenbein. Der Name, der in Verbindung mit diesem kleinen Grenzverkehr am häufigsten fiel, war der des Brigadiers, auch wenn es sich stets um Klatsch und Tratsch handelte und nie um handfeste Tatsachen. Jetzt wurde selbstverständlich wild darüber spekuliert, wie die Soldaten mit ihm verfahren würden.

»Bestimmt er steckt mit sie unter eine Decke, ja«, sagte Claudia am Frühstückstisch mit düsterer Stimme. »Überall nur Korruption, Korruption.«

»Nein«, widersprach Jorge. »Sie werden ihn verhaften und einsperren. Ist doch logisch.«

Alle, vom Küchenpersonal bis zu gelegentlichen Gästen in Mamas Kneipe, vertraten die eine oder andere Variante dieser beiden Ansichten.

»Was meinst du?«, fragte Laurence. Er hatte so oft vom Brigadier gehört, dass er sich der Diskussion schwerlich entziehen konnte.

»Keine Ahnung«, sagte ich. »Warten wir's ab.«

In Wahrheit wusste ich nicht, was ich von den Gerüchten

um den Brigadier halten sollte. Er war inzwischen eine so mythische Figur, dass sich noch das absurdeste Geschwätz im Handumdrehen in unumstößliche Tatsachen verwandelte. Wahrscheinlich war er nichts weiter als eine verlorene, ausgebrannte Ruine der Vergangenheit, die eigentlich gar nicht existierte.

Doch nicht alle Spekulationen drehten sich um ihn. Die Leute glaubten, die Ankunft der Soldaten bringe neues Leben in die Stadt. Ehemals verschlossene, leer stehende Zimmer wurden wieder bewohnbar gemacht. Wer weiß, wohin das führte? Vielleicht eröffneten demnächst Geschäfte, kamen Touristen, tat sich endlich etwas.

Ich hatte da so meine Zweifel. An diesem ersten Tag waren nur drei Soldaten in der Bar. Mama hatte von drei weiteren gesprochen. Sechs Soldaten würden wenig ändern, aber auch darüber wollte ich mir keine weiteren Gedanken machen.

Donnerstags kam ich wieder. Vier weitere Soldaten waren eingetroffen und erwarteten den Befehlshaber der Einheit. Aber für Laurence' Freundin sei durchaus noch Platz, versicherte Mama.

Er freute sich. »Danke für die Hilfe, Frank.« Er schien zu glauben, dass er das Zimmer ohne mein Zutun nicht bekommen hätte.

»Was hättest du gemacht, wenn es das Hotel nicht gäbe?«

Er sah das anscheinend ganz nüchtern. »Den Besuch abgesagt, vermutlich.«

»Ihr hättet doch einfach zu zweit in deinem Bett schlafen können.«

»Nein. Nein, ausgeschlossen.«

Er ging zu Mama Mthembu, um das Zimmer persönlich in Augenschein zu nehmen. Es sei laut, erzählte er mir, direkt über dem Innenhof gelegen, aber sonst in Ordnung. Er stellte eine Vase mit selbst gepflückten Blumen und ein Foto von sich und seiner Freundin im Sudan auf den Tisch.

Dennoch wirkte er an diesem Donnerstagabend niedergeschlagen und beklommen. Er schien mit sich beschäftigt.

»Wann hattest du zuletzt eine Geliebte, Frank?«, wollte er von mir wissen.

»Seit meiner Ehe nicht mehr. Warum fragst du? Machst du dir Sorgen wegen deiner Freundin?«

»Na ja. Also. Wir haben uns eine ganze Weile nicht gesehen. Das letzte Mal etwa vier Wochen, bevor ich hierher gekommen bin. Damals habe ich sie eine Woche in Lesotho besucht.«

»Und? Wie war's?«

»Sehr schön. Echt super. Ja, wir hatten viel Spaß miteinander.« Doch seine Begeisterung klang aufgesetzt, und er wich meinem Blick aus.

»Es wird schon irgendwie klappen.«

»Ich habe mir gedacht, ich schmeiße eine kleine Party für sie. Morgen Abend. Nichts Großes, nur die Kollegen. Würdest du kommen?«

»Ich? Klar. Selbstverständlich.«

Ich fand die Vorstellung abstrus.

»Na gut«, sagte er, und seine Miene hellte sich ein wenig auf. »Sagen wir sieben Uhr. Das wäre schön, Frank, danke.«

Ich hätte der Party ohnehin kaum entgehen können, denn sie fand in unserem Zimmer statt. Als ich vom Dienst kam, war das Fest bereits in vollem Gange. Staunend stand ich in der Tür. Ein verblüffender Anblick. Alle waren gekommen. Sogar Themba und Julius aus der Küche. Sogar Tehogo – in Begleitung des jungen Mannes, den ich hatte herumlungern sehen, anscheinend sein einziger Freund. Nur Claudia, die mich im Ärztezimmer abgelöst hatte, fehlte.

Zunächst bemerkte mich niemand. Laurence hatte sich irgendwo eine Stereoanlage geliehen und spielte viel zu laut eine leicht leiernde Kassette. Auf dem Tisch standen mehrere Nierenschalen mit Erdnüssen und alten Chips und ein paar Liter billiger, in Kartons abgefüllter Wein. Er hatte die Deckenlampe mit farbiger Plastikfolie beklebt, und die Gäste saßen im grellgelben Schein und unterhielten sich, doch ihre Heiterkeit wirkte gezwungen.

»Frank! Wo warst du? Ich dachte schon, du wärst abgehauen!« Laurence war ausgesprochen nervös, seine gute Laune entsprechend unnatürlich. Er kam zur Tür und zerrte mich mit sich. »Komm, ich muss dir unbedingt Zanele vorstellen.«

Ich hatte sie schon von der Tür aus gesehen. Sie stand stocksteif in der Ecke, in der Hand ein Glas Wein. Sie war klein und hübsch, mit geflochtenem Haar, und trug ein buntes Kleid aus Westafrika. Als sie mir die Hand schüttelte, spürte ich die Nervosität in ihren langen, dünnen Fingern.

»Ach, hallo«, sagte sie, »ja, Frank, ja.«

Ihr amerikanischer Akzent erschreckte mich. Nach allem, was ich von ihr gehört hatte, kam die Erkenntnis, dass sie keine Afrikanerin war, einem regelrechten Schock gleich. Ich wusste nicht, was ich sagen sollte, und nach ein paar peinlichen Sekunden stahl ich mich davon. Ich hatte Dr. Ngema schon gesehen, als ich hereingekommen war. Sie hockte etwas verdrossen auf der Kante meines Bettes, nippte an ihrem Weinglas und warf immer wieder verstohlene Blicke auf ihre Uhr. Als ich mich neben sie setzte, drehte sie sich erleichtert zu mir.

Ihre ersten Worte lauteten: »Frank, ich muss gleich weg.«

»Aha. Na dann.«

»Ich habe jede Menge Arbeit. Aber die Party ist wunderbar. Wirklich wunderbar.«

Sie glaubte anscheinend, die Party sei meine Idee gewesen. Anders ließ sich ihre gespielte Begeisterung nicht erklären.

»Das ist Laurence' Party«, sagte ich. »Ich habe damit nichts zu tun.«

»Ja, ja. Wir sollten uns öfter mal so gemütlich zusammensetzen. Das fördert die ... die Moral. Apropos Moral: Was ich Sie fragen wollte, Frank. In Verbindung mit Ihrer Idee.«

»Was denn für eine Idee?«

»Na, Sie wissen schon. Ihr Hilfsprojekt.« Sie senkte verschwörerisch die Stimme. »Laurence hat mir davon erzählt. Nur eins würde mich interessieren: Woher wussten Sie, wohin?«

»Was? Ich kann Ihnen nicht ganz folgen, Ruth.«

»Ich meine: Warum ausgerechnet diese Gemeinde? Ich hatte ja keine Ahnung, dass Sie sich für Gemeindearbeit interessieren, Frank. Sie haben das sorgfältig geheim gehalten.«

Ich starrte sie an, mir schwirrte der Kopf. Allmählich ging mir ein Licht auf. Ich sagte: »Er hat Ihnen doch nicht etwa ...«

»Schhh. Schhh«, zischte sie unwirsch. Ich verstummte, als Laurence zu uns trat und fragte, ob wir noch Wein wollten. »Nein, danke«, sagte sie, »ich muss gleich gehen.«

»Schon?«

»Die Arbeit, die Arbeit.« Als er weg war, drehte sie sich rasch wieder zu mir. »Das ist jetzt nicht der passende Moment, Frank. Aber kommen Sie zu mir, und wir reden darüber, ja? Ich hätte das eine oder andere dazu zu sagen.«

»Ist gut.«

»Ich weiß ehrlich gesagt nicht, was ich von dieser Idee halten soll, Frank. Ich kann mir nicht vorstellen, dass es funktioniert … ich bin für Veränderung und Innovation durchaus zu haben, Frank, das wissen Sie. Aber es kommt immer darauf an, wie man etwas verändert. Oder, wie in diesem Fall, wann. Das ist die große Frage. Aber da kommt er, also schhh. Wir unterhalten uns so bald wie möglich, ja?« Sie leerte ihr Glas und stellte es auf den Boden. »Jetzt muss ich aber wirklich. Die Arbeit, die Arbeit. Der Schreibtisch ruft. Aber es war wirklich eine wunderbare Party, Frank. Vielen herzlichen Dank.«

»Das ist nicht meine Party«, wiederholte ich, doch sie war schon unterwegs zur Tür.

Rasch brachte Laurence mir ein frisches Glas Wein. Er setzte sich aufs Bett. »Ob es ihr gefallen hat? Dr. Ngema? Sie ist nicht lange geblieben.«

»Laurence, sie hat etwas gesagt, das ich nicht verstehe.«

»Was denn?« Er warf einen Blick in die Runde. Die aufgesetzte Heiterkeit der Gäste drohte – ebenso wie die Kassette – sich immer weiter abzunutzen. »Was meinst du, ist die Musik okay?«

»Na klar.«

»Bist du sicher? Und die Party? Meinst du, die Leute amüsieren sich? Ist alles in Ordnung?«

»Alles bestens, Laurence.« Doch als ich um mich schaute, bot sich mir erneut ein merkwürdiger Anblick: Zanele unterhielt sich in der Ecke mit Jorge, Tehogo saß mir gegenüber auf dem Bett, einen Arm um die Schultern seines Freundes geschlungen, und Themba und Julius tanzten neben der Badezimmertür miteinander. Ich wusste kaum mehr, wo ich war.

»Echt? Ich wollte Zanele das Gefühl geben, hier willkommen zu sein.«

»Sie sieht eigentlich ganz fröhlich aus.«

»Findest du? Aber das ist bei ihr die Regel. Sie ist ein fröhlicher Mensch.«

Sie wirkte in der Tat etwas entspannter und nickte, während sie Jorge lauschte. Das Unbehagen ging vielmehr von Laurence aus, der sie ängstlich und mit weit aufgerissenen Augen anstarrte.

»Du hast mir ja gar nicht gesagt, dass sie Amerikanerin ist.«

»Nein? Was hast du denn gedacht, wo sie herkommt?«

»Aus dem Sudan natürlich.«

»Aus dem Sudan?«, sagte er verblüfft. »Nein, nein, sie ist aus den Staaten. Ach, übrigens, was ich dich fragen wollte«, fuhr er fort. »Kannst du mir eventuell einen kleinen Gefallen tun?«

»Was denn?«

»Meinst du, du könntest morgen Abend zwei, drei Stunden den Babysitter für sie spielen? Ich habe Dienst, und ich möchte nicht, dass sie allein ist.«

»Ähm, ja, klar, kein Problem. Aber sprich doch mal mit Dr. Ngema, du kannst deine Schicht bestimmt tauschen.«

»Nein, nein, schon gut.«

»Aber sie ist deinetwegen hier. Meinst du nicht ...«

»Nein, nein, meine Schicht ist mir heilig. Ich will sie nicht tauschen.«

Seit ein paar Wochen wies Dr. Ngema ihm regelmäßig Einzelschichten zu. Dieser vermeintliche Karrieresprung erfüllte Laurence mit geradezu groteskem Stolz. Dabei fungierte er eigentlich nur als Strohmann. Im Ernstfall musste er einen von uns rufen. Er hätte seine Schicht also ohne weiteres tauschen können.

»Außerdem will sie nicht, dass ich sie tausche«, sagte er.

»Wer?«

»Zanele. Die Arbeit steht für uns beide an erster Stelle. Außerdem haben wir ja noch den ganzen Sonntag Zeit. Danke, Frank. Nett von dir.«

Vielleicht hatte ich mich von Laurence' Schwermut anstecken lassen, jedenfalls war ich schon nach ziemlich kurzer Zeit ziemlich betrunken. Ich leerte ein Glas Wein nach dem anderen, bis mir die Heiterkeit ringsum mit einem Mal echt erschien. Und ich war mittendrin.

Die räumliche Konfiguration der Körper hatte sich verändert. Themba und Julius saßen auf meinem Bett. Claudia hatte Jorge abgelöst. Sie hockte auf dem Boden und unterhielt sich angeregt mit Zanele und Laurence. Ich saß auf dem anderen Bett, zwischen Tehogo und seinem Freund.

Tehogos Freund hieß Raymond, und da mir sein Name angenehm vertraut vorkam, saß ich anscheinend schon seit einer ganzen Weile hier. Obwohl er mir schon häufiger über den Weg gelaufen war, hatten wir nie mehr als ein paar Worte gewechselt. Er war jung und von fast mädchenhafter Schönheit, mit glattem Plastikkinn und charmantem Lächeln. Er kleidete sich nach derselben Mode wie Tehogo, und so wirkten die beiden mit ihren kurzen Haaren, ihrem Goldschmuck und ihren schicken Anzügen ein wenig fehl am Platz. Auch unser freundliches Geplänkel schien unangebracht, unwirklich. Tehogo und ich hatten uns bislang höchstens einmal angebrummt, doch heute Abend entstand wie aus dem Nichts ein ebenso lebhaftes wie zwangloses Gespräch. Und wir saßen so dicht nebeneinander, dass die Wärme mir allmählich unangenehm wurde, zudem ruhte Raymonds Ellbogen auf meiner Schulter. Die beiden trugen trotz der schummrigen Beleuchtung dunkle Brillen, was sie wie Blinde aussehen ließ.

Wir sprachen darüber, dass Laurence und ich uns ein Zimmer teilten. Wie wir auf dieses Thema gekommen waren, weiß ich nicht mehr, aber plötzlich meldete ich lauthals Anspruch auf Tehogos Zimmer an.

Sein Lächeln gefror. Sofort erging ich mich in Erklärungen und Rechtfertigungen:

»Aber das ist Schnee von gestern. Ich will es gar nicht mehr.«

»Du willst mein Zimmer?«

»Nein, nein, ich bin völlig zufrieden. Ich habe einmal mit Dr. Ngema darüber gesprochen, aber das ist längst passé. Wirklich.«

Raymond sagte irgendetwas, und die beiden brachen in schallendes Gelächter aus. Dann wandte Raymond sich an mich. »Wenn du willst haben seine Zimmer, musst du warten.«

»Nein, nein, ich sage doch, ich will es gar nicht.«

»Ein, zwei Monat«, sagte Raymond. »Musst du warten.«

»Ihr versteht mich nicht«, begann ich und hielt nachdenklich inne. »Was ist denn in zwei Monaten?«

»Er kriegt neue Job«, sagte Raymond.

»Ach ja?«

»Neue Job«, bestätigte Tehogo. »Gute Job.«

»Was denn für einen Job?«, fragte ich. »Du kannst es mir ruhig sagen. Ich verrate kein Sterbenswörtchen.«

»Gute Arbeit, schlechte Arbeit«, meinte Raymond. »Ist gut-schlechte Job.« Tehogo klopfte mir beschwichtigend auf den Rücken. »Keine Angst. Du bleibst hier. Du kriegst mein Zimmer. Dann ich komme und schneide dir Kopf ab.«

Wieder brüllten die beiden vor Lachen. Dann besprachen sie sich, und eine etwas nüchternere Stimmung machte sich breit.

»Ist nur Witz«, sagte Raymond.

»Nix Job«, versicherte mir Tehogo. »Alles nur Witz.«

Ich wollte eben etwas erwidern, als Laurence sich zu mir herunterbeugte. »Ich mache mir Gedanken wegen der Musik, Frank. Ist die Musik okay?«

»Mach dir wegen der Musik keine Sorgen.«

Doch Tehogo überstimmte mich. »Diese Musik ist nicht gut«, erklärte er mit strenger Stimme. »Ich habe bessere Musik. Warte. Zwei Minuten. Ich komme sofort.« Er ging sie holen. Als er weg war, beugte Raymond sich zu mir und sagte mir etwas ins Ohr. Er erzählte etwas von Laurence' Freundin, das ich wegen der Lautstärke nicht verstand, aber sein Tonfall war nett und freundlich. Seine Bemerkung klang, als wäre sie komisch gewesen, wenn ich sie denn mitbekommen hätte.

Dann war Tehogo zurück und warf eine Hand voll Kassetten auf den Fußboden. Und der Beat änderte sich, wurde schneller, stumpfer, energiegeladener, und plötzlich tanzten alle. Alle außer Laurence. Er saß auf meinem Bett und sah uns mit ratloser, bedrückter Miene zu. Ich winkte ihn zu uns herüber, doch er schüttelte den Kopf.

Ich wunderte mich über mich selbst. Ich glaube, ich hatte seit meiner Hochzeit nicht mehr getanzt. Und jetzt hüpfte und torkelte ich hier herum, noch dazu mit einem äußerst merkwürdigen Partner, Tehogo. Und plötzlich hatte er so gar nichts mehr von der verschlossenen, erdgebundenen Gestalt, die tagsüber durch die Flure und Korridore streifte. Er konnte sich wirklich bewegen. Er war geschmeidig und graziös, vor allem aber – und das war das Seltsamste daran – war er glücklich. Sein grinsendes, schweißüberströmtes Gesicht erschien mir wie eine irre Maske, bis ich es als ein Spiegelbild meiner selbst erkannte.

In jener Nacht geschah etwas mit uns; es war, als seien wir durch eine Mauer gestürzt, die uns normalerweise eng umgab und keinen Raum zum Atmen ließ. Das Zimmer öffnete und schloss sich rings um mich wie eine leuchtend bunte Blüte. Ich war nicht mehr ich selbst. Der wilde Taumel, der mich überkommen hatte, erschien mir mit einem Mal betörend fremd. Mir war, als stünde ich auf einer Anhöhe, von der ich auf mein Leben hinabblicken und sehen konnte, wie eng und klein es eigentlich war. Doch ich würde nie dorthin zurückgehen. Ich wusste, dass wir alle hier bleiben würden, an diesem erhabenen Ort, in diesem himmlischen Zustand der Freundschaft, die wie eine Gnade über uns gekommen war.

Und dann plötzlich leerte sich das Zimmer. Die Musik war zu Ende, der Wein alle, und Tehogo und Raymond wollten mit mir zu Mama Mthembu, um weiter zu tanzen und zu trinken. Aber ich wusste, dass ich für heute genug hatte. Mein Schädel war schon ganz benommen. Ich stand an der Tür und verabschiedete alle, als sei ich der Gastgeber und sie meine geladenen Gäste.

»Bis morgen früh«, sagte ich zu Tehogo. Als ich ihn in die Arme schloss, spürte ich, wie seine schmalen Schulterblätter sich unter meinen Händen bewegten.

»Denk dran«, sagte Raymond. »In zwei Monaten du kriegst dein eigenes Zimmer.«

»Ist nur Witz«, widersprach Tehogo. »Nicht wahr.«

»Ich weiß nicht mehr, was wahr ist und was nicht«, antwortete ich.

Wiederum Gelächter, affektiert und übertrieben. Dann waren alle fort. Im schwachen Schein der Lampe glich das Zimmer einer Trümmerwüste. Aus den Lautsprechern drang knisternd leises Rauschen.

»Ich bringe nur rasch Zanele nach Hause«, sagte Laurence. »Ich bin gleich zurück.«

Sie lächelte unsicher und strich sich eine Haarsträhne hinters Ohr. Sie sah mich nicht an.

»Du kannst bei ihr bleiben.«

»Damit du alles allein aufräumen musst? Kommt nicht in Frage.«

»Das hat doch Zeit bis morgen früh.«

»Nein, nein, ich bin gleich zurück.«

Als sie fort waren, ließ ich den Blick über das Schlachtfeld schweifen und spürte, wie meine Energie langsam verebbte. Nicht zu fassen, dass ich getanzt und getrunken hatte, als sei ich halb so alt, doch diese neu gefundene Jugendlichkeit tat mir gut, und in ihrem schillernden Licht erschien mir Laurence Waters plötzlich alt, müde und verbraucht. Warum blieb er nicht über Nacht bei ihr?

Nach einer knappen Viertelstunde war er wieder da. Obwohl er angeblich nur zurückgekommen war, um mir beim Aufräumen zu helfen, würdigte er das Chaos lediglich eines kurzen Blickes und sank dann sofort ins Bett. »War's schön?«, fragte er.

»Was?«

»Na, die Party. War sie schön? Meinst du, sie hat den Leuten gefallen?«

»Ich glaube schon.«

»Echt? Und im Vergleich zu anderen Partys?«

»Laurence, in all den Jahren, seit ich hier bin, hat noch nie jemand eine Party gegeben. Deine war die erste.«

»Echt?«, wiederholte er. Ein mattes Lächeln umspielte seine nervösen Lippen. »Du warst fantastisch, Frank.«

»Aber nur, weil ich so betrunken bin.«

»Wirklich?«

»Ich bin stockbesoffen, Laurence. Um Gottes willen. So habe ich mich schon seit Jahren nicht mehr gefühlt.«

»Hmm, gut, gut«, sagte er geistesabwesend. Seine Miene verdüsterte sich wieder. »Aber warum ist Dr. Ngema so früh gegangen?«

»Ich glaube, sie macht sich nichts aus Partys.«

Er nickte zerstreut und sammelte demonstrativ ein paar Pappbecher ein. Nachdem ich ihm eine Weile zugesehen hatte, sagte ich:

»Worum geht es bei diesem Hilfsprojekt, von dem sie gesprochen hat?«

»Ach, das.«

»Was ist damit?«

»Das solltest du eigentlich besser wissen, Frank. Schließlich habe ich dir als Erstem davon erzählt.«

»Deine mobile Beratungsstelle.«

Er nickte. »Aber ich muss dir danken. Es war deine Idee, es zuerst in Marias Dorf zu probieren. Das war ein toller Vorschlag.«

»Du warst in Marias Dorf?«

»Ein paarmal. Es ist ideal. In einer Woche wollte ich dort versuchsweise eine Ambulanz aufbauen. Mal sehen, wie es läuft. Und wenn alles klappt ...« Er lachte. »Zum Teufel mit den Symbolen, Frank. Du hattest Recht.«

»Und warum sagt mir niemand ein Wort davon?«

»Bei der Personalversammlung am Montag wird Dr. Ngema es allen mitteilen. Aber lass uns später darüber reden, Frank. Ich habe jetzt keine Lust dazu.«

Also ließen wir das Thema fallen und schliefen bald darauf ein. Es ärgerte mich, dass ich von dem Projekt in Marias Dorf erst jetzt erfuhr, aber um die seltsame Harmonie jenes Abends nicht zu stören, ließ ich die Sache vorerst auf sich beruhen. Die Vergangenheit war zwar komplex und bruchstückhaft, aber eben doch Vergangenheit. Morgen war schließlich auch noch ein Tag.

Als ich in der Früh erwachte, wütete ein fürchterlicher Kopfschmerz zwischen meinen Schläfen. Wir hatten die Lampe angelassen, und im Verein mit trübem Tageslicht offenbarte ihr fahler Schein das wahre Ausmaß der Verwüstung. Zertretene Kartoffelchips, kaputte Plastikbecher mit Weinresten darin.

Als ich aufstand, sah ich, dass der Holzfisch, den Laurence mir geschenkt hatte, nicht mehr auf dem Tisch stand; er lag zerbrochen auf dem Boden. Ich warf die Einzelteile in den Müll und spähte durch schwere Lider zu Laurence hinüber, der bäuchlings und mit offenem Mund auf seinem Bett lag. Ein Speichelfaden hing von seinen Lippen. Der Tag sah für mich schon jetzt verbraucht und hässlich aus.

Eine heiße Dusche und ein Aspirin machten es auch nicht besser. Laurence schlief noch, als ich hinausging. Ich wusste nicht genau, wohin ich wollte, ich wollte einfach nur weg.

Als ich auf den Flur trat, schloss Tehogo gerade seine Tür ab. Es schien ihm genauso schlecht zu gehen wie mir. Ich hätte wahrscheinlich lächeln sollen, aber dazu war ich heute Morgen noch nicht in der Lage.

»Meine Tapes«, sagte er.

»Was?«

»Meine Kassetten. Sie sind noch in eurem Zimmer.«

Es dauerte einen Augenblick, bis mein benebeltes Gehirn verstanden hatte. Seine Unhöflichkeit ärgerte mich. »Laurence schläft noch«, antwortete ich knapp. »Du kannst sie dir später holen.«

Er brummte etwas, und im Nu war alles wieder da: Misstrauen, Verdruss und Bitterkeit. Die Vergangenheit, runderneuert und aufpoliert. Nichts hatte sich geändert.

Dieses Gefühl ließ mich den ganzen Tag nicht los. Der Kopfschmerz blieb, und mich quälte leises Unbehagen. Meine Gedanken kreisten, auf unsicheren Bahnen, um Laurence, seine Freundin und die Party. Zwar wusste ich noch, dass ich mich bereit erklärt hatte, den Abend mit Zanele zu verbringen, konnte mich aber beim besten Willen nicht entsinnen, warum. Ich hatte keine Lust, in Laurence' persönliche Angelegenheiten verwickelt zu werden, und es schien mir, dass ich nur lang genug fortzubleiben brauchte, damit meine Verpflichtung hinfällig wurde.

Doch das blieb ein frommer Wunsch. Als ich am späten Nachmittag zurückkam, war er gerade dabei, das Zimmer aufzuräumen. Seine ersten Worte waren: »Gott sei Dank. Ich dachte schon, du hättest dich klammheimlich verdrückt.«

»Pass auf, Laurence. Ich übernehme deinen Dienst. Dann kannst du …«

»Nein, nein, vergiss es. Ich habe dir doch gesagt, er ist mir heilig.«

Ich lag auf dem Bett und sah zu, wie er sich abrackerte, auf Händen und Knien, mit einem nassen Lappen in der Hand. Einige der Flecken auf dem Fußboden würden nie wieder herausgehen.

9

Ich kam zu spät, und sie stand auf der Straße und erwartete mich schon, wiederum in einem westafrikanischen Kostüm. Sie hatte sich extra schön gemacht und einen Hauch Makeup aufgelegt. Ich hingegen steckte in denselben Klamotten, die ich den ganzen Tag getragen hatte, ein Zweitagebart bedeckte meine Wangen, und hinter meinen Augen pochte ein dumpfer Schmerz.

Wir mussten bei Mama essen, es gab in der ganzen Stadt kein anderes Lokal. Also ging ich voran. Der Laden war gerammelt voll. An ihren Frisuren und ihrem Auftreten erkannte ich eine komplette Abteilung von Soldaten verschiedener Hautfarbe und verschiedenen Alters. Es waren aber auch mehr Stammgäste zugegen als sonst, vereinzelte Büroangestellte, Farmer und Arbeiter, der bunt gemischte Haufen, der die Stadt bevölkerte. Im Hof gab es noch einen freien Tisch, es war zufällig derselbe, an dem ich am ersten Tag mit Laurence gesessen hatte, in der Ecke unter der Bougainvillea. Ich winkte Mama und bestellte einen Whisky.

»Halten Sie das für eine gute Idee?«, fragte Zanele.

»Einen Schluck gegen den Kater. Ohne Betäubungsmittel wäre ich aufgeschmissen. Und woanders gibt es das in diesem gottverlassenen Kaff leider nicht.«

Sie lächelte. »Ich finde es irgendwie komisch hier. Aber ich hatte wohl etwas anderes erwartet.«

»Was denn?«

»Nun ja, Laurence hat kaum ein Wort darüber verloren … in seinen Briefen … ich hatte es mir ganz anders vorgestellt.«

Ich weiß nicht, wie ihre Vorstellung aussah. Aber ich merkte, dass sie sich in dieser Umgebung unwohl fühlte: Sie blickte ständig nervös um sich. Ich wäre auch lieber woanders gewesen, versuchte jedoch, das Beste aus dieser leidigen Situation zu machen. Es war eigentlich ganz angenehm, mit einem Glas Whisky in der Hand einem hübschen Gesicht gegenüberzusitzen.

Nachdem ich ein paar Schlucke getrunken hatte, lockerte sich die Stimmung ein wenig. Wir sprachen über dies und jenes – ihre Familie, wie sie hierher geraten war. Sie kam aus der amerikanischen Provinz und war die Tochter und Enkelin schwarzer Amerikaner. Dabei war an ihr auf den ersten Blick rein gar nichts afrikanisch – nicht einmal ihr Name. Den Namen Zanele hatte sie angenommen, als sie in den Sudan gegangen war. In Wirklichkeit hieß sie Linda.

»Linda ist ein schöner Name«, meinte ich.

Doch sie schüttelte den Kopf. Sie wolle all das hinter sich lassen, ihre kleinbürgerliche Kindheit, die dürftigen Privilegien und verlogenen Werte. Sie schien sich für eine Afrikanerin zu halten, dabei verriet jede ihrer Gesten, dass sie aus einem anderen Kontinent kam.

Dennoch bewunderte ich sie für ihren geradezu missionarischen Eifer. Sie war tatsächlich hier, am Ende der Welt, und schuftete in der sudanesischen Wüste, rackerte in den Drakensbergen. Sie redete über ihr Leben in Lesotho, und ich beneidete sie nicht. Inzwischen war ich beim dritten Whisky, und da er mir gut tat, bestellte ich zum Essen einen vierten. Ich hörte ihr gerne zu, und sie erzählte mir von einer Bibliothek, einer Kinderkrippe, einem Alphabetisierungsprogramm, ja sogar einer Bank, gegründet und verwaltet von den Einwohnern eines verarmten Bergdorfes. Mit Hilfe von Kapital aus Übersee, das sie gesammelt hatte. Es klang utopisch – und das war es natürlich auch: Das Projekt befand sich »in der Planungsphase«, nichts von alldem existierte. Bis es so weit war, schliefen sie und sechs andere Ehrenamtliche auf Matratzen auf dem Fußboden und erledigten die Drecksarbeit, impften das Vieh und hoben Bewässerungsgräben aus.

»Und Sie? Was machen Sie da?«

»Ich bin Lehrerin. Die einzige im Dorf. Ich unterrichte Kinder aller Altersstufen – von sechs bis sechzehn.«

»Und was unterrichten Sie?«

»Verschiedene Fächer. Mathe, Englisch. Ein bisschen Geschichte.«

»Das kann ja nicht besonders effektiv sein.«

»Warum?«

»Na ja. Verschiedene Altersstufen, alle zusammen. Verschiedene Klassen. Verschiedene Fächer.«

»Mit den Schulen, die Sie besucht haben, lässt sich das natürlich nicht vergleichen«, widersprach sie leicht pikiert. »Aber es funktioniert durchaus. Diese Leute sind sehr arm. Alles ist besser als nichts.«

»Wirklich?«

»Auf jeden Fall. Meinen Sie nicht?«

»Ich habe den Eindruck«, sagte ich, »dass ab einem bestimmten Punkt alles gleichbedeutend ist mit nichts.«

Sie betrachtete mich skeptisch. »Haben Sie so etwas denn schon mal gemacht?«

»Was? Ehrenamtlich irgendwo in einem armen Dorf gearbeitet? Nein. Das liegt mir nicht. Andererseits tue ich genau das seit Jahren.«

»Nein«, befand sie. »Das ist etwas völlig anderes. Sie leisten hier keine soziale Arbeit. Sie haben keine Ahnung, wovon Sie reden.«

Sie und Laurence waren sich sehr ähnlich: Beide glaubten blind und naiv daran, dass sie etwas verändern konnten. Er war schlicht, dieser Glaube, und in seiner Schlichtheit stark und töricht. Ich begriff, weshalb sie sich in dem Lager im Sudan zueinander hingezogen gefühlt hatten – Laurence der junge Heiler, ernst und voller Leidenschaft, sie die verirrte Suchende mit neuem Namen. Und weshalb Südafrika, jenes Land am unteren Ende des Kontinents, dem man eine glänzende Zukunft prophezeite, den idealen Hintergrund für ihren Glauben abgab.

Aber auch das stimmte natürlich nur zum Teil. Denn ich sah auch, was für ein ungleiches Paar die beiden waren. Was hatten sie eigentlich gemeinsam, von ihren hehren Ambitionen einmal abgesehen? Ihre Beziehung war nichts weiter als eine fixe Idee – trocken und vernünftig, wie alles, was sie taten. Und das wurde auch ihnen langsam klar. Weshalb jetzt ich mit ihr an diesem Tisch saß und Laurence einen Kilometer weiter eine Schicht fuhr, die er gar nicht hätte übernehmen müssen.

Nach einer Weile kam das Gespräch zwangsläufig auf Laurence. »Ich wollte Ihnen dafür danken, dass Sie sich so lieb um ihn kümmern«, sagte sie. »Er hat Sie in jedem Brief erwähnt. Dass Sie da sind, hat ihm sehr geholfen.«

»Ich habe ihm nicht geholfen.«

»Nun ja, das sieht er ganz anders. Laurence hat nämlich keine Freunde. Sie sind sein erster wirklicher Freund. Und das ist ihm sehr wichtig.«

»Warum hat Laurence keine Freunde?«

»Ich weiß nicht. Vielleicht weil er zu viel grübelt. Er ist sehr mit sich selbst beschäftigt. Aber Sie kennen seine Geschichte ja.«

»In groben Zügen. Er ist nicht besonders redselig, was das betrifft. Ich weiß nur, dass sein Eltern lange tot sind.«

»Seine Eltern?« Sie sah mich mit großen Augen an. »Das ist nicht wahr.«

»Aber sind seine Mutter und sein Vater denn nicht bei einem Autounfall ums Leben gekommen?«

Sie starrte kopfschüttelnd auf den Tisch. »Das ist eine alte Geschichte«, sagte sie. »Ich weiß nicht, warum er Ihnen das erzählt hat. Ich dachte, er wäre darüber hinweg.«

»Und was ist die Wahrheit?«

»Seine Eltern sind nicht tot. Er ist ein uneheliches Kind. Er hat seinen Vater nie gekannt. Seine Mutter hat ihn allein großgezogen. Aber sie hat ihm erzählt, dass seine Eltern tot sind und sie ihn zu sich genommen hat …«

»Und dass sie seine Schwester ist.«

»Genau.«

Ich fühlte mich irgendwie hintergangen. »Er hat mir eine lange Geschichte erzählt, von wegen dass er sich eines Tages auf die Suche nach ihren Gräbern machen will …«

»Also, das stimmt. Er hat tatsächlich versucht, sie zu finden. Da konnte seine Schwester – seine Mutter – nicht anders und rückte mit der Wahrheit heraus. Das hat ihm schwer zugesetzt. Aber das ist alles lange her. Ich weiß nicht, warum er Sie belogen hat.«

»Ist schon ziemlich enttäuschend«, sagte ich, »wenn so ein dunkles Geheimnis gelüftet wird. Aber wir leben ja auch nicht mehr im finstersten Mittelalter.«

Sie wirkte besorgt. Das verlieh ihrem Gesichtsausdruck

mehr Tiefe. Mir lag eine frivole Bemerkung auf der Zunge, doch bevor ich sie aussprechen konnte, kam Mama mit unserem Essen. Widerwillig wandte ich den Blick. »Ziemlich voll heute«, sagte ich.

»Es sind mal wieder alle da«, antwortete Mama. Sie lächelte in einem fort, und ihr ganzes Glück strahlte förmlich aus der Lücke zwischen ihren Vorderzähnen. Das Klingeln der Reifen, die ihre dicken Arme schmückten, klang wie das Klimpern von Münzen in einem Schubfach.

»Sind alle Soldaten da?«

»Sogar der Chef. Colonel Moller. Er ist gestern gekommen.«

»Wer?«, fragte ich.

Sengende Glut pulsierte hinter meiner Stirn.

»Colonel Moller. Hach, was für ein netter Mann. Das da drinnen ist er, am Tresen. Möchten Sie noch etwas Eis in Ihren Drink?«

»Nein, danke.« Ich hatte angefangen zu schwitzen. Das war ausgeschlossen. Solche Zufälle gab es nicht. Doch ich musste mich persönlich überzeugen. Ich ging auf die Toilette und wusch mir die Hände. Die Gestalt, auf die Mama gedeutet hatte, stand am anderen Ende des Tresens, so dass ich ihr erst auf dem Rückweg zwei lange Sekunden ins Gesicht sehen konnte. Ja, er war es. In den vergangenen zehn Jahren hatte er sich kaum verändert. Er wirkte ein wenig älter und verbrauchter; er war befördert worden und befehligte eine gemischte Gruppe von Soldaten – Schwarze und Weiße zusammen, einige davon der Feind, den er hatte vernichten wollen. Und nun hatte man ihn ausgerechnet hierher versetzt. Er glaubte vermutlich, er sei ein neuer Mensch, aber für mich war er ganz der Alte, unverändert. Diese hageren, fanatischen Züge, dieser schlanke Körper, von dem eine ungeheure Kraft ausging. Er starrte mich aus ausdruckslosen Augen an und sah dann in eine andere Richtung. Er hatte keine Ahnung, wer ich war.

Ich bemerkte, dass ich zitterte. Zanele sah mich neugierig an, als ich mich wieder setzte. »Was ist?«

»Ach, nichts. Alles in Ordnung.«

Doch nichts war in Ordnung. Mein Bewusstsein kreiste um das, was es damals gesehen hatte. Während ich hier saß und in meinem Essen stocherte, war ich in Gedanken ganz woanders. Ich folgte dem braunen Rücken eines Corporals durch die Dunkelheit, zu einer erleuchteten Zelle … und taumelte danach allein davon.

Ich schüttelte den Kopf, um ihn von der Erinnerung zu befreien. Doch obwohl die Kneipe – die Betriebsamkeit, das Stimmengewirr – plötzlich wieder da war, hatte sich in mir etwas verändert, das in eisigem Schweigen seinen Ausdruck fand.

Schließlich legte ich meine Gabel weg. »Der Mann da drinnen, am Tresen«, sagte ich. »Ich habe in der Armee unter ihm gedient.«

Sie wandte nicht einmal den Kopf. Sie starrte mich bloß an und fragte: »Sie waren in der Armee?«

Da wurde mir klar, was das für sie bedeutete. Die Armee: die schlechte alte Zeit. Sie aß mit einem Feind zu Abend.

»Laurence bedauert, dass er nicht bei der Armee gewesen ist«, verteidigte ich mich. »Er glaubt, es wäre eine prägende Erfahrung.«

»Laurence redet viel, wenn der Tag lang ist. Er hat keinen Schimmer, wie es auf der Welt zugeht.«

»Aber er hat nicht ganz Unrecht. Ein soziales Jahr hier draußen wird ihm nicht viel bringen. Da wäre er mit irgendeinem Drecksloch im Busch besser bedient gewesen. Glauben Sie mir. Wenn er Menschen umgebracht hätte und wüsste, wie es ist, wenn Menschen einem nach dem Leben trachten, würde er nicht von Dorfambulanzen und der Rettung der Menschheit faseln.«

Ich wunderte mich über meine eigene Wut, über die Kälte und Klarheit meines Zorns – obwohl ich nicht recht wusste, gegen wen er sich richtete. Wir befanden uns jetzt in einer Welt ohne Nuancen, in der sich alle feinen Farbabstufungen in Schwarz und Weiß verwandelt hatten.

Sie schob ihren Stuhl zurück. »Nicht«, sagte sie. »Sie dürfen nicht so reden.«

Aber ich war nicht mehr zu halten. »Warum? Weil das nicht in Ihr Weltbild passt? Ideale sind natürlich immer besser als die schnöde Realität. Aber die Wirklichkeit ist stärker. Laurence wird noch früh genug dahinter kommen. Sie auch, wenn Sie wieder in Amerika sind und Ihre afrikanischen Klamotten und Ihren falschen Namen abgelegt haben.«

»Sie können mich mal, Mister.«

»Das beruht auf Gegenseitigkeit«, sagte ich, als sie aufstand und zur Tür hinausstakste. Ich blieb sitzen, zerbiss einen Eiswürfel und dachte darüber nach, wie schnell die Sache aus dem Ruder gelaufen war. Meine kalte Wut brannte noch eine Weile weiter. Aber ich dachte nicht an sie, sondern an Laurence. Und ich weiß noch, dass mir sein Name, Laurence Waters, mit einem Mal wie eine Mischung aus Blässe und Faszination, aus Banalität und Frömmigkeit erschien, die ich als anstößig empfand.

Nach ein paar Minuten hatte ich mich beruhigt und war nicht mehr ganz so stolz auf mich. Ich ließ mir von Mama ein Tablett geben, stellte unsere Teller und Gläser darauf und stieg die Treppe hoch. Doch obwohl hinter der Tür gespannte Stille herrschte, reagierte sie nicht auf mein Klopfen.

»Bitte«, sagte ich. »Ich habe mich schrecklich danebenbenommen. Das stand mir nicht zu. Es tut mir Leid. Ich bin betrunken.«

»Verpissen Sie sich«, sagte sie schließlich.

»Ich kann nicht. Ich kann Laurence unmöglich sagen, dass ich Sie beleidigt habe.«

»Das ist mir egal. Sie und Laurence sind mir egal. Und da ihr offenbar ineinander verliebt seid, verpisst euch doch am besten gleich beide.«

Zum ersten Mal seit Jahren war ich sprachlos. Sie schien mein Erstaunen selbst durch die Tür gespürt zu haben, denn plötzlich hörte ich, wie der Riegel zurückgeschoben wurde.

Ich brauchte einen Augenblick, um mich zu sammeln. Ich hob das Tablett vom Boden auf, wo ich es abgestellt hatte, und ging hinein. Das Zimmer lag im Dunkeln, das einzige Licht kam aus dem Innenhof. Ich erinnerte mich auf Anhieb an das spärliche Mobiliar: das schmale Einzelbett, der Tisch mit den beiden Stühlen, das Waschbecken in der Ecke. Sie saß am Fenster und wirkte seltsam steif und förmlich. Ich stellte das Tablett vor ihr auf den Tisch.

»Tja«, sagte ich schließlich.

»Es tut mir Leid.«

»Wir amüsieren uns ja wirklich prächtig.«

»Ich bin völlig durcheinander«, sagte sie. »Verwirrt und wütend. Es ist vorbei, nicht wahr – mit Laurence und mir? Wenn zwischen uns überhaupt je etwas war.«

Ich setzte mich ihr gegenüber. Ich hatte keine Ahnung, was ich sagen sollte. Der ganze Abend war nichts als ein heilloser Wirrwarr der Gefühle. Von unten drangen Gemurmel und Gelächter herauf. Auf dem Tisch lag ein Foto von ihr und Laurence in der Wüste. Beide lächelten in die Kamera. Ich hielt es schräg in das trübe Licht, das durchs Fenster fiel.

»Darauf seht ihr glücklich aus«, sagte ich.

»Aber nur, weil wir Arbeit hatten. Er ist glücklich, wenn er Arbeit hat. Aber ich mache ihn nicht glücklich.«

»Macht er Sie denn glücklich?«

»Ich weiß nicht. Ich glaube nicht. Ich hab's vergessen.«

»Warum essen Sie nichts«, sagte ich wie eine Mutter.

»Ich habe keinen Hunger. Ich bin fix und fertig. Tut mir Leid.«

»Wie schön. Dann sind wir ja schon zwei.«

Sie war verbittert, doch ihr Kampfgeist war erloschen. Sie saß traurig und zusammengesunken auf ihrem Stuhl, wie ein schlaffes Segel. In der Stille konnte ich ihre Atemzüge deutlich hören. Plötzlich, einer verborgenen Regung folgend, sagte sie: »Ich muss hier raus. Finden Sie es nicht auch furchtbar … stickig?«

»Aber wohin?«

»Keine Ahnung. Es muss doch irgendetwas geben.«

»Eigentlich nicht. Wir könnten ein bisschen durch die Gegend fahren.«

»So verzweifelt bin ich nicht.«

»Sind Sie sicher?«

Sie stieß ein kurzes, freudloses Lachen hervor. »Was ist denn das da«, fragte sie, »da oben auf dem Hügel?«

Das gewaltige Gebäude sah aus wie eine von der Flut an Land gespülte Galeone.

»Das ist das Haus des Brigadiers.«

»Wer ist der Brigadier?«

»Der Brigadier ist der ehemalige Operettendiktator des ehemaligen Homelands. In dessen ehemaliger Hauptstadt wir uns hier befinden.«

»Und wo ist er heute, dieser Brigadier?«

»Tja«, sagte ich, »das ist die Frage. Kommt drauf an, wem man glauben möchte. Die einen sagen, er sei tot und begraben. Andere wieder sind davon überzeugt, dass er noch lebt und Flüchtlinge, Hehlerware, Waffen und so weiter und so fort über die Grenze schmuggelt. Sein Rentnerjob, wenn Sie so wollen. Die Typen da unten, die Soldaten, sollen die Löcher stopfen. Angeblich. Aber das sind alles nur Gerüchte, Klatsch und Tratsch. Wer weiß schon, was stimmt und was nicht?«

»Was glauben Sie?«

»Sie sehen ja, wie ich bin. Stets bereit, das Schlimmste anzunehmen. So bin ich für alle Eventualitäten gerüstet.«

»Haben Sie ihn mal gesehen?«

»*O ja.* Damals begegnete man ihm auf Schritt und Tritt. Einmal habe ich ihn sogar hier gesehen.«

»Hier?«

»Da unten, meine ich. Im Hof. Ich wollte etwas trinken, und überall standen Bodyguards herum. Sie ließen mich zum Tresen und nicht weiter. Der Rest war abgesperrt. Durch die Tür konnte ich sehen, wie er mit seiner Frau zu Abend aß. Ein kleiner Mann. Aber ich bin ihm noch einmal persönlich begegnet.«

»Wann?«

»Als er ins Krankenhaus kam und ich Dienst hatte. Er klagte über Schmerzen in der Brust. Wieder war alles voller Sicherheitsbeamte. Ich rief Dr. Ngema, und sie kümmerte sich um ihn. Aber bis sie kam, hörte ich mit meinem Stethoskop sein Herz ab, und ich kann Ihnen versichern, dass es tatsächlich schlägt.«

Sie war fasziniert. »Wie hat er Sie behandelt?«

»Höflich, aber distanziert. Ich glaube, er hat mich kaum

bemerkt. Dazu war er viel zu sehr mit seinen Brustschmerzen beschäftigt.«

»Und woher kamen die?«

»Schlechtes Gewissen? Blähungen? Ich habe keine Ahnung. Nachdem Dr. Ngema ihn behandelt hatte, verschwand er wieder.«

Die Erinnerung an diesen Vorfall kehrte schlagartig zurück: der kleine Mann, der mit nacktem Oberkörper und seiner Armeemütze in der Hand auf der Bettkante kauerte. Er war stocksteif und förmlich, äußerst akkurat.

»Hatten Sie Angst?«

Ich musste einen Augenblick nachdenken. »Ja, ich glaube schon. Ich kriege es leicht mit der Angst zu tun, auch wenn die Gefahr eher gering ist.«

»Unglaublich.« Als sie mir ihr ernstes, erregtes Gesicht zuwandte, wusste ich, was kommen würde. Es war, als habe dieser ganze chaotische Abend nur auf diesen einen klärenden Gedanken hingesteuert. »Schauen wir es uns an.«

»Was?«

»Sein Haus.«

»Er wohnt nicht mehr darin. Es steht leer.«

»Egal, ich will es sehen. Nur mal einen Blick reinwerfen.«

»Na schön«, sagte ich. Ich war froh, dass ich endlich etwas gefunden hatte, das sie ablenkte. Ich wollte sie glücklich machen.

Und so fuhren wir zu der hell erleuchteten Villa auf dem Hügel. Obwohl sie leer stand, ging darin jeden Abend das Licht an. Irgendein Lakai oder Wachmann legte den Schalter um. Auf dass die alten Symbole in gebührendem Glanz erstrahlten.

Nur eine Straße führte zum Gipfel. Sie war vermutlich zur

selben Zeit gebaut worden wie das Haus; sonst wohnte hier oben niemand. Die Aussicht war beeindruckend. Ich war erst ein oder zwei Mal hier gewesen, und das kurz nach meiner Ankunft in der Stadt. Beim letzten Mal war es zu einem ziemlich unangenehmen Zwischenfall gekommen. Ich hatte den Wagen abgestellt und genoss den Blick, als plötzlich ein Polizist ans Fenster klopfte. Ich musste aussteigen und mich auf die Kühlerhaube stützen, während er mich durchsuchte. Dann kam ein zweiter Polizist hinzu, und sie kommandierten mich herum. Es war eigentlich nicht allzu schlimm, trotzdem jagten mir die beiden eine Höllenangst ein. Sie waren jung, gleichgültig und aggressiv. Ich stellte mir vor, wie meine Frau auf Seite drei ihrer Lokalzeitung die Schlagzeile *Arzt in Bantustan verschwunden* las. Und das war das Ende vom Lied.

Doch dann erschien ein Offizier und beruhigte die Gemüter. Er behandelte mich höflich und nach Vorschrift. Ich solle lieber nicht weiter den Hügel hinauf, sagte er. Der Brigadier habe viele Feinde, und Polizei und Militär seien angewiesen, kein unnötiges Risiko einzugehen. Es gebe schließlich auch noch andere Hügel, sagte er und wies in die Umgebung, die eine herrliche Aussicht bieten.

Dies hätte das harmlose Ende einer womöglich hässlichen Geschichte sein können, wäre es nicht zu einer Fortsetzung gekommen. Der erste Polizist, der sich durch beispielhafte Brutalität auszeichnete, war jemand, den ich noch nie gesehen hatte, und ich hoffte, ihn auch nie wieder sehen zu müssen. Doch ein halbes Jahr später wurde er vom Brigadier persönlich zum Polizeichef der Stadt ernannt. Es musste etwas zu bedeuten haben, dass er über den Kopf des freundlichen Offiziers hinweg befördert worden war, der mich gerettet hatte und sich schließlich als derjenige erwies, den ich nie wieder sehen sollte.

Seither hatte ich den Hügel gemieden, obwohl er inzwischen frei zugänglich war. Zwei andere Autos standen hier oben, diskret im Dunkeln – vermutlich Liebespärchen, die auf ein abendliches Schäferstündchen von werweißwoher gekommen waren –, und ich parkte den Wagen ein Stück abseits. Das Tal lag als ein Geflecht von Lichtern unter uns. Aus dieser Höhe sah die Stadt völlig normal aus, wie jeder andere Provinzort bei Nacht. Man musste schon ziemlich genau hinsehen, um zu erkennen, dass keine Scheinwerfer durch die Straßen huschten und die meisten Fenster dunkel waren.

»Wollen wir einen kleinen Rundgang machen?« Der Ausblick interessierte sie nicht. Sie hatte nur Augen für das Haus. Dabei sah man von hier aus nichts als hohe, stacheldrahtbewehrte Mauern und dahinter das Dach.

»Wir können nicht rein.«

»Ich weiß, aber von außen anschauen werden wir es doch wohl dürfen.«

Der Haupteingang war mit zwei Stahltoren gesichert. Wir pressten die Augen gegen einen Spalt, doch die Aussicht war bescheiden: Rasen, Säulen und eine Treppe. Ich glaubte ein Wachhäuschen zu sehen. Wir gingen um die Ecke und weiter an der Längsseite der Mauer entlang. Und blieben plötzlich stehen.

»Frank«, sagte sie. »Ich fasse es nicht.«

Ich konnte es auch nicht fassen. Eine kleine, in die Mauer eingelassene Seitenpforte. Nur angelehnt. Dahinter, kaum zu sehen, ein im Halbdunkel liegender Garten.

»Das heißt noch lange nicht, dass wir hineingehen müssen«, sagte ich.

»Wer es wohl offen gelassen hat?«

»Keine Ahnung. Ein Arbeiter vielleicht. Oder ein Wachmann. Mit einer Waffe.«

»Ach, kommen Sie. Wir wollen doch nichts stehlen.«

»Ich halte das für keine gute Idee«, sagte ich.

Trotzdem trat sie durch die Pforte, und nach kurzem Zögern folgte ich ihr. Ich fand mich in einer ruhigen Sackgasse wieder, die zum Hauptweg des Gartens führte. Hier gab es kein Licht, aber als ich weiterging, fügten sich die dunklen Blätterwände mit einem Mal zu Hecken. Lockerer Kies und kleine Zweige knirschten und knackten unter meinen Füßen, schrecklich laut, so schien es mir. Ich versuchte behutsam aufzutreten und hielt den Atem an, doch als ich in der Finsternis mit ihr zusammenstieß, entfuhr mir ein leiser Aufschrei des Entsetzens. Sie klammerte sich kichernd an mich, eine warme Umarmung, die im Nu vorüber war.

»Wovor haben Sie denn solche Angst?«, flüsterte sie.

»Wir haben hier nichts verloren.«

»Wir schauen uns doch bloß ein wenig um.«

Ich folgte ihr, als sie davonging, auf das Licht weiter oben zu. Das Haus kam in Sicht, groß, hell und massiv. Wir hatten den Garten im unteren Teil betreten und bewegten uns nun auf seine Mitte zu. Ein Plattenweg führte auf eine Rasenfläche mit einer Sonnenuhr. Dahinter befand sich eine gekieste Auffahrt, gesäumt von Grotten und Blumenrabatten, und dahinter glaubte ich eine Art Golfplatz zu erkennen.

Das Anwesen war groß, ein knappes Hektar, und labyrinthisch. Doch als wir uns dem Licht näherten, sah ich, dass die Gärten, obgleich etwas zerzaust und hier und da schon braun, keineswegs völlig verwahrlost waren. Die Konturen der kunstvoll beschnittenen Bäume und Sträucher im Ziergarten waren zwar ein wenig verwachsen, aber durchaus noch erkennbar, und der Rasen war nicht übermäßig hoch. Irgendjemand kümmerte sich darum. Und das war vermutlich nicht halb so seltsam, wie es schien: Früher oder später würde hier ein neuer Politiker mit neuen Aufgaben einziehen. Ich dachte an das leer stehende Haus am Fluss. Das hier war etwas anderes. Eine andere Art des Verlassenseins. Dieses Haus war nicht gänzlich verwaist; die Geschichte hatte es lediglich vorübergehend geräumt, bis es von neuem seinen Zweck erfüllen durfte, wenn auch in anderer Form.

Wieder war sie stehen geblieben. Ich trat neben sie und wollte etwas sagen, doch sie brachte mich mit erhobener Hand zum Schweigen. Und als ich innehielt, konnte auch ich es hören.

Es schien unglaublich: Stimmen. Es waren zwei, und sie unterhielten sich murmelnd, zu leise, um einzelne Wörter ausmachen zu können. Ich horchte angespannt. Da plötzlich ertönten zwei Geräusche. Obwohl ich sie sofort erkannte, traute ich meinen Ohren nicht. Nicht hier, noch dazu um diese Zeit. Aber die Geräusche blieben, und sie waren unverkennbar.

Es war absurd. Wir lauschten einem Rasenmäher – einem altmodischen, handbetriebenen Modell – und einer Heckenschere. Die leisen Geräusche, die mit dieser bizarren nächtlichen Aktivität einhergingen, klangen wie eine fremde Sprache, ebenso klar und unverständlich wie die beiden Stimmen. Es war schwer zu sagen, woher genau sie kamen, doch ich tippte auf den Blättervorhang hinter uns. Das Klappern der Heckenschere war gleichmäßig, der Mäher hingegen fuhr auf und ab, auf und ab, und als er seine Runde beendet hatte, hörten wir die Stimme des Mannes, der ihn schob. Er schien sich über irgendetwas zu beklagen.

Ich berührte Zanele am Arm und machte ihr ein Zeichen. Obwohl ich keine Angst mehr hatte und mir die Situation geradezu lächerlich erschien, wollte ich mich den Gärtnern ungern zeigen. Hätten wir uns dem Haus weiter genähert, wären wir direkt ins Scheinwerferlicht getreten. Deshalb nahmen wir den schmalen Weg auf der anderen Seite. Ich hätte am liebsten laut gelacht. Unser Vergehen war kindisch und völlig ungefährlich, aber als ich mich umdrehte, um etwas zu sagen, sah ich, wie eine der vielen Statuen, die im Garten verstreut standen, sich mit einem Mal zu rühren begann und gemessenen Schrittes auf uns zukam. Und im Nu waren sämtliche Gefahren dieser Welt von neuem möglich und lebendig.

Wir waren erstarrt und warteten. Die Statue schlenderte gemächlich in unsere Richtung, bis ein Lichtstreifen Schirmmütze und Uniform des Wachmannes erkennen ließ, den ich erwartet hatte.

»Wir wollten nichts Verbotenes tun«, sagte ich.

»Aber das Tor stand offen«, sagte sie, »und da haben wir uns ein wenig umgeschaut.«

»Nur umgeschaut«, wiederholte ich. Wir sprachen schnell und fielen uns ins Wort, doch unsere Nervosität ließ ihn kalt. Er stand regungslos da und musterte uns. Dann schaukelte er auf den Zehenspitzen nach vorn ins Licht und wieder zurück. Es dauerte kaum eine Sekunde, trotzdem hatte ich ihn sofort erkannt.

Der Brigadier war eigentlich gar kein Brigadier. Bis zu seinem Putsch diente er als gemeiner Captain in den Streitkräften des Homelands. Niemand hatte je von ihm gehört. Und ohne die tatkräftige Unterstützung ebenso einflussreicher wie unsichtbarer Freunde hätte er die Macht wohl kaum so erfolgreich an sich reißen können. Nachdem er sich zum Ministerpräsidenten gekürt hatte, überhäufte er sich mit zahlreichen Ehren, darunter sein Rang sowie eine Hand voll Orden.

Rang und Orden trug er nach wie vor, obgleich sowohl die Uniform als auch die Armee, zu der sie gehörten, offiziell nicht mehr existierten. Wenn er sich bewegte, klirrte es leise.

»Ich habe das Tor geöffnet«, sagte er.

Ich erinnerte mich noch gut an seine Stimme. Kühl, ausdrucksleer und weich. Sie war weitaus einprägsamer als sein kleines Allerweltsgesicht. Eine Stimme, die man nicht vergisst. Ich hatte sie im Radio und im Fernsehen gehört, immer tonlos und bar jedes Gefühls, egal was sie sagte. Auch wenn man den Text seiner Rede längst vergessen hatte, sein gleichmäßiger, unartikulierter Tonfall ging einem nicht mehr aus dem Kopf.

Was hatte er eigentlich gesagt, in den paar kurzen Jahren, als er wie ein kleiner Gott über seine künstliche Miniaturwelt herrschte? Mir fällt nicht ein Zitat, nicht ein origineller Ausspruch von ihm ein. Nein, es war das übliche Geschwätz über Selbstbestimmung und eine strahlende Zukunft, das ihm zweifellos seine weißen Herren im Hintergrund diktierten. Als sein Vorgänger zu lästig wurde, hatte Pretoria ihn auf den Herrschersessel gehievt, obwohl er weitaus korrupter und gewissenloser war. Und er wusste, was er tun musste, um an der Macht zu bleiben.

Leider war der Zeitpunkt schlecht gewählt. Hätte die politische Klasse ihre alte Linie beibehalten, hätte er sich zum Präsidenten auf Lebenszeit und die nächsten vierzig Jahre zum Volkshelden erklären können. Doch nicht lange nach seinem Amtsantritt knickte die weiße Regierung in der eigentlichen Hauptstadt ein, und die Macht wechselte den Besitzer. Und zwei oder drei Jahre später stand er ohne Posten da. Und wiederum ein paar Jahre später stand er hier, für seine Rolle kostümiert, und stolzierte mitten in der Nacht über den leeren Set, mit zwei Komparsen im Hintergrund.

Ich wandte mich an Zanele. »Wissen Sie, wer das ist?«

Sie schüttelte den Kopf.

»Das ist der Brigadier.«

»Das?«

»Ja.«

Wir starrten ihn an. Ein solcher Dialog wäre noch wenige Jahre zuvor undenkbar gewesen. Wir hatten verächtlich über ihn gesprochen, als sei er gar nicht da. Und jetzt betrachteten wir ihn ebenso interessiert, wie man einen seltenen Gegenstand betrachtet. Doch davon ließ er sich nicht beirren. Er stand da, schaukelte auf den Fersen, und sein winziges, stures Gesicht verriet nicht die leiseste Regung. Seine Augen schimmerten weiß im schwachen Licht.

Plötzlich war sie wie ausgewechselt. Als ich ihr am frühen Abend von ihm erzählt hatte, war mir sofort aufgefallen, dass ihrer Faszination etwas innewohnte, das sexueller Erregung bedenklich nahe kam. Man konnte es förmlich sehen. Es war, als hätte man sie einem Prominenten vorgestellt. Irgendetwas in ihr öffnete sich, erwärmte sich für ihn. Sie sah ihn mit anderen Augen; sie trat sogar näher.

»Wir wollen uns Ihr Haus ansehen«, sagte sie.

»Sie wollen mein Haus sehen?«

»Ja.«

»Kommen Sie.«

Er marschierte den Weg zurück, den wir gekommen waren. Seine Orden klimperten. Sie warf mir einen raschen, fast schuldbewussten Blick zu und ging dann hinterher. Ich blieb einen Moment zurück und holte sie erst ein, als sie neben den beiden Männern stehen blieben, die im Garten arbeiteten.

Die Männer sahen genauso merkwürdig aus, wie sie sich anhörten. Beide trugen braune Armee-Latzhosen, die ihnen viel zu groß waren. Der eine war weiß, ein paar Jahre älter als ich, mit schütterem rotblondem Haar und einem aufgedunsenen, geröteten Gesicht, das ich von Zeitungsfotos kannte. Er war einer der »Berater«, die dem Homeland-Kabinett von der weißen Regierung zu Zeiten des ersten, abgesetzten Ministerpräsidenten zugewiesen worden waren. Er hatte es weit gebracht: Nachdem er an einem Militärputsch teilgenommen und mit angesehen hatte, wie sein Lebenswerk für null und nichtig erklärt wurde, durfte er jetzt mitten in der Nacht den Rasen mähen. Der andere Mann war jung und schwarz, mit frischem Teint; ich kannte ihn nicht. Die beiden starrten uns verwirrt an, während der Brigadier leise mit ihnen sprach. Er trug ihnen auf, sich den nächsten Gartenabschnitt vorzunehmen. Er wolle nur rasch ins Haus und sei gleich zurück. Dann ging er weiter, wir hinterdrein, den langen Kiesweg und die Freitreppe hinauf zu der mit Schieferplatten gepflasterten Terrasse. Durch gläserne Verandatüren sah man in einen großen dunklen Raum ohne Möbel.

Das Haus war groß und protzig, aber weiter nichts Besonderes. In einer Großstadt wäre es nur eines von vielen geschmacklosen Luxushäusern gewesen. Was es hier so bemerkenswert machte, war seine einsame Lage auf einem mit braunem Gras bewachsenen Hügel, umgeben von einem Burggraben in Form eines Gartens. Jetzt, wo wir hier oben standen und es aus der Nähe betrachteten, fragte ich mich, was wir hier eigentlich suchten.

»Haben sie alles mitgenommen?«, fragte Zanele.

Er nickte betrübt. »Alles. Sie sind mit drei Lastern angerückt.«

»Und wohin haben sie die Sachen gebracht?«

Er zuckte die Achseln. »Nach Pretoria. Angeblich wollten sie sie einlagern. Aber jetzt?« Er nickte bedeutungsvoll. »Fort. Fort.«

Wir sahen ihn zum ersten Mal bei Licht. Und obwohl er glatt rasiert war und ihn ein Hauch Parfüm umwehte, war sein Gesicht gezeichnet. Eingefallen, als würden die Muskeln von innen heraus verfaulen, sich zersetzen. Seine Lider waren bleischwer.

Doch das merkte sie gar nicht. Obgleich sie ihn nicht berührte, war es, als habe sie ihm die Hand auf den Arm gelegt. Und ich erkannte, dass mein Eindruck, man habe ihm seine Macht genommen, falsch war. Er war immer noch gefährlich, so gefährlich wie jeder Mann, der bereit ist, einem Gefangenen alles nur Erdenkliche anzutun, und er verströmte diese Macht wie den metallischen Geruch von Sex.

Sie beugte sich zu ihm. »Können wir, könnten wir vielleicht hineingehen?«

»Sie haben mir die Schlüssel weggenommen. Sie haben die Schlösser ausgewechselt. Sie haben mich aus meinem eigenen Haus geworfen.«

»Wie haben Sie die Gartenpforte aufgemacht?«

»Den Schlüssel habe ich behalten.« Ein Lächeln machte sich auf seinem Gesicht breit. »Ein Schloss vergessen sie immer.«

»Warum kümmern Sie sich um den Garten?«

»Wer soll es denn sonst machen? Ich frage Sie: Wer sonst? Diese Leute etwa? Sie können bloß nehmen, aber nicht geben. Also komme ich ab und zu hierher, einmal die Woche, zweimal die Woche, und halte alles in Ordnung.«

»Sie haben es bestimmt nicht leicht. Die ganzen Erinnerungen.«

»Ja«, sagte er. »Ich erinnere mich an alles. Alles.«

»Haben Sie etwas dagegen, wenn wir uns ein wenig umschauen?«

»Kommen Sie.«

Er winkte ihr, ihm zu folgen, wie ein Museumsführer. Aber es gab nichts zu sehen. Bloß ein leeres Zimmer nach dem anderen, sichtbar nur durch dickes Glas und Buschwerk. Sie gingen an der Außenwand entlang und blieben alle paar Schritte stehen, um einen Blick hineinzuwerfen. Er erklärte die Funktion jedes Raumes – »Empfangshalle«, »Speisekammer«, »Arbeitszimmer« –, als handele es sich um Dinge von großer historischer Bedeutung. Dabei war er inzwischen nicht mehr Teil der Geschichte, sondern beobachtete sie nur noch über eine schmale, aber gänzlich undurchlässige Barriere hinweg.

Als wir vor dem Haus angekommen waren, wo sich die Säulen und das Wachhäuschen befanden, blieb er oben an der Treppe stehen. Von hier aus konnte man die ganze Stadt überblicken. »Wenn Tag wäre«, sagte er, »könnten Sie jetzt meine Statue sehen.« Er meinte das Standbild an der Kreuzung. Sie trat neben ihn und starrte in die Dunkelheit hinaus.

Ich war Luft für die beiden. Seit dem Beginn unseres kleinen Rundgangs hatte er mich nicht eines Blickes gewürdigt. Sie hing wie gebannt an seinen Lippen. Und ich empfand einen wachsenden Abscheu vor ihr, der durchaus etwas mit Begierde zu tun hatte.

Es ließ sich nicht leugnen, dass diese merkwürdige Szene eine Kraft besaß, die alle Aufmerksamkeit auf die kleine, verlorene Gestalt in ihrer Mitte lenkte. Die Leere des Hauses schien sich förmlich in ihm zu verkörpern. Es ging etwas Melancholisches, Verletztes von ihm aus, als habe man ihm nicht etwa das, was er sich gewaltsam angeeignet hatte, sondern sein Geburtsrecht genommen. Und selbst mir fiel es in diesem Augenblick schwer, ihn mir als gefährlich vorzustellen. Er wirkte eher wie ein Kind, das sich für eine imaginäre Rolle verkleidet hatte.

Die Haustür war schwer. Er drückte die Klinke, wohl in der Hoffnung, dass sich die Tür noch ein letztes Mal für ihn öffnen würde. Ich war froh, dass wir nicht hineinkamen. Ich hätte es nicht ertragen, diesem kleinen Ungeheuer durch das Innere seines alten Domizils folgen zu müssen. Er wachte wie ein Schatten über den hell erleuchteten Garten, in dem die beiden winzigen Gestalten noch immer den Rasen mähten und die Hecken beschnitten. Jenseits der Mauer markierte das tote Lichterfries die Stadt.

»Wir müssen los«, sagte ich.

Sie hörte den Unterton in meiner Stimme. Sie trat verlegen von einem Bein aufs andere und sagte: »Also.«

Doch auch ihm war mein Tonfall keineswegs entgangen. Zum ersten Mal sah er mir ins Gesicht. Ich spürte die Verachtung hinter dem elfenbeinernen Schimmer seiner Augen. »Gefällt Ihnen mein Haus nicht?«, fragte er.

»Warum kommen Sie hierher?«

»Um es mir anzusehen.«

»Aber wozu? Das ist doch alles längst passé.«

Betretenes Schweigen machte sich breit. »Also«, wiederholte sie.

Er trat vor mich hin. »Was haben sie mit diesem Haus gemacht? Nichts. Sie haben mich hinausgeworfen, meine Möbel mitgenommen. Drei Laster sind gekommen. Drei.« Er hielt drei Finger in die Höhe. Die Zahl schien ihm besonders wichtig.

»Aber sie gehörten Ihnen nicht.«

Er ignorierte mich. »Und was haben sie damit gemacht? Nichts. Sie haben es einfach verkommen lassen. Wenn ich mich nicht um den Garten kümmere, was dann? Dann geht er ein. Wer soll den Rasen mähen? Wer ihn wässern? Wenn ich nicht alles bewache, wird eines Tages der Abschaum hier einbrechen und diese Zimmer in Beschlag nehmen. Meine wunderschönen Zimmer.«

»Das ist bestimmt nicht leicht für Sie«, sagte sie ein wenig zu mitfühlend.

»Nein. Es ist schrecklich. Furchtbar schrecklich. Gestern noch habe ich in diesem Haus gewohnt. Heute hause ich in einem Zelt. Gestern noch war alles möglich. Heute ist nichts mehr möglich. Furchtbar. Furchtbar.« Er wandte sich schwerfällig zu mir um. »Sagen Sie, Doktor, würden Sie an meiner Stelle etwa nicht hierher zurückkommen?«

Doktor. Das Wort traf mich wie ein Stein. Er wusste über mich Bescheid.

»Ich weiß nicht«, antwortete ich. »Ich weiß nicht, wie man sich an Ihrer Stelle fühlt.«

Wieder machte sich ein Lächeln auf seinem Gesicht breit und entblößte seine großen, weißen Zähne. »Ich will es Ihnen verraten. Manche Leute, kleine Leute, nichtswürdige Leute glauben, ich bin erledigt. Am Ende. Dabei habe ich noch gar nicht richtig angefangen.«

»Schön«, sagte ich. »Das freut mich für Sie. Aber wir müssen jetzt gehen. Es ist sehr spät. Linda. Ich meine, Zanele.«

»Ja«, sagte sie. »Also. Danke. Hat mich gefreut.«

Er nahm ihre Hand und verbeugte sich, noch immer mit diesem breiten Grinsen im Gesicht, das er zur Schau stellte wie einen seiner zahlreichen wertlosen Orden. Ich war schon auf der Treppe.

Sie holte mich ein, als ich an den beiden Gärtnern vorbeikam. Sie waren zum nächsten Abschnitt übergegangen und in ihren alten Arbeits- und Klagerhythmus verfallen. Sie blickten konsterniert auf, als wir vorübergingen, dann klapperten sie wieder mit ihren Klingen.

»Langsam«, sagte sie. »Warum so eilig?«

Ich bremste meine Schritte. Schweigend marschierten wir den ganzen Weg zurück – erst zur Pforte, dann die Mauer entlang. Wir mussten an anderen Autos vorbei, um zu unserem Wagen zu gelangen: ein schwarzes und ein weißes, die direkt nebeneinander standen, wie ein allzu plattes Symbol der Einheit. Hatte ich vorhin noch geglaubt, sie gehörten Liebespaaren, wusste ich jetzt, dass sie eine weitaus finsterere Fracht beförderten. Ich lachte laut.

»Was ist so komisch?«

»Eigentlich ist es gar nicht komisch.«

»Was ist nicht komisch?«

Wie sollte ich es ihr erklären? Letzlich ging es abermals um ebenso schlichte wie absurde Ideale. Vor wenigen Stunden noch hatte sie in mir einen Feind gesehen, weil ich bei der Armee gewesen war. Und jetzt war dieser grauenhafte Gnom für sie eine Art Ikone, nur weil er hier einst das Sagen gehabt hatte. Was interessierten da das Homeland, die Gewalt, die Habgier? Die schmutzige Politik und die bedeutungslosen Titel? Wie Laurence lebte sie in einem moralischen Universum, in dem Macht unmöglich falsch sein konnte.

»Nichts«, sagte ich.

Wir rollten im Leerlauf den Hügel hinunter und starrten schweigend vor uns hin, bis die Lichter der Stadt vor uns auftauchten. Dann fuhren wir wieder durch die menschenleeren Straßen, vorbei an halb verfallenen Häusern. Als ich vor Mamas Kneipe hielt, überfiel mich brennende Ungewissheit: Bedeutete dieses Schweigen Verweigerung oder Verheißung? Doch als ich mich zu ihr drehte, wusste ich die Antwort. Auch sie drehte sich zu mir. Unsere Lippen trafen sich. Und schon in diesem Augenblick – bevor wir die Treppe hinaufstiegen und das Zimmer mit dem schmalen, harten Bett betraten – begleitete uns der Nachklang dieses Abends, so dass wir keineswegs allein waren, als wir im Dunkeln übereinander herfielen.

10

Als ich an diesem Abend ins Krankenhaus zurückkam, saß er immer noch im Dienstzimmer am Schreibtisch. Doch obwohl er meinen Wagen mit Sicherheit gehört hatte, trat er nicht ans Fenster. Und ich ging nicht zu ihm hinein.

Ich hatte kein schlechtes Gewissen; damals nicht. Das kam später, wie ein finsterer Same, der langsam zu keimen beginnt. Ich empfand vielmehr eine perverse Nähe, als hätte ich eine Vereinbarung erfüllt: als ob er und ich einen Vertrag geschlossen hätten und sie der Gegenstand sei.

Am nächsten Morgen kam er ins Zimmer. Obwohl er müde und abgespannt aussah, ging er nicht zu Bett. Er duschte, rasierte sich und zog frische Sachen an. Dann fragte er – ganz nebenbei –, wie der Abend gewesen sei.

»Ach, ganz nett. Wir haben bei Mama zu Abend gegessen. Nichts Aufregendes.«

»Danke, dass du für mich eingesprungen bist, Frank. Du bist ein wahrer Freund.«

Ich weiß nicht, warum ich ihm nichts vom Brigadier erzählte. Dieser Teil des Abends schien mir nicht der Rede wert. Doch als ich sie bald darauf mit Laurence sah, kurz vor ihrer Rückfahrt nach Lesotho, wusste ich, dass auch sie ihm nichts davon verraten hatte. Merkwürdig, aber die wilde Wollust am Ende des Abends schien im verbotenen Garten auf dem Hügel ihren Anfang genommen zu haben.

»Danke für den schönen Abend«, sagte sie und streckte mir die Hand hin. »Hat mich gefreut.«

So förmlich, so nett. Ihre Miene war verschlossen und nüchtern. Ich schüttelte ihr die Hand, doch unsere Blicke trafen sich nicht, und als sie schließlich aufbrach, beschäftigte ich mich im Ärztezimmer.

Laurence brachte sie hinaus. Als er fünf Minuten später wiederkam, wirkte er nachdenklich und zerstreut, trotzdem spürte ich, dass er von Zeit zu Zeit zu mir herüberblickte. Als stünde mir der Treuebruch ins Gesicht geschrieben. Doch ich verzog keine Miene; seit meiner Affäre mit Claudia wusste ich, wie man einen Betrug verheimlicht.

Als es Abend wurde, wusste ich plötzlich, was ich wollte. Ich setzte mich ins Auto und fuhr zu einer Telefonzelle am anderen Ende der Stadt. Ich hätte natürlich auch das Telefon im Krankenhaus benutzen können, aber aus irgendeinem Grunde erschien mir dieses einsame, abgelegene Fleckchen als der passendere Ort, um ihre Stimme zu hören.

»Ich weiß auch nicht, warum ich anrufe«, sagte ich.

»Wer ist da?«

»Denk mal ein paar Jahre zurück. Auf dem Papier sind wir immer noch verheiratet.«

»Frank? Mensch, Frank!«

Sie klang so erfreut, dass einen Augenblick lang alles möglich schien.

»Karen«, sagte ich. »Ich habe an dich gedacht.«

»Ich habe auch an dich gedacht, Frank. Das ist aber ein Zufall! Ich wollte dich anrufen. Und dir sagen, dass die Papiere jetzt fertig sind. Du kannst jederzeit vorbeikommen und sie unterschreiben.«

Dieses Thema lag mir so fern, dass es ein paar Sekunden

dauerte, bis ich begriffen hatte, dass sie von unseren Scheidungspapieren sprach, von der Auflösung unserer Ehe.

»Ja«, sagte ich. »Ich soll also vorbeikommen?«

»Das ist doch wohl nicht zu viel verlangt nach sieben Jahren, oder, Frank? Andere Leute schaffen das, ohne wegzulaufen. Verdammt noch mal!«

Ihre gereizte Stimme schien aus dem Dunkel der Vergangenheit zu kommen. Die Telefonzelle, aus der ich anrief, stand auf dem gekiesten Seitenstreifen einer Straße direkt am Stadtrand, am Rande des Lichts. Einen Schritt weiter begann die Finsternis, der Busch. Ich sah das dichte, gezackte Blattwerk und hörte das leise Zirpen und Zischen, das daraus hervordrang: Wind, Zweige, Insekten, die sich Signale sandten. »Das ist nicht nötig«, sagte ich.

»Was?«

»So mit mir zu reden. Du kannst die Scheidung haben. Ich laufe nicht mehr weg.«

Nach einer kurzen Pause sprach sie weiter, versöhnlicher, aber dennoch misstrauisch. »Das ist schön, Frank. Wir müssen, wir müssen endlich loslassen.«

»Ich komme in ein paar Tagen vorbei.«

»Wann?«

»Das kann ich dir jetzt noch nicht sagen. Ich habe hier noch einiges zu regeln …«

»Geht es denn nicht ein bisschen genauer? Wir führen schließlich auch ein geregeltes Leben.«

»Donnerstag«, sagte ich. »Wie wär's mit Donnerstag?«

»Donnerstag passt ausgezeichnet. Ich bringe die Papiere mit nach Hause.«

»Gut. Dann bis dann.«

»Aber darum hast du doch nicht angerufen, Frank. Warum hast du angerufen?«

Ich musste kurz nachdenken, bis es mir wieder einfiel. Trotzdem wusste ich eigentlich nicht recht, warum ich angerufen hatte. Nur um ihre Stimme zu hören. Doch ich wollte hören, wie sie Dinge sagte, die sie nie wieder sagen würde; sie waren verloren, tot, begraben. Ich hängte ein, presste das Gesicht gegen den Plastikrahmen der Zelle und starrte in die Finsternis hinaus. Vergangenheit und Zukunft sind gefährliche Länder. Ich hatte die vergangenen sieben Jahre im Niemandsland gelebt, zwischen ihren Grenzen. Jetzt musste ich weiterziehen, und davor hatte ich Angst.

Ich stieg wieder in den Wagen und fuhr langsam zu Marias Hütte. Doch ich wusste nicht, was ich hier eigentlich wollte. Ich war ohne Ziel und fehl am Platz. Ich setzte mich auf eine Kiste in der Ecke und massierte mir die Stirn.

»Freitag, Samstag du nicht kommen«, sagte sie. »Warum, warum?«

Da war ich mit Laurence' Freundin zusammen. Doch das sagte ich nicht. Solche Fragen gehörten zu einer normalen Beziehung und nicht hierher.

»Ich hatte viel zu tun. Arbeit.«

»Arbeit?«

»Ja.«

Sie saß ein Stück entfernt in der dunklen Ecke. Die Lampe stand neben mir und brannte heiß.

»Du kommen früh heute. Warum?«

Es war sechs oder sieben – viel früher, als ich sie sonst besuchen kam. Daran hatte ich gar nicht gedacht. »Weil ich bald wieder gehen muss«, sagte ich. »Ich muss schlafen. Ich bin furchtbar müde.«

»Müde?«

»Ja. Maria, warum hast du mir nicht gesagt, dass er hier war?«

»Wer war hier?«

»Laurence. Mein Freund. Er hat mir erzählt, dass er hier gewesen ist, im Dorf hinter dem Laden. Ein paarmal. Warum hast du mir nichts davon gesagt?«

Sie schüttelte den Kopf und runzelte die Stirn, auch ihre Miene verriet nichts. Nein, sagte sie, sie habe ihn nicht gesehen. Sie wisse nicht, wovon ich spräche.

Ob sie log? Ich sah sie forschend an. Da bemerkte ich zum ersten Mal, dass sie unglücklich war.

»Was ist los?«, fragte ich.

Nichts, nichts sei los.

Kurz darauf rollte eine Träne über ihre Wange. Ich stand auf und ging zu ihr, aber sie wandte sich ab.

»Was ist das, Maria? Was ist das?«

Ein Bluterguss, ein dunkler Fleck bedeckte ihre Wange. Und mir wurde klar, dass sie nur deshalb im Dunkeln, von mir abgewandt gesessen hatte, um ihn zu verbergen.

Nichts, sagte sie, nicht weiter schlimm.

»Nicht schlimm? Was heißt hier nicht schlimm? Woher hast du das?«

»Nein, nein.« Sie wischte es beiseite. Eine weitere Träne. Mit einem Mal begriff ich ihre Fragen von vorhin. *Du nicht kommen. Warum, warum?* Ich versuchte, sie in den Arm zu nehmen, doch sie stand auf und räumte die Holztiere in den Regalen um. Nach einer Weile sagte sie: »Du gehen jetzt.«

»Ich möchte aber bleiben.«

»Nein. Jetzt ist Gefahr. Problem, Problem.«

»Kann ich später wiederkommen?«

Sie schüttelte den Kopf. »Ist besser, du gehen. Kommen morgen wieder.« Ich stand auf und klopfte mir verlegen und beschämt den Staub von den Knien. Da mir nichts Besseres einfiel, fischte ich etwas Geld aus meiner Hosentasche. Ich hielt es ihr hin: fünfzig Rand. Doch heute Abend wollte sie es zum ersten Mal nicht nehmen. Sie schien es nicht einmal zu sehen. Wieder schüttelte sie den Kopf. Sie wollte etwas anderes.

»Du kommen morgen Abend?«

»Ja.«

»Versprochen morgen?«

»Ja«, sagte ich, und obwohl es mir damit vollkommen ernst war, sah sie mich an wie einen Lügner.

Jeden Montagmorgen fand im Dienstzimmer eine Personalversammlung statt. Theoretisch sollten wir dann über die Patienten sprechen, bessere Behandlungsmethoden erörtern, Ideen oder Probleme zur Sprache bringen. Die Praxis sah wesentlich prosaischer aus: Nachdem sie die Anwesenheit festgestellt hatte, hielt Dr. Ngema eine kleine Rede, und dann ging jeder seiner Wege.

Heute Morgen jedoch sagte Dr. Ngema: »Es gibt heute einen … besonderen Tagesordnungspunkt.«

Alle sahen sie an. Sie rutschte verlegen hin und her und machte Laurence ein Zeichen.

Er wollte offenkundig Eindruck schinden. Er hatte seine feinsten Sachen angezogen und sich mehrmals die Haare gekämmt, so dass die feuchten Strähnen einzeln glänzten. Sein weißer Kittel war zugeknöpft bis unters Kinn. Er stand auf, in der Hand ein Blatt Papier.

»Ähm. Ja. Danke. Ich wollte nur sagen, dass ich am Donnerstag … kommenden Donnerstagvormittag … in einem der Dörfer in der Nähe eine Ambulanz organisieren werde.«

Ein leises Raunen ging durch den Raum. Stühle knarrten, Papiere raschelten.

»Wie bitte?«, fragte Claudia.

»Eine Ambulanz. Wir organisieren eine Ambulanz.«

Jorge hustete. »Ich verstehe nicht ganz. Du willst …?«

Stille Bestürzung machte sich breit. Ratlosigkeit spiegelte sich in Laurence' Miene, und er sah auf das Blatt in seiner Hand, als sei die Antwort dort zu finden.

Dr. Ngema hustete. Sie machte ein verkniffenes Gesicht. »Diese Idee«, begann sie, »diese Idee stammt von Laurence. Und … ich finde sie eigentlich sehr gut. Das Ganze ist natürlich freiwillig. Aber wenn jemand von Ihnen mitfahren und helfen möchte, wäre das sehr …«

»Nett«, ergänzte Laurence. Er stand noch immer.

»Ich werde leider nicht dabei sein können«, sagte Dr. Ngema. »Anderweitige Verpflichtungen.«

»Ich sollte das vielleicht erklären«, fuhr Laurence fort. »Ich hatte an eine Art Einführungsrede gedacht. Ich bin allerdings noch nicht hundertprozentig sicher, es gibt da noch ein paar Probleme … aber ich hatte mir vorgestellt, dass ich erst über Hygiene und Sauberkeit spreche und dann über HIV und Aids. Dann verteile ich Kondome, mehr haben wir bislang ohnehin nicht zu verteilen, aber da kommt im Lauf der Zeit sicher noch das eine oder andere hinzu. Ähm, dann können sich die Leute zur Behandlung durch einen unserer Ärzte anstellen, je nachdem, was sie haben. Mehr fällt mir im Augenblick nicht ein. Ach, das Ganze findet in einem nahe gelegenen Dorf statt, den Namen habe ich vergessen, aber ich hatte ihn mir irgendwo notiert …«

Eine Weile herrschte betretenes Schweigen.

»Schuldige bitte«, sagte Claudia schließlich, »aber was soll das, was?«

»Ich möchte für das Krankenhaus die Werbetrommel rühren«, antwortete Laurence. »Den Leuten klarmachen, dass es uns gibt. Und nicht zuletzt endlich etwas tun.«

Das waren die falschen Worte. Aus betretenem wurde eisiges Schweigen. Als er sich wieder setzte, war sämtliche Energie verpufft.

Ich wartete ein paar Sekunden, dann hob ich die Hand und sagte: »Ich stehe völlig hinter Laurence' Idee oder, besser, Initiative. Nur werde ich leider nicht daran teilnehmen können.«

Ich spürte, dass Laurence mich anstarrte.

»Und warum, Frank, wenn ich fragen darf?«, wollte Dr. Ngema wissen.

»Ich muss ein paar Tage verreisen. Aus familiären Gründen.«

»Davon ist mir aber nichts …«

»Ich weiß es auch erst seit gestern Abend«, sagte ich. »Ich wollte das anschließend mit Ihnen besprechen.«

Als die Versammlung beendet war, machte sich eine überwältigende Trägheit breit. Ich stahl mich rasch zur Tür hinaus, doch als ich die Freifläche auf dem Weg zurück in unser Zimmer überquerte, holte Laurence mich ein. »Warum, Frank, warum?«

»Ach, der Appetit kommt beim Essen, Laurence, mach dir deshalb keine Sorgen.«

»Darum geht es nicht. Ich weiß, dass den anderen mein Plan nicht gefällt, aber das ist mir egal. Es geht um dich, Frank. Warum machst du nicht mit?«

»Weil ich nach Pretoria muss. Ich weiß, das kommt sehr ungelegen, Laurence, aber ich kann nichts dafür. Es geht um meine Scheidung. Ich muss die Papiere unterzeichnen.«

»Oh.« Ihm klappte die Kinnlade herunter. Scheidung, Papiere unterzeichnen. Erwachsenenangelegenheiten: eine

Welt, von der er keine Ahnung hatte. »Das ist aber schade. Dabei war es deine Idee, Frank.«

»Nein«, sagte ich in erstaunlich bestimmtem Ton. »Es war einzig und allein deine Idee.«

»Aber ohne dich hätte ich dieses Dorf nie …«

»Trotzdem. Es war keine Idee. Es war noch nicht einmal ein Vorschlag. Es war einfach so dahingeredet.«

»Hm«, machte er, »hm«, und trottete den Rest des Weges schweigend und mit hängendem Kopf hinter mir her.

Nachmittags ging ich zu Dr. Ngema. Sie saß bei offener Tür in ihrem Dienstzimmer am Schreibtisch. Als sie mich sah, schloss sie die Tür, und wie immer bei persönlichen Gesprächen nahmen wir in den bequemen Sesseln Platz.

Sie hatte keine Einwände. Meine gequälte, abgehärmte Miene ließ ihr dazu keine Gelegenheit. »Selbstverständlich«, sagte sie. »Ich ändere den Dienstplan, Frank. Keine Sorge.« Zum ersten Mal seit drei Jahren bat ich um Urlaub. Sie legte mir die Hand auf die Schulter, ließ sie wieder sinken. Versuchte Anteilnahme an einem Schmerz, den ich nicht spürte. Meine Ehe war schon vor Jahren in die Brüche gegangen. »Wenn Sie möchten, nehmen Sie ab morgen frei. Ich kümmere mich um alles.«

»Danke. Sehr freundlich.«

»Da wäre noch etwas …«

Darauf hatte ich gewartet. Ich hatte ihre kryptischen Anspielungen bei Laurence’ Party nicht vergessen.

»Es hat mit der Ambulanz zu tun. Indirekt. Eigentlich geht es um den Job.«

»Um welchen Job?«

»Diesen Job. Meinen Job.« Sie beugte sich vor. »Ihren Job. Es tut sich was, Frank.«

»Ach ja?« Wir hatten dieses Gespräch inzwischen so oft geführt, dass ich Begeisterung nur noch müde heucheln konnte. »Wie schön.«

»Ich glaube, diesmal klappt's. Ich kann zwar noch nichts Genaues sagen, aber es sieht doch sehr viel versprechend aus.«

»Ist ja toll, Ruth. Freut mich sehr.«

»Weshalb ich mich ernsthaft frage, ob die Idee mit der Ambulanz wirklich so gut ist. Ich weiß, dass Sie dafür sind, Frank. Sie haben Laurence tatkräftig darin unterstützt. Und das zweifellos aus gutem Grund. Aber groß angelegte Aktionen können wir uns momentan nicht leisten.«

»Ach so. Ja.«

»Ich bin für Veränderung und Innovation durchaus zu haben, Frank, das wissen Sie. Aber wir wollen doch nichts überstürzen. Nicht jetzt.«

»Verstehe.«

»Danke, Frank. Sie waren schon immer sehr … verständnisvoll. Und Sie wissen ja: Wenn Sie hier der Chef sind, können Sie tun und lassen, was Sie wollen. Dann können Sie die Welt verändern!«

Ich nickte besonnen. Und obwohl auch sie auf den ersten Blick besonnen wirkte, gelang es ihr nicht immer, ihre wahren Gefühle zu verbergen.

»Ich mag Laurence. Und mir ist klar, dass er es gut meint. Nur manchmal, da …«

»Verstehe.«

»Ja. Was er da eben gesagt hat zum Beispiel. ›Endlich etwas tun.‹ Soll das heißen, dass wir hier den ganzen Tag herumsitzen und Däumchen drehen?«

»Er ist noch jung. Er spricht, ohne nachzudenken.«

»Sie sind loyal. Er ist Ihr Freund. Und das ist gut so. Aber er ist … er ist mitunter ziemlich arrogant. Um nicht zu sagen größenwahnsinnig.«

Auf mein neuerliches Nicken hellte sich ihre Miene auf. Ärger und Abneigung waren verschwunden. Oder gut getarnt.

»Ich meine es nicht böse. Das wissen Sie. Ich glaube nur, dass er an einem anderen Krankenhaus womöglich glücklicher geworden wäre.«

»Kann schon sein.«

»Ich mag ihn. Verstehen Sie mich bitte nicht falsch.«

»Verstehe.«

»Danke für Ihr Verständnis, Frank.«

Als ich in unser Zimmer kam, zog Laurence sich zum Dienst um.

»Ich habe darüber nachgedacht«, verkündete er, »und es ist mir egal.«

»Worüber?«

»Wenn die nicht wollen, ziehe ich das eben alleine durch. Mir doch egal. Die anderen interessieren mich nicht. Es wäre nur schön, wenn du dabei wärst, Frank. Das ist das Einzige, was mir wirklich Sorgen macht.«

»Nächstes Mal, viellcicht.«

Er warf mir einen ebenso gekränkten wie dankbaren Blick zu, und ich konnte mich eines Anflugs von Mitleid nicht erwehren. Er war allein und wusste es nicht. Und mit einem Mal war auch das gewisse Etwas, das seine Miene schon am ersten Tag verraten hatte, wieder da und flackerte sichtbar, benennbar beinahe, unter seiner Haut.

Als er weg war, wanderte ich ziellos umher, rückte die Möbel gerade, wischte Zahnpasta vom Spiegel und staubte den Fenstersims ab, bis ich inmitten meiner wütenden Putzaktion plötzlich auf Tehogos Kassetten stieß, die in einem wirren Haufen auf dem Fußboden verstreut lagen. Ich stapelte sie ordentlich auf, damit er sie abholen konnte. Aber als alles sauber war, trug ich sie selbst über den Flur.

Ob ich etwas suchte? Ich hatte zwar kein Motiv im Kopf, doch als ich schließlich vor der Tür stand, spürte ich, dass meine Sinne geschärft und hoch empfindlich waren. Wachsam.

Es war die letzte Tür auf unserem Flur. Die Lampe war schon seit einer Ewigkeit kaputt und selbstredend nie repariert worden. Und so stand ich schon jetzt, am späten Nachmittag, im Dunkeln, als ich klopfte. Keine Reaktion. Wahrscheinlich schläft er, dachte ich und klopfte erneut, etwas lauter diesmal, als ich bemerkte, dass die Tür nachgab.

Sie war nicht verschlossen. Durch den schmalen Spalt sah ich die Kante eines ungemachten Bettes und einen Tisch mit Aschenbechern und Orangenschalen darauf. Ich streckte die Hand aus und stieß die Tür ganz sanft nur, mit den Fingerspitzen auf – als würde nicht ich, sondern der Wind sie öffnen. Der Türspalt wurde breiter. Ich steckte meinen Kopf hindurch und rief seinen Namen. Aber das Bett war leer, und er kam auch nicht aus dem Bad.

Das Zimmer war ein Saustall. Der Fußboden war mit Abfällen übersät – alte Zigarettenschachteln, leere Flaschen, gebrauchte Gläser. Die Bettwäsche war völlig verdreckt. Überall lagen Zeitschriften, und es miefte nach kaltem Rauch und Schweiß und Müdigkeit.

Als ich hineinging, rief ich noch einmal nach ihm, obwohl ich wusste, dass er nicht da war: Sein Name war das Zauberwort, das mich über die Schwelle trug. Und in diesem Augenblick ließ ich den Nachmittag und den Grund für mein Eindringen hinter mir. Stattdessen betrat ich einen Ort in meinem Innern, die schäbige Kammer meines Herzens, die ein Geheimnis barg.

Trotzdem befand ich mich natürlich in Tehogos Zimmer – und das war nicht zu übersehen. Vielleicht sah ich Tehogo trotz seiner Abwesenheit gewissermaßen zum ersten Mal. Er geisterte als enigmatische Präsenz durchs Krankenhaus, mürrisch, undurchsichtig, mehr Arroganz als Persönlichkeit ausstrahlend ... doch jetzt fiel mein Blick auf bislang Verborgenes. Bei den Illustrierten auf dem Boden handelte es sich ausnahmslos um Frauenzeitschriften, voller Mode und Glamour, und er hatte jede Menge Bilder ausgeschnitten und die Wände damit gepflastert. Sonnenuntergänge, Strände und fantastische Airbrushlandschaften. Frauen, die in Unterwäsche oder Designerkostümen posierten. Die Bilder sprachen von Sehnsucht, Sentimentalität und Pathos. Und neben dem Bett, auf einem kleinen, leer geräumten Tischchen, stand das gerahmte Foto eines älteren Paares. Sie hatten sich offenbar eigens für diesen Anlass fein gemacht und standen, sich in ihrer Sonntagskleidung sichtlich beengt und unwohl fühlend, stocksteif und ein Stück voneinander entfernt vor einem Haus. Seine Eltern? Schwer zu sagen, doch es war der einzige Gegenstand im Zimmer, dem er anscheinend einen gewissen Wert beimaß.

Mein Blick wanderte weiter, suchend. Und ich war derart gebannt von dem überall verstreut liegenden Plunder, dass ich es erst nach ein paar Minuten sah. Doch als ich es schließlich sah, wurde all der andere Kram bedeutungslos, Blendwerk, das einzig und allein dem Zweck diente, den unaufmerksamen Betrachter von der Wahrheit abzulenken. Und die Wahrheit steckte in den Myriaden von Metallteilen, den unzähligen Hähnen, Rohren und Bettgestellen, die achtlos auf-, über- und nebeneinander lagen. Das ganze Zimmer war voll davon. Da wusste ich Bescheid.

Ich ging heimlich, still und leise wieder hinaus, ohne die Kassetten zurückzulassen, und machte die Tür hinter mir zu. Als mir Tehogo wenig später pfeifend und einen Servierwagen vor sich herschiebend im Haupthaus auf dem Flur entgegenkam, nickte ich ihm zu und sagte Hallo.

11

Dr. Ngema änderte den Dienstplan. Aber ich fuhr nicht am Dienstag. Ich hatte andere, wichtigere Dinge im Kopf. Abends saßen Laurence und ich im Aufenthaltsraum vor dem Fernseher und hingen unseren Gedanken nach, bis ich vorschlug, noch auf ein Glas in Mamas Kneipe zu gehen.

»Nein, danke, Frank. Heute nicht. Keine Lust.«

»Komm schon, ich lad dich ein. Ich muss was mit dir besprechen.«

Da wurde er hellhörig. Tratsch, Klatsch und Intrigen. Vielleicht brachte ihn das auf andere Gedanken. Und als wir schließlich bei Mama saßen, versetzten uns Stimmung und Atmosphäre im Nu in gute Laune. Kaum zu glauben, dass dieser Innenhof – hell erleuchtet, voller Menschen – inmitten dieser gottverlassenen Einöde lag. Draußen gab es nichts als Dunkelheit und Kälte, hier drinnen Wärme, Gespräche, laute Musik.

»Was ist denn hier los?«, fragte Laurence. »Schmeißt jemand eine Party?«

»Seit du letztes Mal hier warst, hat sich viel verändert.«

Er hatte von den Soldaten zwar gehört, sie aber noch nie gesehen. Folglich konnte er sich auch nicht vorstellen, dass sich durch ihre Anwesenheit etwas geändert haben könnte. Doch auch ich war erstaunt: Es war mindestens doppelt so voll wie sonst und folglich doppelt so laut.

»Demnächst schaffe ich einen Billardtisch an«, verkündete Mama fröhlich, als sie uns zwei Extrastühle brachte. »Das Geschäft floriert.«

Ich spürte stechende Blicke im Rücken. Als ich mich umdrehte, sah ich Colonel Moller in einer Ecke des Hofes sitzen, allein an einem Tisch, vor sich ein Glas.

»Was machen die Soldaten eigentlich? Von morgens bis abends hier herumsitzen und saufen?«

Sie tat pikiert. »Sie schuften schwer. Sie ziehen jeden Morgen los und suchen Leute.«

»Und? Haben sie schon welche geschnappt?«

»Das weiß ich nicht«, sagte sie und zuckte lächelnd die Achseln. Dieser Teil ihrer Tätigkeit ging sie nichts an. Sie brachte unsere Drinks und verschwand wieder in der lauten, wimmelnden Menge.

»Worüber wolltest du denn mit mir sprechen, Frank? Die Ambulanz?«

»Nein, nein. Es geht um etwas ganz anderes. Ich stehe vor einem moralischen Dilemma.«

»Echt? Lass hören.«

Und so erzählte ich ihm – offen und ehrlich –, wie ich in Tehogos Zimmer gegangen war und was ich dort gesehen hatte. Als ich fertig war, verzog er zunächst keine Miene. Es dauerte einen Moment, bis ihm die Erleuchtung kam, als habe ein Finger die schützende Schale durchstoßen und seine geordnete Weltsicht gehörig durcheinander gebracht.

»Du meinst …?«

Ich nickte schwerfällig.

»Er hat die Sachen … genommen? … gestohlen? Er war das?«

»Na ja, sieht ganz so aus, findest du nicht? Aber vielleicht gibt es ja auch eine andere Erklärung …«

»Und was für eine?«

Ich zuckte mit den Schultern.

»Es gibt keine. Es gibt keine andere Erklärung. Mensch, Wahnsinn, Frank, ich werd verrückt.« Er war tatsächlich erbleicht. In seinem Gesicht spiegelte sich das Entsetzen eines Menschen, der mit etwas konfrontiert wird, dessen Existenz er bislang strikt geleugnet hat. Da hellte sich seine Miene auf. »Und was ist nun das Dilemma?«

»Also, das liegt doch wohl auf der Hand ... Ich weiß nicht, was ich jetzt machen soll.«

»Na, damit zu Dr. Ngema gehen. Was denn sonst?«

»So einfach ist das nicht, Laurence. Da gibt es allerhand zu berücksichtigen.«

»Zum Beispiel?«

»Zum Beispiel Tehogos Vergangenheit. Er hat einiges durchgemacht. Da kann man ihn doch nicht einfach ...«

»Aber er ist ein Dieb.«

»Ja.«

»Genau das ist das Problem, Frank. Alles andere spielt keine Rolle.«

So einfach war das: Jedes Problem, ganz gleich wie vielschichtig oder widersprüchlich es auch sein mochte, ließ sich auf einen simplen moralischen Nenner bringen. So war Laurence. Alles war entweder gut oder schlecht, eindeutig und unumstößlich, und man handelte entsprechend.

»Ich glaube, so einfach ist das nicht«, sagte ich mit trauriger Genugtuung.

»Warum nicht?« Und da war sie wieder, diese verständnislose, ja bestürzte Miene. Er stand wankend am Abgrund, und die dunkle Schwerkraft zerrte an ihm.

»Belassen wir's dabei. Wir sind eben verschiedener Ansicht.«

»Aber ich will es doch verstehen, Frank. Erklär's mir!«

»Ich weiß aber nicht, wie.«

»Du bist zu gutmütig, Frank. Zu mitfühlend.«

»Und wenn schon, das ist ja wohl mein Problem.«

Obwohl wir damals nicht weiter darüber sprachen, wurde mir klar, dass ich das Problem an ihn weitergegeben hatte. Er wirkte den Rest des Abends abwesend und aufgewühlt, während der Lärm und die vulgäre Kneipenatmosphäre ihre Wirkung bei mir nicht verfehlten. Ich amüsierte mich prächtig.

Er brachte das Thema erst tags darauf wieder zur Sprache, als er mir dabei zusah, wie ich eine Hand voll Kleider in einen Koffer warf. »Hast du entschieden«, fragte er vorsichtig, »hast du dir überlegt ... was du in Sachen Tehogo unternehmen willst?«

»Gar nichts.«

»Aber wenn du nicht bald etwas unternimmst, ist es zu spät.«

»Umso besser.«

Er machte ein gequältes Gesicht. »Dann macht er so weiter. Klaut und stiehlt ...«

Ich setzte mich und lächelte. »Ist dir das denn wirklich so wichtig? Im Grunde geht es doch nur um ein leer stehendes Gebäude.«

»Nein! Ich meine, ja – es ist mir wichtig.«

»Ich finde, in diesem Fall haben menschliche Gefühle Vorrang.«

Er schwieg einen Moment und sagte dann zögernd: »Also, wenn es dir lieber ist, tu ich's.«

»Was?«

»Melden ... was vorgefallen ist.«

»Aber du hast es doch gar nicht gesehen.«

»Ja, schon, ich weiß, aber ... irgendjemand muss doch was

dagegen unternehmen. Und wenn's dir schwer fällt ... da habe ich mir gedacht, also ...«

Er wand sich. Jetzt stand er vor diesem moralischen Dilemma und musste zusehen, wie er damit fertig wurde. »Also, ich weiß nicht«, sagte ich. »Ich finde das nicht richtig.«

»War ja auch nur so ein Gedanke, Frank. Dein Name würde gar nicht fallen.«

»Tja«, sagte ich. »Du musst deinem Gewissen folgen, Laurence. Tu, was du für richtig hältst.«

Obwohl das Thema damit beendet war, wirkte er mit einem Mal erleichtert. Mir ging es ebenso. Die Zukunft nahm, von meinen Händen unbefleckt, Gestalt an. Und eine ungewollte Komplizenschaft schweißte uns noch enger zusammen.

»Hast du noch Zeit für eine Runde Tischtennis, bevor du fährst?«, fragte er.

»Ähm. Ja, warum nicht? Ich breche sowieso erst heute Abend auf, ich fahre lieber im Dunkeln.«

Und dann, als wir im sonnendurchfluteten Aufenthaltsraum den Ball übers Netz schlugen, war es fast wie früher – kameradschaftlich und freundlich, ein unbeschwertes Verhältnis. Nach einer Weile wurden wir müde. Er warf den Schläger in die Ecke, plumpste auf die Couch und strich sich eine lange Haarsträhne aus den Augen.

»Zanele hat mir geschrieben«, verkündete er.

»Schön.«

»Sie hat Schluss gemacht. Aus und vorbei.«

»Aber ich dachte, ihr beiden hättet jede Menge Pläne und Projekte.«

»Das dachte ich auch.«

»Was schreibt sie denn?«

Zum ersten Mal an diesem Tag verriet seine Miene echte

Rührung: ein diffuser Schmerz, eine Art seismische Erschütterung huschte über sein Gesicht hinweg. »Na ja, du weißt schon. Alles falsch … die ganze Sache funktioniert nicht … zu lange getrennt, keine richtige Beziehung mehr.« Seine Miene war wieder genauso verschlossen wie zuvor. »Das Übliche. Bla bla.«

Mein schlechtes Gewissen regte sich: Schuldgefühle breiteten sich in mir aus wie ein Fleck. Ich wich seinem Blick aus. »Das tut mir Leid, Laurence.«

»Schon gut.« Er zuckte die Achseln. »Das Komische ist, dass es mir eigentlich gar nichts ausmacht. Erst denkt man, dass man jemanden wahnsinnig liebt, und dann, wenn es vorbei ist, stellt man fest, dass es einem eigentlich nicht allzu viel bedeutet hat.«

»So was kommt vor.«

»Die Arbeit«, sagte er. »Die Arbeit ist das Einzige, was zählt.«

Es war sein voller Ernst. Ich stand vor der Couch, sah zu ihm hinunter und dachte über seine Worte nach. Er war praktisch geschlechtslos. Der Arbeit galt seine ganze Leidenschaft. Für mich hatte die Arbeit nie einen derart hohen Stellenwert besessen; sie war nur eine von vielen sinn- und zwecklosen Tätigkeiten.

»Du denkst bestimmt an deine Frau«, sagte er plötzlich.

Ich war perplex. Ich hatte ganz und gar nicht an sie gedacht.

»Was ist das für ein Gefühl, verheiratet zu sein?«

Ich wusste keine Antwort, musste aber sofort an die erste Nacht nach unserer Hochzeit denken. Wir waren aufs Land gefahren, in die Flitterwochen. Die Frau, die jetzt die andere Hälfte meines Lebens verkörperte, war im Bad, als mir mit einem Mal auch die Welt außerhalb des Zimmers seltsam, unbekannt, ja bedrohlich erschien. Ich verspürte einen Anflug von Panik, die sich von Glück nicht unterscheiden ließ. Ein intensives Gefühl, das jedoch ebenso schnell wieder verging, wie es gekommen war.

»Darüber möchte ich nicht sprechen«, sagte ich.

Als ich abends zu meiner langen Fahrt aufbrach, sah ich unweit der Stadt drei Dinge, die für mich seither untrennbar zusammengehören. Das erste entdeckte ich am Rand der Zufahrtsstraße, kurz bevor ich die Hauptstraße erreichte. Immer wenn ich zu der Biegung kam, von der aus man das alte Militärcamp sehen konnte, ging ich vom Gas. Normalerweise gab es dort nichts zu sehen, bloß Dunkelheit und Busch, doch heute Nacht brannte ein Licht. Vielleicht ein Feuer oder eine Lampe: ein winziger Funke in der Finsternis. Dann plötzlich erlosch es, oder ich war daran vorbei.

Das gab mir zu denken. Mir fiel ein, was der Brigadier in jener Nacht im Garten zu Zanele gesagt hatte: *Es ist schrecklich. Furchtbar schrecklich. Gestern noch habe ich hier gewohnt. Heute hause ich in einem Zelt.* Das Schöne an einem Zelt war selbstverständlich, dass man es jederzeit abbrechen und woanders wieder aufbauen konnte; er konnte überall stecken. Aber in dem alten Militärcamp standen immer noch die alten Zelte, und er kam schließlich nicht umsonst hierher. Sein Geist war hier stets präsenter, greifbarer gewesen; und ich geriet ins Grübeln.

Mir fielen die beiden Gärtner in ihren braunen Armee-Latzhosen ein, und ich dachte immer noch an sie, als im Licht der Scheinwerfer plötzlich weitere Uniformen auftauchten. Neue Uniformen der neuen Armee, doch einen Augenblick lang kam ich mir vor wie früher, als in jedem finsteren Winkel bewaffnete Soldaten lauerten. Eine Reihe von Leuchten auf der Fahrbahn, stählerne, quer über den Asphalt geschleifte Barrikaden, eine Taschenlampe, die mich auf den Seitenstreifen winkte. Eine Straßensperre. Dies waren allerdings Colonel Moller und seine Männer, und ihre Aufgabe war eine andere. Ich erkannte die strammen jungen Burschen, die ich an Mamas Theke hatte stehen sehen, aber heute durchsuchten sie Handschuhfächer und Kofferräume und sicherten sich gegenseitig mit Gewehren. Ein Schwarzer stellte mir höflich, aber bestimmt einige Fragen. Woher kommen Sie? Wohin wollen Sie? Würden Sie bitte den Kofferraum aufmachen, ich möchte einen Blick hineinwerfen.

Als ich weiterfuhr, hielt ich nach Colonel Moller Ausschau. Obwohl ich ihn nirgends entdecken konnte, spürte ich, dass er da war. Noch so ein Geist, der mich die ganze Strecke bis zu Marias Hütte begleitete.

Und da geschah es. Nummer drei. Anders als versprochen, hatte ich Maria seit besagtem Abend nicht mehr besucht. Dazu war ich viel zu sehr mit den Vorgängen im Krankenhaus – Tehogo und den Diebstählen – beschäftigt. Außerdem wusste ich, dass ich jederzeit zur Hütte fahren konnte, wenn mir danach war. Ich hatte eigentlich vorgehabt, heute Abend dort Station zu machen. Da sah ich den weißen Wagen vor der Tür stehen.

Tatsächlich: der weiße Wagen. Lange hatte ich mir unbewusst ein vages Bild davon gemacht, doch nun fiel mir, wie ein Blitz aus heiterem Himmel, der weiße Wagen wieder ein, der vor dem Haus des Brigadiers auf dem Hügel gestanden hatte. Und obwohl ich nicht wusste, ob das andere Auto auch nur entfernte Ähnlichkeit mit diesem hatte, war ich mir auf Anhieb sicher, dass es sich um ein und denselben Wagen handelte.

Auf Anhieb sicher – und dann doch wieder nicht ... aber

der Zusammenhang ließ sich nicht leugnen. Und als ich in die Dunkelheit davonfuhr, überkam mich mit einem Mal ein unvergessliches Gefühl, eine ungeheure innere Unruhe, die mich anspornte, die fehlenden Stücke des Puzzles ausfindig zu machen, die bislang im Verborgenen lagen.

Ich fuhr mit offenem Fenster und ließ den heißen Wind durch den Wagen wehen. Der Höhenzug ragte vor mir auf, zog mich hinan, und bald hatte ich Wald und Grasland hinter mir gelassen. Die Nacht war weit, blähte sich wie ein riesengroßes Segel und zerrte an den straffen Tauen des Horizonts. Der Wagen folgte dem sanften Auf und Ab der dunklen Hügel, das Licht der Scheinwerfer winzig und verloren. Es war ein tröstliches Gefühl, so klein zu sein. Irgendwo brannte ein Buschfeuer. Ich sah die Flammen aus weiter Ferne und, als ich näher kam, eine Ansammlung von Autos und Menschen. Die hellen Flammen schlugen hoch, und dichter schwarzer Rauch wogte wallend im künstlichen gelben Licht. Ich ging vom Gas, doch man winkte mich vorbei, und ich spürte die Hitze des Feuers im Gesicht, bis der gespenstische Hexensabbat im Rückspiegel verschwunden war.

Dann die kleinen Orte, schlafend, verrammelt, vergittert. Nebenstraßen erweiterten die Hauptader, ließen sie anschwellen, Spur um Spur. Masten und Schlote vor dem Hintergrund des Himmels. Neonhelle Tankstellen, schlafende Tankwarte in ungeheizten Kassenhäuschen. In der Ferne brannten Städte wie rot glühende Kohlehalden. Sämtliche Elemente einer fremden Welt kamen zusammen, um mich zu empfangen, und fügten sich zu einem Bild der Vergangenheit.

Bei Einbruch der Dämmerung kam ich an. Doch statt direkt zu ihr zu fahren, gondelte ich ziellos durch die Vorstadtstraßen und ließ die Gegenwart der Menschen hinter den Mauern, in den Gärten ihrer Häuser auf mich wirken. Schon bei den ersten Anzeichen von Betriebsamkeit – Autos, Bauarbeiter auf dem Gehsteig – erschien mir die Gegend unnatürlich dicht bevölkert und belebt.

Mein Vater wohnte in einem reichen, exklusiven Vorort südlich der Stadt. Breite, baumgesäumte Straßen, ein Gefühl von Licht und Weite. In diesem Haus hatte ich ein gut Teil meiner Teenagerzeit verbracht, auch wenn die untere Gartenhälfte inzwischen abgeteilt und verkauft worden war. Außerdem erhob sich rings um das Grundstück eine Mauer. Zu meiner Zeit hatten wir bloß einen Zaun gehabt. Die Mauer schien von Mal zu Mal höher zu werden.

Auf mein Klingeln drang die Stimme meiner Stiefmutter aus der Sprechanlage. »Hier ist Frank junior«, sagte ich, und prompt ward mir aufgetan. Das schwere Tor quietschte geräuschvoll in den Angeln. Ich parkte vor der Garage am Ende der Auffahrt. Sattgrüne Pflanzen wuchsen unter turmhohen Bäumen, darüber thronte das Backsteinschloss.

Sie kam mir entgegen, betont salopp gekleidet, stark geschminkt. Doch auch das dicke Make-up konnte ihren gequälten Gesichtsausdruck nicht übertünchen. Valerie war die vierte Frau meines Vaters und ein paar Jahre jünger als ich. Wir hatten nie zu einer für beide Seiten gleichermaßen angenehmen Gesprächsebene gefunden.

Sie küsste mich ungeschickt auf die Wange. »Dad ist im Bad. Wie war die Fahrt? Brauchst du Hilfe mit deinem Gepäck? Du bist doch bestimmt todmüde.« Sie scheuchte mich die Treppe hoch, ins Haus. Zwei Dienstmädchen tänzelten katzbuckelnd um mich herum, beide barfuß, damit sie die Teppiche nicht schmutzig machten. Und davon gab es jede Menge, orientalisch, mit kryptischen Mustern. Sie waren die große Leidenschaft meines Vaters.

»Lass dich anschauen. Hach, du wirst Dad immer ähnlicher.« Es war mir unangenehm, wenn sie ihn so nannte, ganz so als sei er unser beider Vater. Sie hatte ohnehin etwas von einer Schwester, mit ihrem schmalen, bunt bemalten, sorgenvollen Gesicht, das ihre geheime Rivalität mir gegenüber zu verbergen suchte. »Du kannst dein altes Zimmer haben, Frank. Ich habe alles so gelassen, wie es war.«

Die Frauen meines Vaters hatten sämtlich darauf bestanden, das Haus nach ihren Vorstellungen neu einzurichten – vermutlich wollten sie auf diese Weise ihr Revier markieren, wenn sie spürten, dass ihr Aufenthalt vorübergehend war. Seit meinem Auszug war mein Zimmer mehrmals umgestaltet und gestrichen worden, und Valerie war auf die glorreiche Idee verfallen, das Refugium meiner Kindheit zu »erhalten«, indem sie meine alten Modellflugzeuge an der Decke aufgehängt und eine Reihe peinlicher Fotos aus meiner Schulzeit auf die Fensterbank gestellt hatte. Frank als Sextaner in der Rugbymannschaft. Frank als Jahrgangszweiter, der dem Direktor die Hand schütteln durfte. Davon abgesehen hatte das Zimmer den klinischen Charme eines Mittelklassehotels, voller Stoffe und Farben, bei deren Anblick meine Mutter eine Gänsehaut bekommen hätte.

»Möchtest du nach der langen Fahrt nicht duschen? Du bist bestimmt todmüde, möchtest du dich hinlegen? Hast du schon gefrühstückt?«

Ich setzte mich mit einer Tasse schwarzem Kaffee auf die Terrasse und lauschte meinem Vater, der im Bad herumplanschte und summte. Einmal rülpste er. Er klang gut gelaunt. Valerie kam aus dem Haus, machte sich zum Schein an den Topfpflanzen auf der Treppe zu schaffen und erteilte einem unsichtbaren Gärtner lautstark Anweisungen. Dann ging sie wieder hinein und beschäftigte sich anderweitig.

Kaum hörte sie meinen Vater kommen, erschien sie mit einer Tasse Kaffee und sank auf einen Stuhl.

»Wie lange bleibst du, Frank?«

»Nur ein oder zwei Tage. Ich bin wegen Karen hier.«

»Karen? Ach, wie schön.« Ihre Stimme hatte einen hoffnungsvollen Unterton.

»Nein, nein.« Ich wollte es ihr eben erklären, da betrat mein Vater die Terrasse.

Frank Eloff senior war inzwischen Mitte Sechzig, wirkte jedoch gut fünfzehn Jahre jünger. Er war schlaksig, breitschultrig und hoch gewachsen, und stets lag ein leises Lächeln auf seinem sympathischen Gesicht. Er war gepflegt, adrett und elegant – Paisleymorgenmantel, türkische Pantoffeln – und schon jetzt, am frühen Morgen, rasiert und parfümiert. Er schüttelte mir die Hand, seine übliche Begrüßungs- oder Abschiedsgeste, schon als ich noch ein Kind gewesen war, und an seiner Hand haftete die feuchte Wärme des Badezimmers, oder war es Haaröl?

»Frank!«

»Dad.«

»Was für eine seltene Überraschung. Dich zu sehen, meine ich. Ich hoffe, du machst zur Abwechslung mal richtig Urlaub.«

»Von Urlaub kann nicht die Rede sein, Dad. Ich habe etwas Persönliches zu klären.«

»Etwas Persönliches.«

»Er ist wegen Karen hier«, sagte Valerie leicht affektiert.

»Ach ja?«

»Um die Scheidungspapiere zu unterzeichnen«, erklärte ich, was einen jähen Temperatursturz zur Folge hatte. Mein Vater vertrat nämlich die Ansicht, dass meine Trennung von Karen für meinen Karriereknick verantwortlich sei, und wurde nicht müde, der Hoffnung Ausdruck zu verleihen, dass wir uns wieder versöhnten.

»Oh«, hörte ich Valerie sagen.

»Tja, Frank, das tut mir Leid.« Mein Vater machte ein finsteres Gesicht, ohne dass sein Lächeln ganz verschwand, und senkte die Stimme. »Ist das endgültig? Wer hat das entschieden? Und wäre es nicht klüger, noch eine Weile zu warten?«

»Sie hat das entschieden. Und ja, es ist endgültig. Sie wollen heiraten und nach Australien ziehen.«

»Hm. Tja. Na dann. Viele junge Leute ziehen weg. Traurig, aber wahr.«

»Ich würde auch wegziehen«, verkündete Valerie. »Lieber heute als morgen. Aber dein Vater will ja nicht.«

»Südafrika ist immer noch das beste Land der Welt«, sagte mein Vater und grinste. »Nirgendwo lebt es sich so gut wie hier. Aber jetzt muss ich mich anziehen.«

Da die Terrasse in der prallen Morgensonne lag, zogen wir ins Arbeitszimmer um, solange mein Vater sich ankleidete. Es war das größte Zimmer im ganzen Haus, vollgestopft mit Büchern und den augenfällig dargebotenen Andenken einer langen, ruhmreichen Karriere. Die deutlichste Erinnerung an meine Pubertät – die eine bestimmte Szene abzubilden schien, in Wirklichkeit jedoch aus mehreren sich überlagernden Erinnerungen bestand – kreiste um meinen Vater, der an seinem Schreibtsich saß, hinter sich eine Ansammlung von Fotos, Urkunden und Zeitungsausschnitten, die über ihm schwebten wie eine düstere Wolke.

Ich sah sie mir aus der Nähe an. Auf den meisten Bildern war Frank senior Anfang Vierzig, mit blitzendem Lächeln und zurückgekämmtem Haar. Auf einigen posierte er mit Schauspielern und Politikern von vor zwanzig Jahren. Erstaunt registrierte ich eine Hand voll neuerer Fotos. Er war noch nicht abgeschrieben.

Zu seiner Zeit war mein Vater so etwas wie ein Senkrechtstarter gewesen. Ein ungewöhnliches Schicksal für einen Arzt. Doch als sich die Gelegenheit ergab, ergriff er sie mit beiden Händen. Er entstammte einer armen Familie aus der Kleinstadt und hatte nur mit Hilfe des Stipendiums eines Bergbaukonzerns Medizin studieren können. Nach dem Examen fing er als Betriebsarzt in einer Mine eben dieses Unternehmens an. Ein schlechter Start: Aber sein Blatt wendete sich, als es eines Tages zu einem schrecklichen Grubenunglück kam und er zufällig zur Stelle war. Geschlagene achtundvierzig Stunden kauerte mein Vater in einem einsturzgefährdeten Tunnel, richtete Knochenbrüche, führte Amputationen durch, vernähte Wunden. Er rettete sechs oder sieben Kumpeln, die sonst mit ziemlicher Sicherheit gestorben wären, das Leben.

Seine Leistung war unbestritten. Aber ein Vierteljahrhundert später fiel es schwer, sie nicht durch die Brille des Zynikers zu betrachten. Damals verfärbte sich der große weiße Traum allmählich grau. Sie brauchten ein Aushängeschild, das sie in einem vorteilhaften Licht erschienen ließ, und da kam ihnen Frank senior gerade recht. Er sah gut aus. Er hatte den schmissigen Schwung eines Teenageridols, inklusive jungenhafter Tolle und zahnfletschendem Grinsen. Und die Medien stürzten sich auf ihn. Artikel auf den Titelseiten aller großen Zeitungen, Rundfunkinterviews, Magazinreportagen über seinen steinigen Weg zum Erfolg. Wen kümmerten schon die Kumpel, die in die Anonymität unter Tage zurückkehrten. Mein Vater war der Held der Stunde.

Ohne das Fernsehen wäre alles genauso schnell vorbei gewesen, wie es angefangen hatte. Das TV-Zeitalter war in

Südafrika gerade erst angebrochen, und nach einem Auftritt in den Nachrichten hielt man meinen Vater für den idealen Moderator einer neuen Sendung. Eine medizinische Ratesendung mit Frank senior als jovialem Quizmaster, der die Lokalprominenz mit Fragen löcherte. Das Publikum war hin und weg. Die Medienmaschine lief auf Hochtouren. Er bekam säckeweise Fanpost. In all dem Trubel ging der Tod meiner Mutter beinahe unter, und ich bin fest davon überzeugt, dass er ihn kaum registrierte – obwohl er ihm selbstredend neue Schlagzeilen bescherte.

Trotz Glanz und Glamour schaffte er es irgendwie, eine ernsthafte Laufbahn zu verfolgen. Wenn auch nicht mehr in der Zeche: Die hatte er längst hinter sich gelassen. Aber nach allem, was man hörte, war er ein begnadeter Chirurg und sehr gefragt. Die Medien taten ihr Übriges. Außerdem hatte er sich selbstständig gemacht und eine eigene Produktlinie auf den Markt gebracht – Entkrausungsmittel und Hautaufheller für Schwarze, allerlei Kosmetika für weiße Frauen. Das Zeug stand immer noch in den Regalen und brachte ihm noch immer Geld.

Er hatte eine sensationelle, beispiellose Karriere hinter sich, und sein Starruhm war keineswegs verblasst. Er wurde nach wie vor geknutscht, gehätschelt und getätschelt und als gern gesehener Ehrengast zu Vorträgen und Podiumsdiskussionen geladen. Es war ein Zirkus. Was spielte es da schon für eine Rolle, dass das einzige Verdienst im Leben meines Vaters fünf, zehn, dreißig Jahre zurücklag und er seither nichts Nennenswertes geleistet hatte? Nein, er würde für immer das Junggenie von damals bleiben.

Also stand ich unter Druck. Ich hatte etwas zu beweisen. Ich hatte mir eingeredet, dass ich nicht nur genauso sein wolle wie er, sondern dieses Ziel auch ohne weiteres erreichen könne. Aber natürlich kam alles ganz anders, und jetzt waren die Bilder und Worte an der Wand wie eine Anklage, ein Urteil.

Als ich ihn kommen hörte, nahm ich Platz. Er trug eine Golfhose und ein kurzärmeliges Hemd. »Es stört dich hoffentlich nicht, Frank, aber die Verabredung zu der Partie stand schon, bevor ich wusste, dass du kommst.«

»Kein Problem, ich fahre nachher sowieso zu Karen.«

»Worum geht es bei der Geschichte mit Karen eigentlich?« Er setzte sich an seinen Schreibtisch. »Soll ich mal mit Sam darüber sprechen?«

Sam war Karens Vater, ein alter Freund meines Vaters.

»Was? Nein, nein. Das würde überhaupt nichts ändern.«

»Bist du sicher? Ein bisschen dezenter Druck …«

»Ich lasse euch allein, damit ihr das ungestört besprechen könnt«, sagte Valerie.

»Nein, nicht nötig. Da gibt es nichts zu besprechen«, protestierte ich energisch. Das fehlte mir gerade noch: ein ernstes Wörtchen meines Vaters, das alles wieder ins Lot brachte. Doch er konnte es gar nicht leiden, wenn man so mit ihm sprach. Wütend wandte er sich an Valerie:

»Die Blumen sind welk.«

Er zeigte auf einen großen Strauß auf dem Kaminsims, der sich langsam, aber sicher braun verfärbte.

»Ich habe Betty aufgetragen, sie in den Müll zu werfen.«

»Na, dann sagst du es ihr eben noch mal. Ich will sie jedenfalls nicht mehr sehen.« Das war die andere Seite seines unwiderstehlichen Charmes, eine Neigung zum Jähzorn, der sich wiederum einzig und allein gegen ihn selbst richtete.

Ich stand auf. »Ich gehe rasch unter die Dusche und ziehe mich um. Bis später.«

»Ich möchte mich nicht einmischen, Frank. Das weißt du.«

»Aber ja doch, Dad.«

Ich ging in mein Zimmer, duschte, rasierte mich und zog frische Sachen an. In einem fort hallten die verschiedensten Geräusche durch das große Haus: das Dröhnen einer Waschmaschine, das Summen der Klimaanlage, die nahezu lautlosen Verrichtungen des Reinigungspersonals. Sie alle klangen fremd in meinen Ohren, flüchtige Erinnerungen aus grauer Vorzeit. Und auch das Gesicht, das mich aus dem Badezimmerspiegel anstarrte, war nichts weiter als eine Kombination aus Fremdheit und Erinnerung. Wer genau hinschaute, konnte darin noch den Schuljungen von den Fotos auf der Fensterbank entdecken. Auch wenn er inzwischen völlig anders aussah. Der rosige Teint war verschwunden, das Haar dunkler und schütterer, das Fleisch an Hals und Wangen dicker. Ein in schleichendem Zerfall begriffenes Gesicht, das gleichsam von den Knochen zu gleiten drohte, das Leberflecke, geplatzte Äderchen und andere Schönheitsfehler aufwies. Ein alter Mann blickte daraus hervor, und aus seinen Zügen sprach Resignation.

Karen und Mike lebten in einer großen Penthousewohnung in einem nahezu gänzlich flachen Teil der Stadt. Ein Mittelschichtsbezirk, nicht allzu reich. Doch Karens Vater Sam gehörte der gesamte Straßenzug sowie eine Hand voll weiterer Straßenzüge in der Nähe. Von seinen anderen, über das ganze Land verteilten Immobilien nicht zu reden. Er hatte Karen das Penthouse zur Hochzeit geschenkt.

Sam kannte meinen Vater seit ihrer gemeinsamen Studienzeit. Mein Vater erzählte gern, dass Sam und er von Anfang an die dicksten Freunde gewesen seien, lange bevor das große Geld ins Spiel kam. Damals war Sam nichts weiter als ein aufstrebender Jurastudent, mein Vater ein armes Landei, das sich eine Zukunft aufzubauen versuchte. Die Moral von der Geschicht war vermutlich, dass ihre Freundschaft auf echten Werten wie Respekt und Sympathie gebaut war und nicht auf dem Treibsand von Geld und Ruhm.

Sam konnte mich nicht ausstehen. Hatte mich noch nie ausstehen können. Vielleicht erkannte er, was weder ich noch mein Vater zuzugeben bereit waren: nämlich dass mir keine glorreiche Zukunft bevorstand, dass ich nicht aus demselben edlen Holz geschnitzt war wie Frank Eloff senior. Trotzdem ließ er Gnade walten, als seine jüngste Tochter sich in mich verliebte. Ich kannte Karen von Kindesbeinen an. Gesellschaftlich gesehen war unsere Verbindung unvermeidlich. Wir entstammten gleichermaßen privilegierten, wohlhabenden Familien, die entschlossene Männer aus ärmlichen Verhältnissen quasi im Alleingang geformt und geschmiedet hatten. Da spielte es keine Rolle, dass weder ich noch Karen besondere Qualitäten hatten. Geld würde unser Leben zu etwas Besonderem machen.

Karen wusste nicht recht, was sie wollte. Kaum hatte sie ein Studium angefangen, brach sie es auch schon ab und begann das nächste. Nach etlichen Irrungen und Wirrungen erhielt sie schließlich ihr Diplom in Schauspielkunst, der angeblich ihre ganze Leidenschaft galt, aber nach ein paar undankbaren Statistenrollen hatte sie auch davon genug. Als wir heirateten, gleich nach meinen zwei Jahren Wehrdienst, fing sie bei ihrer Mutter an, die eine Reihe von gut gehenden Geschenkboutiquen betrieb, langweilte sich jedoch schon bald. Wenig später, als die junge Dame zu Hause saß und Däumchen drehte, begann ihre Affäre mit Mike. Eine Zeit lang quälte ich mich mit dem Gedanken, dass das alles nie geschehen wäre, wenn sie doch nur gearbeitet hätte …

Inzwischen nannte sie sich Innenarchitektin. Und ich

muss gestehen, dass sie ein Händchen dafür hatte. Sie hatte das gesamte Penthouse von Grund auf renoviert und das sündhaft teure Mausoleum in ein luftiges, gemütliches, für meinen Geschmack gleichwohl etwas zu luxuriöses Domizil verwandelt. Jede Menge freie Flächen, Holzfußböden, hohe Fenster mit Ausblick auf die Stadt.

Als ich kam, wollte Karens Mutter Jacqui gerade gehen. In ihren hochhackigen Schuhen lief sie wie auf Eiern, wohl damit die Haarpyramide auf ihrem Kopf nicht in sich zusammenfiel. Sie versteckte ihr altes, runzliges Gesicht unter einer makellosen Make-up-Kruste, die selbst beim leisesten Lächeln zu zerbröckeln drohte. Folglich verzog sie keine Miene, als sie mir die Wange hinhielt. »Frank«, murmelte sie. »Ich weiß, ihr habt einen Termin. Ich bin schon weg.«

»Ich dachte, Sam und du seid in Frankreich.« Die beiden waren vor sechs Jahren ausgewandert.

»Wir sind geschäftlich hier. Schon das dritte Mal dieses Jahr. Du kennst Sam ja, er kann einfach nicht loslassen.«

»Tja.«

»Und du, Frank? Arbeitest du immer noch so viel?«

»Ähm, ja. Mehr denn je.«

»Wie man hört, leistet ihr da draußen hervorragende Arbeit. Bei den Schwarzen auf dem Land.«

Karen begrüßte mich erst, als ihre Mutter fort war. Sie drückte die Lippen auf meine Wange, ein ebenso flüchtiger wie trockener Kuss, und einen winzigen Augenblick lang legte ich die Hände auf ihre knochigen Hüften.

»Du hast abgenommen«, sagte ich.

»Und du hast zugelegt. Du siehst schrecklich aus, Frank. Was ist bloß los mit dir?«

»Nichts. Alles wie gehabt.«

»Gehen wir ins Wohnzimmer.«

Als wir es uns in den großen Ledersesseln über der Skyline der Stadt gemütlich gemacht hatten, nahm sie einen Stapel Unterlagen vom Couchtisch. »Hier. Zuerst das Geschäftliche. Ich habe alles fertig.«

»Das sehe ich.«

»Du möchtest doch bestimmt deinen Anwalt einen Blick darauf werfen lassen.«

»Nein«, sagte ich. »Ich unterschreibe gleich. Gib mir einen Stift.«

Sie war erstaunt. »Möchtest du es nicht mal durchlesen?«

Ich versuchte es, doch schon nach der erste Zeile – *die Ehe von Karen und Frank ist zerrüttet* – verschwammen mir die Wörter vor den Augen. Wir hatten das alles endlos durchgekaut, und nichts davon hatte auch nur das Geringste mit meinem jetzigen Leben zu tun.

»Steht hier irgendetwas drin, das ich dringend wissen müsste?«

»Was soll das heißen? Dass ich dich übers Ohr haue? Ich würde dich nie und nimmer übers Ohr hauen, Frank. Was für eine ungeheuerliche Unterstellung! Das hier ist lediglich die schriftliche Bestätigung der jetzigen Regelung. Gütertrennung: Was mir gehört, gehört mir, und was dir gehört, gehört dir. Was sollte ich von dir auch haben wollen?«

»Nur der Ordnung halber.« Ich nahm den glitzernden Füller, den sie auf den Tisch gelegt hatte, und unterschrieb auf der letzten Seite. Das Kratzen der Feder verursachte einen kaum hörbaren Laut, den wohl nur meine Ohren wahrnahmen: das Geräusch des Zusammenbruchs einer elfjährigen Ehe.

»Da«, sagte sie und blätterte weiter zur nächsten Seite. Als ich alles unterzeichnet hatte, nahm sie die Unterlagen und den Füller und brachte beides ins Schlafzimmer, außer

Reichweite, nur für den Fall, dass ich es mir anders überlegte. Als sie wiederkam, wirkte sie irgendwie erleichtert.

»Du solltest nichts unterschreiben, ohne es vorher gründlich durchzulesen, Frank. Das ist typisch für dich, dieses Desinteresse. Es könnte schließlich Werweißwas drinstehen.«

»Und typisch für dich ist, dass du dich erst aufregst, weil ich dir angeblich unterstelle, dass du mich übers Ohr hauen möchtest, und dich dann beschwerst, wenn ich mich nicht vom Gegenteil überzeuge.«

Sie lächelte, als hätte ich ihr ein Kompliment gemacht. »Wenigstens haben wir's jetzt hinter uns. Der Gerichtstermin ist reine Formsache. Ich gebe dir Bescheid, wenn's so weit ist. Möchtest du was zu trinken?«

»Nein, danke. Ich habe schon Kaffee getrunken.«

»Ich trinke morgens immer Saft. Ich hole dir ein Glas Saft, Frank. Vielleicht gibt dir das ein wenig Farbe.«

Obwohl auch hier Dienstmädchen durch die Zimmer huschten, ging Karen höchstpersönlich in die Küche und kam mit zwei großen Gläsern Orangensaft zurück. Als sie sich in den Sessel direkt neben mir setzte, wurde mir klar, dass sie etwas Persönliches mit mir besprechen wollte.

»Frank. Ich möchte dich was fragen. Offen und ehrlich.«

»Schieß los.«

»Wie stehst du zu Mike? Ich meine, jetzt, wo sich die Wogen geglättet haben.«

»Wie ich zu Mike stehe? Ich finde, er ist ein falscher Hund, der mir die Frau ausgespannt hat.«

»Ach, Frank. Ich bitte dich. Das ist doch Jahre her. Können wir das nicht endlich hinter uns lassen?«

»Ich habe es hinter mir gelassen. Aber ich habe ihm nicht verziehen.«

Merkwürdig, wie klar sich das für mich darstellte: Während meine Liebe zu Karen zu einem schwachen inneren Glimmen erkaltet war, loderte mein Hass auf Mike noch immer heiß und hell. Ab einem gewissen Punkt scheint der Charakter eines Menschen festgelegt und das Urteil über ihn unwiderruflich. An der Wand hing ein erst kürzlich aufgenommenes Foto von Mike, und obwohl die korpulente, allmählich kahl werdende Gestalt nur noch wenig mit dem jungen Mann gemein hatte, der einst mein Freund gewesen war, schien irgendetwas an ihm – oder mir – konstant, gleichbleibend, unverrückbar.

»Es ist jammerschade, Frank. Es ist wirklich jammerschade, dass du so … nachtragend bist. Mike möchte endlich einen Schlussstrich unter die ganze Sache ziehen. Er möchte sich … wie soll ich sagen, reinwaschen, bevor wir fortgehen. Er hat mir sogar gesagt, dass du ihm manchmal fehlst.«

»Ach ja?«

»Mensch, wozu mache ich mir eigentlich die Mühe? Ich dachte, jetzt wo die Scheidung durch ist, könnten wir vielleicht … aber es ist reine Zeitverschwendung. Warum bist du so verbittert, Frank? Vielleicht weil du seit einer halben Ewigkeit da draußen im *bundu* sitzt? Findest du nicht, dass es langsam Zeit wird, in die Zivilisation zurückzukehren?«

»Nein.«

»Meinst du, wir bedauern dich? Mike sagt, dass du gern leidest, um Aufmerksamkeit auf dich zu lenken.«

»Was Mike sagt, interessiert mich nicht.«

»Also, ich find's schade. Mehr kann ich dazu nicht sagen. Er mag dich wirklich.«

»Pass auf«, sagte ich. »Du glaubst es mir vielleicht nicht, aber ich bin gern da, wo ich bin. Auf meine Art bin ich da draußen glücklich.«

Sie musterte mich einen Augenblick und beugte sich dann vor. Jetzt ging sie aufs Ganze.

»Bist du … da draußen … mit jemandem zusammen?«

»Ja«, sagte ich und erschrak über die Bestimmtheit meiner Antwort. Und es war in der Tat erschreckend, dass ich sofort Marias Bild vor Augen hatte. Maria, die allein in ihrer Bretterhütte saß und wartete. Auf mich.

Karen nickte und verzog die Lippen zu einem schmalen Lächeln. »Wer ist sie? Eine Ärztin, nehme ich an?«

»Nein. Jemand anders. Nicht aus dem Krankenhaus.«

»Tja, ich sehe schon, mehr kriege ich nicht aus dir heraus. Aber es wäre doch nett, Frank, wenn wir uns mal treffen könnten. Ich und Mike und du und deine Bekannte. Wir könnten ja mal Essen gehen oder so. Überleg's dir.«

Beinahe hätte ich laut gelacht. Es war absurd, sich Maria zwischen diesen Menschen – oder auch nur diesen Möbeln – vorzustellen. Mir wurde klar, wie weit ich mich von der Normalität entfernt hatte.

Ich trank den Orangensaft aus und stellte das Glas auf den Tisch. »Dann will ich mal wieder.«

»Na gut. Du musst wahrscheinlich einen auf Familie machen. Das mit deinem Vater tut mir Leid.«

»Was?«

Sie hatte die Bemerkung derart beiläufig einfließen lassen, dass sie mir fast entgangen wäre.

Sie schien verwundert. »Na ja, ich … ich habe gehört, er ist krank.«

»Nicht dass ich wüsste.«

»Ich weiß es auch nicht, Frank. Tut mir Leid, vergiss es, ich habe das nie gesagt.«

Doch der Gedanke ging mir nicht mehr aus dem Kopf, und als ich nach Hause kam, rief ich Karen an. Sie sprach wieder in scharfem, abweisendem Ton mit mir. Der vertrauliche Moment war vorbei.

»Ich will es jetzt wissen«, sagte ich. »Ich wäre dir dankbar, wenn du es mir sagen würdest, egal was es ist.«

»Ich weiß gar nichts, Frank. Ich habe da wohl etwas durcheinander gebracht.«

»Ich glaube dir kein Wort.«

»Glaub doch, was du willst. Aber ich würde dich niemals belügen.«

Ich verbrachte den Rest des Tages im Garten und erkundete die langen Laubengänge und schmalen Wege. Meine Stiefmutter schlich nervös um mich herum, zwischen wiederholten Ausflügen ins Einkaufszentrum, zum Friseur und in die Autowerkstatt, und ein oder zwei Mal war ich kurz davor, sie zu fragen: *Ist er krank?* Doch die Frage war einfach zu ernst und zu persönlich für die geheuchelte Nettigkeit im Hause meines Vaters. Es wäre unhöflich gewesen, sie zu stellen.

Er kam erst abends aus dem Club und meinte, er habe schlecht gespielt. Er hatte ein paar Gläser getrunken und wirkte leicht gereizt, aber krank sah er nicht aus. Seine Stimme war noch immer selbstsicher und laut, er verkaufte Ansichten als Fakten, machte Witze, und erst als wir beim Dessert angekommen waren, fiel ihm wieder ein, dass ich nicht auf Urlaub hier war.

»Ach, Frank. Was ich dich fragen wollte. Beinahe hätte ich's vergessen. Wie ist es gelaufen, dein Gespräch mit Karen?«

»Ganz gut. Alles unter Dach und Fach.«

»Was? Die Scheidung? Endgültig?«

»Ja.«

»Aber ich … ich dachte, es ginge lediglich um ein Gespräch. Hältst du es für klug, die Dinge derart zu überstürzen?«

»Wir leben doch schon seit Jahren getrennt, Dad. Von überstürzen kann keine Rede sein.«

»Tut mir Leid, dass es so enden musste, Frank.«

»Das ließ sich wohl nicht vermeiden, Dad.«

»Ja. Trotzdem. Wenn du mich hättest mit Sam reden lassen …«

»Hätte das auch nichts geändert.«

»Mag sein. Mag sein.« Er nestelte an seiner Serviette. »Bleibst du noch ein paar Tage?«

»Leider nicht. Ich muss morgen früh zurück.«

»Schon?« Valerie setzte ihre Trauermiene auf. »Du bist doch gerade erst gekommen.«

»Ich weiß. Aber ich musste eine Sondergenehmigung einholen, um überhaupt kommen zu dürfen. Ich werde im Krankenhaus gebraucht.« Und obwohl nichts von alldem stimmte und ich mich eben erst zur Abreise entschlossen hatte, wusste ich, dass ich nicht hierher gehörte. Mein Platz war woanders, in dem mit billigem Amtsmobiliar vollgestopften Landkrankenhaus, wo die Gewissheiten meines Vaters keine Gültigkeit besaßen.

»Du wirst gebraucht?«, sagte er höhnisch. »Lässt du dich etwa immer noch von dieser Schwarzen herumkommandieren? Wäre es nicht langsam an der Zeit, wieder hierher zu ziehen, Frank?«

»Ich glaube, ich stehe kurz davor, Dad.«

»Kurz *wovor*?«

»Vor einer Beförderung. Es sieht ganz so aus, als würde mir demnächst die Leitung des Krankenhauses übertragen.«

»Aber diese Geschichte erzählst du uns doch schon seit Jahren. Hast du die Stelle damals nicht überhaupt nur angenommen, weil du Chefarzt werden solltest?«

»Ja, schon. Aber es tut sich was. Diesmal klappt es hundertprozentig.«

»Ich könnte mich mal umhören, Frank. Wir könnten dir bestimmt einen Posten an einem der hiesigen Krankenhäuser beschaffen. Nichts Besonderes, aber allemal aussichtsreicher als deine jetzige Stellung.«

»Danke, aber meine Aussichten sind bestens.« Plötzlich packte mich die Wut, und ich ertappte mich dabei, wie ich meine Zukunft in leuchtenden Farben ausmalte: Dr. Ngema würde gehen, ich würde in ihre Fußstapfen treten, ich würde frischen Wind in die Bude bringen, und in ein paar Jahren würde man auch mich für einen anderen, besseren Posten in Erwägung ziehen ... So wie ich diese Folge von Ereignissen umriss, *konnte* es praktisch gar nicht anders kommen, als ich es geschildert hatte. Und die Klinik – in der mein Vater nie gewesen war – verwandelte sich plötzlich in einen auch mir gänzlich unbekannten Ort: wichtig und notwendig, voller Patienten und tüchtiger, selbstloser Ärzte, einen Ort, wo Not und Opferwille eine heilige Allianz eingingen.

»Also, ich weiß nicht.« Er stieß seinen halb gegessenen Pudding von sich. »Dieses Land hat sich so sehr verändert, dass es kaum noch wiederzuerkennen ist. Ich weiß nur, dass ich das nicht könnte. Ich hätte nichts gegen einen Schwarzen als Vorgesetzten, aber mich von einer Frau herumkommandieren lassen ...«

Er hielt das für witzig. Valerie lachte pflichtbewusst und tat empört. Ich lächelte nicht einmal.

»Ich kann das nicht essen, Val, es ist zu fett. Kommt, wir trinken den Kaffee im Arbeitszimmer.«

Und so betraten wir zum zweiten Mal das Allerheiligste. Valerie und ich nahmen in denselben Sesseln, mein Vater hinter dem Schreibtisch Platz. Obwohl er sich heiter und fröhlich gab, sah ich ihm an, dass ihn unser Tischgespräch geärgert hatte. Er ordnete die Gegenstände auf der Schreibtischplatte und sah sich im Zimmer um, bis sich sein missmutiger Blick auf einen Punkt fixierte und dort hängen blieb.

»Valerie. Diese Blumen. Wir hatten doch schon darüber gesprochen?«

»Ich habe es dem Mädchen mehrmals gesagt …«

»Na, dann sagst du es ihr eben noch mal, und zwar sofort.«

»Einen Moment Geduld noch, Darling, bis sie den Kaffee bringt.«

Wir schwiegen, bis eines der Dienstmädchen, eine ältere Frau, barfuß und beschürzt, mit einem Tablett hereinkam. Während sie einschenkte, sprach Valerie sie von der Seite an:

»Betty, die Blumen …«

»Ma'am?«

»Möchtest du sie nicht haben. Sie würden sich in deinem Zimmerchen bestimmt gut machen …«

»Ma'am.«

Betty trug das Gesteck aus welken, braunen Blättern vom Kaminsims zur Tür.

»Betty!«

»Master?«

»Sie verlieren Blätter, Betty. Sie machen alles voll. Bitte, bitte …«

Und die alte Dame in der adretten blauen Uniform stellte die welken Blumen ab und ging auf die Knie. Sie kroch über den Fußboden und hob die trockenen Blütenblätter auf.

»Da, Betty«, murmelte mein Vater und zeigte mit dem Finger geduldig auf die entsprechende Stelle, »... da ... und da ...« – während ich an dem bitteren Kaffee nippte und hörte, wie der Rand der Porzellantasse klirrend gegen meine Zähne schlug.

12

Als ich zurückkam, war es dunkel, später Abend. Nirgends brannte Licht, außer über dem Eingang und im Ärztezimmer. Vom Fenster umrahmt, saß Laurence am Schreibtisch, kerzengerade und hellwach, die Hände auf der Tischplatte gefaltet. In seinem weißen Kittel.

Wegen des starken Windes hatte er den Wagen nicht gehört. Ich saß eine Weile da und beobachtete ihn über den Kiesweg und die Rasenfläche hinweg. Keiner von uns rührte sich. Während er tief in Gedanken versunken schien, dachte ich an nichts Bestimmtes. Ich wollte nur wissen, was er tun würde. Aber er tat nichts.

Statt Hallo zu sagen, ging ich sofort in unser Zimmer und ins Bett. Der Schlaf war eine Fortsetzung des dumpfen Dahingleitens der Fahrt: ein endloses Hineinfallen in eine Landschaft, die in einem fort an mir vorbei und in mich stürzte.

Ich erwachte erst, als es schon hell war und er auf seinem Bett saß und zu mir herüberstierte. Obwohl er müde aussah, glomm ein seltsames Funkeln in seinen Augen.

»Was ist?«, fragte ich und setzte mich auf. Sein Anblick machte mir Angst. »Was ist los?«

»Nichts«, antwortete er und lachte.

Er starrte mich dennoch weiter an.

»Ach, Frank«, sagte er schließlich. »Während du weg warst, ist wahnsinnig viel passiert.«

»Aber ich war doch bloß zwei Tage weg.«

»Ja. Trotzdem ist jetzt alles anders.«

Er machte einen glücklichen Eindruck, als er das sagte, trotz seiner Müdigkeit. Und ich muss gestehen, dass mich das beunruhigte. Dabei war die Geschichte, die ich zu hören bekam, als ich mich schließlich aus dem Bett gehievt und mir ein paar Hand voll Wasser ins Gesicht gespritzt hatte, alles andere als beglückend.

Er sagte, er habe lange über meine Worte nachgedacht. Über Tehogo und die Diebstähle. So etwas dürfe nicht ohne Konsequenzen bleiben. Darum habe er letztlich den Entschluss gefasst, dagegen vorzugehen.

»Was hast du getan?«

Er sei zu Dr. Ngema gegangen. Er habe sie am Abend nach meiner Abreise in ihrem Zimmer aufgesucht. Und ihr die Geschichte so erzählt, als habe er sie selbst erlebt. Dass er an die offene Tür geklopft, das Zimmer betreten und die Metallteile habe herumliegen sehen.

Er erzählte mir das alles völlig ruhig, mit unbewegter Miene, genauso wie er es vermutlich auch Dr. Ngema erzählt hatte. Doch kaum war er verstummt, wurde er auf einmal puterrot.

»Was hat sie gesagt?«, fragte ich.

»Sie wollte wissen, ob ich sicher sei. Wie ich wissen könne, woher das Metall stammt? Ich habe gesagt, ich sei sicher. Sie wollte wissen, was ich in Tehogos Abwesenheit in seinem Zimmer suchte.«

»Wirklich?«

»Sie hat gesagt, dazu hätte ich kein Recht.«

»Es war kein Einbruch«, sagte ich. »Die Tür war nicht abgeschlossen. Herrgottnochmal.« Trotzdem schoss mir die Schamesröte ins Gesicht.

Indessen war seine natürliche Gesichtsfarbe zurückgekehrt, und auch das glückliche Lächeln war wieder da. »Es war furchtbar, Frank«, sagte er. »Sie hat Tehogo dazugebeten.«

»Sie hat ihn dazugebeten?«

»Na ja, es war wie in einem schlechten Film. Ich sprach gerade mit ihr, da klopfte es auf einmal an der Tür. Es war Tehogo, er suchte irgendwas. Da sagte sie: ›Kommen Sie rein, wir haben etwas Wichtiges zu besprechen.‹«

»Und?«

»Wir saßen da und sahen uns an, genau wie du jetzt mich ansiehst. Ich musste die ganze Geschichte ein zweites Mal erzählen. Er schüttelte immer wieder den Kopf, als ob er wüsste, dass ich lüge. Und ich habe gelogen, Frank – das ist der springende Punkt. Es war nicht meine Geschichte, sie ist nicht mir passiert. Ich hatte das Gefühl, dass sie mich durchschauten, sie hörten mir zwar geduldig zu und nickten, aber insgeheim wussten sie, dass ich nicht die Wahrheit sagte.«

»Unsinn, Laurence, sie hatten keine Ahnung. Herrgottnochmal. Und dann?«

»Dann sagte er: ›Kommen Sie doch mit und vergewissern Sie sich selbst.‹ Er stand seelenruhig auf, und wir gingen mit ihm in sein Zimmer.«

»Und?«

»Und nichts.«

Ich starrte ihn fassungslos an.

»Nichts«, wiederholte er traurig, noch immer dieses sonderbare Lächeln auf den Lippen. »Das Zimmer war ein Saustall, genau wie du gesagt hast, aber von Metallteilen oder dergleichen keine Spur. Ich habe überall nachgesehen.«

»Sie haben die Sachen fortgeschafft«, sagte ich. »Tehogo

und sein Freund. Wie heißt er noch gleich? Raymond. Sie haben das Zeug beseitigt.«

»Schon möglich. Aber es war furchtbar, Frank. Ich stand da und sagte: ›Aber es war hier, ich schwöre Ihnen, es war hier.‹ Und sie sahen mich bloß an. Ich habe gelogen, Frank, verstehst du? Und da ich wusste, dass ich lüge, wussten sie es auch.«

»Und?«, fragte ich. »Und?«

»Tja, damit war es vorbei. Erledigt. Wir redeten noch ein bisschen …«

»Worüber?«

»Wir gingen in Dr. Ngemas Dienstzimmer zurück. Wir sprachen über dies und jenes, und dann fragte mich Tehogo plötzlich, warum ich überhaupt in seinem Zimmer gewesen sei. Was ich von ihm gewollt hätte. Und ich wusste es einfach nicht. Mir fiel beim besten Willen keine Antwort ein. Was wolltest du eigentlich in seinem Zimmer, Frank?«

»Ihm seine Kassetten wiederbringen.«

»Welche Kassetten?«

»Egal«, sagte ich. »Vergiss es. Sprich weiter.«

»Na ja, es hatte wenig Zweck, ihnen etwas vorzumachen. Wir starrten uns bloß an. Gott, dieses Schweigen, es war schrecklich. Sie hatten mich ertappt.« Er verstummte, saß eine Weile kopfschüttelnd da und fuhr dann in wesentlich gelösterem Tonfall fort: »Da habe ich die Wahrheit gesagt. Es hatte keinen Zweck mehr, ihnen etwas vorzumachen. Sie hatten mich ohnehin durchschaut.«

»Die Wahrheit? Welche Wahrheit?«

»Dass nicht ich in seinem Zimmer gewesen war. Sondern du. Dass du die Sachen gesehen und mir davon erzählt hattest … na, alles eben, die ganze Wahrheit. Ich konnte nicht anders.« Sein Lächeln wurde immer breiter. »Du glaubst gar nicht, wie gut das tat, Frank. Mir fiel buchstäblich ein Stein vom Herzen. Ich konnte diese Lügen nicht ertragen. Das liegt mir einfach nicht. Was ist los, Frank, stimmt was nicht?«

Das Lächeln war wie weggeblasen. Ich sprang auf und ging auf ihn zu. Ich glaube, ich hätte ihn am liebsten erwürgt, doch im letzten Augenblick besann ich mich eines Besseren, trat ans Fenster und starrte hinaus. Derselbe Blick, der überwucherte Garten, die zerzausten Bäume, die blätternde, Blasen werfende Farbe an der Wand. Ich starrte eine Weile vor mich hin, dann ging ich zu meinem Bett zurück und sank zitternd auf die Kante.

»Aber es ist alles geregelt, Frank«, sagte er. »Du brauchst dir keine Sorgen zu machen. Ich habe ihnen alles erklärt.«

»Was, alles?«

»Na, dass die ganze Sache meine Idee war. Zu Dr. Ngema zu gehen und ihr zu erzählen, was ich angeblich gesehen hatte. Das habe ich ihnen erklärt. Und dass du die Angelegenheit stillschweigend übergehen wolltest, weil dir Tehogo Leid tut. Dass ich der eigentliche … Aber das ist alles längst geregelt, du brauchst dir keine Sorgen zu machen. Wir haben uns sogar die Hand geschüttelt.«

»Wer?«

»Tehogo und ich. Ich habe mich entschuldigt, und wir haben uns versöhnt. Es ist alles geregelt, Frank. Keine Sorge.«

Kaum zu glauben, aber seine bestürzte Miene war verschwunden, und das Lächeln war wieder da.

»Was gibt es denn da zu grinsen?«, fragte ich.

»Es ist alles in bester Ordnung, Frank. Die Sache hat sich in Wohlgefallen aufgelöst. Wie früher oder später eigentlich alles.«

Ich hatte keine Ahnung, was er damit meinte. Ich war in Gedanken ganz woanders. Und ich war viel zu beschäftigt, um mich darauf zu konzentrieren, was während meiner Abwesenheit womöglich sonst noch alles geschehen war. Das genügte mir fürs Erste. Doch ich sollte bald erfahren, was es mit Laurence' Lächeln auf sich hatte.

»Du gehst am besten so schnell wie möglich zu ihr«, setzte er rasch hinzu. »Sie möchte mit dir reden.«

»Wer?«

»Dr. Ngema. Es ist reine Formsache, Frank, mach nicht so ein ängstliches Gesicht.«

Ich ging in ihr Dienstzimmer. Sie saß in Papiere versunken an ihrem Schreibtisch, doch kaum hatte sie mich gesehen, stand sie auf und schloss verschwörerisch die Tür. Wir nahmen in den Sesseln Platz, unsere Knie berührten sich beinahe.

»Es war ein hartes Stück Arbeit, Frank«, sagte sie. »Aber jetzt ist, glaube ich, alles geregelt.«

Seine Worte. Ich fragte mich, was *geregelt* zu bedeuten hatte.

»Es tut mir Leid, Ruth, dass ich in dieser Angelegenheit eine so unrühmliche Rolle gespielt habe. Aber ich hatte wirklich keine Ahnung …«

»Nein, woher auch. Es war allein seine Idee, das hat er selbst gesagt. Fast hätte es einen Heidenärger gegeben. Noch ist die Gefahr nicht gebannt. Laurence ist ein ziemlich impulsiver junger Mann.«

»Wie kann ich Ihnen helfen?«

»Ich möchte Sie bitten, ihn im Auge zu behalten. Ich habe zwar eine Vereinbarung mit ihm getroffen. Aber ich möchte sichergehen, dass er sich daran hält.«

»Was denn für eine Vereinbarung?«

»Seine mobile Beratungsstelle betreffend. Sie wissen schon, die Ambulanz, die er gestern durchgeführt hat.«

Ich war derart konfus, dass ich seit meiner Abreise keinen Gedanken mehr daran verschwendet hatte.

»Ja?«

»Sie war anscheinend ein Erfolg. Die Santanders meinten … sie sind sehr angetan.«

»Und?«

»Ich habe ihm erlaubt, dieses Experiment zu wiederholen. Ehrlich gesagt habe ich sogar durchblicken lassen, dass die Ambulanz über kurz oder lang eventuell zu einer festen Einrichtung werden könnte. Ich glaube zwar nicht, dass es so weit kommen wird. Aber irgendwie musste ich ihn ja rumkriegen.«

Sie strahlte – für ihre Verhältnisse fast ein Gefühlsausbruch – vor Stolz auf ihre eigene Gewieftheit.

»Die nächste findet in vier Wochen statt«, fuhr sie fort. Sie nannte ein Dorf, dessen Name mir nichts sagte. »Hören Sie zu, Frank. Es passt alles perfekt zusammen. Die Kommunalverwaltung lädt dort an diesem Tag zu einem großen Fest, um den Anschluss an die Stromversorgung zu feiern. Deshalb habe ich die Ambulanz auf diesen Tag gelegt. Jede Menge Medienrummel, jede Menge Reden, jede Menge politische Aufmerksamkeit … So haben wir alle etwas davon.«

»Raffiniert«, sagte ich kühl. »Und er akzeptiert das als … als …«

»Gegenleistung? Ja. Ich glaube schon. Ich habe es natürlich anders formuliert. Ich habe gesagt, er müsse sich entscheiden. Wenn er Tehogo anzeigen wolle, bliebe mir nichts anderes übrig, als ihn anzuzeigen. Wegen bewusster Falschaussage. Dann werde es zu einer Untersuchung kommen, Tehogo könnte seinen Job verlieren, Laurence vom Dienst suspendiert werden … Was es uns selbstredend unmöglich machen würde, weiterhin Ambulanzen zu organisieren. Andererseits, habe ich gesagt, gebe es da durchaus eine Möglichkeit ...«

»Und das hat er akzeptiert?«, wiederholte ich ungläubig.

»Es blieb ihm wenig anderes übrig. Er kann ohnehin nichts gegen Tehogo unternehmen. Das können nur Sie.«

Wir schwiegen einen Augenblick, und ich hörte die Äste vor ihrem Fenster knarren. Dann sagte ich: »Und wenn?«

Sie starrte mich verdutzt an. Ihr Strahlen war wie weggeblasen, und sie riss unwillkürlich Mund und Augen auf. »Wie bitte?«

»Angenommen, ich würde ihn anzeigen. Ich habe die Sachen nämlich mit eigenen Augen gesehen. Sie waren da.«

Diesmal schien das Schweigen kein Ende nehmen zu wollen. Schließlich sagte sie: »Ich verstehe nicht ganz. Ich dachte, Sie wollten ihn nicht ...«

»Inzwischen bin ich mir da nicht mehr so sicher. Wollen Sie die Geschichte etwa einfach auf sich beruhen lassen? Er bestiehlt Sie.«

»Also, ich ... ja. Aber er ist jetzt gewarnt. Es kommt bestimmt nicht wieder vor. Es waren ohnehin nur Metallteile, die keiner braucht. Halb so schlimm.«

»Halb so schlimm?« Ich schüttelte den Kopf. »Hier geht es um Ihr Krankenhaus, Ruth. Die Metallteile gehören zu Ihrem Krankenhaus.«

»Ich weiß, Frank.« Ihre Miene verhärtete sich. »Aber denken Sie einen Augenblick über die Alternativen nach. Sie warten seit einer Ewigkeit darauf, die Leitung dieses Krankenhauses übernehmen zu können. Jetzt tut sich endlich etwas, und es sieht ganz so aus, als ob der Wechsel demnächst über die Bühne gehen könnte. Wollen Sie diese Chance etwa verschenken? Wenn Sie eine Untersuchung durch das Gesundheitsministerium in die Wege leiten, wird das Monate dauern und uns alle viel Kraft kosten. Und dann die gegenseitigen Anschuldigungen, Frank, haben Sie daran mal gedacht? Vom ungewissen Ausgang so einer Untersuchung ganz zu schweigen. Und so Leid es mir tut, Frank, aber letztlich kämpfen Sie um nichts weiter als einen Haufen Schrott.«

»Keineswegs. Mir geht es ums Prinzip.«

»Und um welches, wenn ich fragen darf?«

Ich war sprachlos. Um welches Prinzip es mir ging? Das lag doch wohl auf der Hand. Aber damit begab ich mich auf äußerst unsicheres Terrain, und um unnötige Verluste zu vermeiden, beschloss ich, den Rückzug anzutreten.

»Wie dem auch sei«, sagte ich, »das ist alles reine Theorie. Ich will die Sache auf sich beruhen lassen.«

»Da bin ich aber froh. Es steht einfach zu viel auf dem Spiel. Für uns alle.«

»Ja. Das sehe ich ein. Also, was soll ich tun?«

Mein Ton war heiter und gelassen, ganz so als hätte unsere prekäre Auseinandersetzung niemals stattgefunden, und sie antwortete entsprechend.

»Sorgen Sie wenn irgend möglich dafür, dass Laurence es sich nicht anders überlegt. Sie haben einen guten Einfluss auf ihn, Frank. Er hört auf Sie.«

»Kein Problem. Ich behalte ihn im Auge.«

»Danke. Es ist schließlich auch zu Ihrem Besten.«

»Ich weiß.«

Doch als ich ihr Dienstzimmer verließ, war ich verwirrt und voller Widersprüche, und das bereitete mir leichte Kopfschmerzen. Während der Aufenthaltsraum gewöhnlich Ruhe und Entspannung bot, war er heute laut, hell und überfüllt. Der Kassettenrecorder plärrte, und die Santanders spielten Tischtennis. Laurence schlief, Themba und Julius tranken Kaffee und unterhielten sich.

»Willst du mitspielen, Frank?«, rief Jorge.

Ich schüttelte den Kopf. Die Partie ging ohne mich weiter. In meinem Taumel hatte ich das Gefühl, dass dieses leichtfertige Treiben ganz normal war und es an meiner Laune lag, dass ich mich ausgeschlossen fühlte. Aber nach einer Weile warf Claudia ihren Schläger weg und setzte sich, verschwitzt und fröhlich lachend, neben mich.

»Du bist heute zurückgekommen?«, fragte sie.

»Gestern Abend. Spät.«

»Du hast verpasst Ambulanz gestern. Sehr gut. Oh, war sehr, sehr gut.«

»Ja«, sagte Jorge und gesellte sich zu uns. »Wir haben an dich gedacht. Wir hatten eine Menge Spaß.«

»Oh, sehr gut«, wiederholte Claudia. »So viele Menschen! So viel reden! Oh, zu viel.«

»Wie schön«, sagte ich. Mehr fiel mir dazu nicht ein.

Da wurde mir klar, dass diese heitere und gelöste Stimmung völlig neu war. Noch vor ein paar Tagen hätte sich Claudia niemals so in einen Sessel gefläzt und sich zwanglos – ohne den Groll und die Verbitterung nach dem Ende unserer Äffäre – mit mir unterhalten. Und diese frische Energie, so jugendlich, so optimistisch, speiste sich allein aus dem, was gestern, während meiner Abwesenheit, geschehen war.

Ich musste an Laurence' Lächeln denken, das so gar nicht zu der Geschichte passen wollte, die er mir erzählt hatte. Dasselbe Lächeln sollte ich ein paar Tage später wieder sehen, bei unserer wöchentlichen Personalversammlung. Der einzige Tagesordnungspunkt war die Ambulanz. Und für die Dauer der Besprechung stellte Dr. Ngema ihre Bedenken hintenan. Die Sache sei ein glänzender Erfolg gewesen, sagte sie; wer das in Zweifel ziehe, möge den neu gefundenen Teamgeist der Belegschaft auf sich wirken lassen. Trotz unserer spärlichen Ressourcen sei uns etwas Bedeutendes geglückt: Wir hätten die Hand ausgestreckt und die Menschen dort draußen berührt, wir hätten ihnen zu verstehen gegeben, dass wir für sie da seien. Und sie, Dr. Ngema, hege die felsenfeste Überzeugung, dass selbst Patienten, die noch nie von unserem Krankenhaus gehört hätten, in Kürze bei uns Schlange stehen würden.

Laurence starrte derweil lächelnd auf seine Schuhe.

»Selbstverständlich«, sagte Dr. Ngema, »war das nichts weiter als ein Versuch. Mit der Option auf weitere Experimente dieser Art, gesetzt den Fall, das erste wird ein Erfolg. Und darum freue ich mich, Ihnen mitteilen zu können, dass schon in Kürze eine zweite Ambulanz stattfinden wird.«

Sie blickte selbstzufrieden in die Runde. Aber ich hörte nur mit halbem Ohr hin, als sie in allen Einzelheiten wiederholte, was sie mir bereits erzählt hatte: dass die Kommunalverwaltung den Anschluss eines armen Dorfes ans Stromnetz feierlich begehen wolle. Die ganze Veranstaltung stand mir klar vor Augen, ganz so als wäre sie längst über die Bühne gegangen – die herbeiströmenden Menschenmassen und mitten unter ihnen Laurence' strahlendes Gesicht. Die Reden, die ebenso langen wie sinnlosen Reden, von denen die meisten Zuhörer kein Wort verstanden, doch darauf kam es auch gar nicht an. Worauf es ankam, war einzig und allein, dass die Ambulanz überhaupt stattfand – ihre symbolische Bedeutung. Das Einzige, was zählte, war der Teamgeist der Belegschaft.

Ich starrte auf die Dartscheibe hinter der Tür. Nach einer Weile fing der Pfeil, der darin steckte, buchstäblich an zu leuchten, und ich kam erst wieder zu mir, als Dr. Ngema sagte: »... ich brauche wohl nicht extra zu betonen, wie wichtig all das ist. Vor-Ort-Projekte, Gemeindearbeit … das sind genau die Dinge, für die sich das alte Regime nicht interessiert hat. Wir müssen uns die neuen Gegebenheiten zu Eigen machen …«

Dann spontaner Applaus, in den selbst Dr. Ngema einfiel. Nur Tehogo und ich saßen jeder in seinem Eckchen und sahen schweigend zu.

Tehogo war immer schon ein großer Schweiger gewesen, doch sein Schweigen hatte sich verändert. Seine Wut, seine Verärgerung war deutlich spürbar, und sie schien sich gegen mich zu richten.

Seit meiner Rückkehr aus der Hauptstadt war ich ihm erst einmal über den Weg gelaufen. Aber ich ahnte schon, dass etwas Entscheidendes geschehen war. Eine zufällige Begegnung, eine winzige Geste im Laufe dieser Begegnung zeigte mir, wo ich stand.

Nachdem ich am Tag meiner Rückkehr eine Weile bei den anderen im Aufenthaltsraum gesessen hatte, unternahm ich einen Spaziergang über das Krankenhausgelände. Immer neue Gedanken fuhren mir durch den Kopf, ich fand einfach keine Ruhe. Ich lief auf und ab, krallte die Finger in das Gittertor am Eingang und blickte hinaus. Abends entschloss ich mich zu einem längeren Bummel durch die Stadt. Und auf dem Weg nach draußen begegnete ich Raymond, Tehogos gut aussehendem Freund, dem jungen Mann, den ich der Komplizenschaft bezichtigt hatte. Er saß auf der flachen, halb verfallenen Mauer am Rande des Parkplatzes, wippte mit dem Fuß und wartete. Ich hatte ihn seit der Party nicht gesehen. Er war gepflegt und elegant gekleidet und trug trotz der Dämmerung eine dunkle Brille. Ich nickte ihm zur Begrüßung zu, aber als ich an ihm vorbeiging, hob er die Hand und zog lächelnd einen Finger quer über seine Kehle.

Weiter nichts. Weiter nichts als diese eine Geste, und doch zitterte ich bis in die Stadt. Nicht oder, besser, nicht nur vor Angst; es ging um etwas anderes. Tehogo hatte mir diese Geste übersandt, und sie fasste all das zusammen, was an jenem Vormittag in Dr. Ngemas Dienstzimmer ungesagt geblieben war: all der unausgesprochene, unterdrückte Zorn vereinte sich in der gelangweilten Handbewegung dieses Fremden.

Als ich wiederkam, war er verschwunden. Die kleine, schiefe Mauer war verwaist.

Ich machte mich auf die Suche nach Tehogo. Es war Abendbrotzeit, und ich fand ihn im Speisesaal, wo er allein an einem Ende des langen Tisches hockte. In einer anderen Ecke saß Claudia Santander und unterhielt sich angeregt mit Laurence. Die knisternde Spannung des Vormittags war offenbar noch nicht verflogen. Tehogo hingegen war von einer zornigen Aura umgeben. Er hatte aufgegessen und stierte an die Wand, vor ihm sein leerer Teller. Als er mich erblickte, schien er nach einer Beschäftigung zu suchen, um sich abzulenken, und so ergriff er den Salzstreuer und rollte ihn in seiner Hand.

Ich setzte mich neben ihn. Laurence und Claudia sahen kurz zu uns herüber und nahmen ihr lebhaftes Gespräch dann wieder auf. Soweit ich hören konnte, ging es um Havanna, um ein staatliches Gesundheitsprogramm.

Tehogo spielte mit dem Salzstreuer, ließ ihn von einer Hand zur anderen wandern. Links, rechts, links.

»Tehogo.«

Er schwieg. Spielte weiter. Ich rückte mit meinem Stuhl etwas näher.

»Können wir reden?«, fragte ich. »Ich möchte dir erklären, was passiert ist.«

Links, rechts, links.

»Ich weiß, dass du sehr wütend bist. Wütend und verletzt. Aber ich habe an der ganzen Sache keine Schuld. Würdest du mir bitte zuhören?«

Er knallte den Salzstreuer auf den Tisch, verschränkte die Arme und starrte vor sich hin.

»Du bist nicht mein Feind, Tehogo.«

Da wandte er den Kopf und sah mich an. Der Blick dauerte nur eine Sekunde, dann schob er seinen Stuhl zurück und stand auf. Ich glaube, ich streckte sogar die Hand nach ihm aus und versuchte ihn festzuhalten, doch er ging einfach davon. Zur Tür hinaus, ohne sich noch einmal umzudrehen.

Ich erstarrte und spürte Laurence' und Claudias Blicke im Rücken. Dann setzten sie ihre Unterhaltung fort, in fieberhaftem Flüsterton. Ich stützte den Kopf in die Hände und ließ die Worte und Bilder Revue passieren. *Du bist nicht mein Feind, Tehogo.* Aber wenn nicht er, wer dann?

Allmählich wurde mir klar, was Laurence damit meinte, dass jetzt alles anders sei. In den zwei Tagen, die ich fort gewesen war, hatte ich meinen angestammten Platz in der Rangordnung des Krankenhauses verloren. Niemand sprach mehr mit mir wie früher.

Die Veränderung war geringfügig, aber unbestreitbar. Zwar ließ sie sich weder an etwas Bestimmtem festmachen noch eindeutig benennen, dennoch quälte und beschäftigte sie mich wie ein präzise definierbares Ereignis.

Ein paar Tage später erst kam ich dahinter, dass sich auch außerhalb des Krankenhauses etwas verändert hatte. Und diese Veränderung berührte mich wesentlich stärker als alles andere.

Laurence verlor zunächst kein Wort darüber. Er wartete ab, bis alles vorbei war – das Gespräch mit Dr. Ngema, die Unterredung mit Tehogo, die montägliche Personalversammlung. Es dauerte drei oder vier Tage, bis er schließlich damit herausrückte, ganz beiläufig, wie zufällig, als sei ihm der Gedanke eben erst gekommen. Und doch war es, quasi ab der ersten Silbe, offensichtlich, dass er die ganze Zeit darauf gebrannt hatte, mit mir zu sprechen.

»Ach, ja … Frank … hast du mal einen Moment Zeit?«

Wir waren in unserem Zimmer. Durch das schmutzige Fenster sickerte graues Licht herein, keine Hitze.

Er setzte sich auf sein Bett und sah mich an. Dann stand er auf und kam zu mir herüber.

»Hast du was dagegen, wenn ich mich zu dir setze?«

»Nur zu.«

Er setzte sich neben mich aufs Bett, und ich lauschte eine Zeit lang seinen nervösen Atemzügen.

»Wie geht's dir?«, fragte er schließlich.

»Gut.«

»Du siehst aber nicht gut aus. Steckt dir die Fahrt nach Pretoria noch in den Knochen?«

»Wenn du mir etwas zu sagen hast«, antwortete ich gereizt, »warum rückst du dann nicht einfach raus damit?«

Er tat einen keuchenden Atemzug und sagte dann: »Es geht um die Ambulanz. Also, nein, das stimmt so nicht. Ich meine, es geht nicht um die Ambulanz als solche. Es hängt zwar mit der Ambulanz zusammen. Gewissermaßen. Aber nicht direkt, nein.«

»Ich habe keine Ahnung, wovon du redest.«

Er holte tief Luft. »Na schön. Diese Frau.«

»Welche Frau?«

»Na, du weißt schon. Deine Freundin.«

Der Groschen fiel. »Du meinst Maria.«

»Ja. Genau. Die. Aus dem Andenkenladen.« Seine Augen ruhten auf mir, doch als ich ihn ansah, senkte, nein wandte er den Blick.

»Was ist mit ihr?«

»Nach der Beratung. Als alle herumstanden. Kam sie zu mir und wollte mich sprechen. Sie sagte, sie hätte da ein ernstes Problem und ob ich ihr nicht helfen könnte.«

Sein Schweigen sprach Bände. Das Wort stand zwischen uns und wartete nur darauf, ausgesprochen zu werden.

»Schwanger.«

Er nickte und schluckte geräuschvoll. Der Laut hallte durchs Zimmer.

»Sie möchte, dass du es ihr wegmachst.«

Wieder nickte er.

Ich war ruhig. Ich war ungewöhnlich ruhig und gelassen. »Warum erzählst du mir das?«, fragte ich.

Er wollte etwas sagen, doch er blieb stumm. In diesem Augenblick wurde mir klar, dass er die Wahrheit einfach nicht über die Lippen brachte. Stattdessen flüsterte er: »Ich brauche deinen … deinen Rat.«

»Abtreibung ist kein Verbrechen mehr, Laurence. Du darfst ihr helfen.«

»Sie … sie will es nicht hier machen lassen.«

»Wo dann?«

»Draußen. In der Hütte.«

»Aber das ist Wahnsinn.«

»Ich weiß. Aber sie hat Angst. Wovor oder vor wem auch immer. Ich soll spätabends zu ihr kommen. Es muss ein Geheimnis bleiben.«

»Warum?«

Er zuckte die Achseln, und seine ganze Verzweiflung sprach aus dieser einen Geste. Der Stolz und das Selbstbewusstsein, die er bei der Personalversammlung an den Tag gelegt hatte, waren wie weggeblasen. Er war jetzt nur noch ein verwirrter junger Mann, der dringend Hilfe brauchte.

»Was hast du vor?«, fragte ich.

»Ich weiß nicht.«

»Wann muss sie denn …?«

»Bald. Ich weiß auch nicht genau, wann. Aber bald. Frank, wäre es denn nicht möglich …«

»Was?«

»Kann es … kannst du …« Wieder zuckte er die Achseln.

»Du wolltest mich doch nicht etwa bitten, dir das abzunehmen, oder?«

Er lächelte gequält. »Ich weiß auch nicht. Ich habe daran gedacht. Du … du scheinst sie zu kennen.«

»Aber Laurence«, sagte ich, »sie ist damit zu dir gekommen.«

So viel stand fest. Wäre er mit seiner mobilen Beratungsstelle nicht ausgerechnet in ihr Dorf gefahren, hätte er sie nie wieder gesehen. Ich konnte mich einer gewissen kaltherzigen Schadenfreude nicht erwehren. Er wollte ausziehen und sich vor Publikum mit großer, symbolischer Geste produzieren, doch kaum zeigte die Wirklichkeit ihre hässliche Fratze, wusste er nicht mehr weiter.

Dabei wollte ich es selbstverständlich nicht belassen. Ich wollte wissen, was geschehen war, und notfalls etwas dagegen unternehmen. Doch fürs Erste bereitete mir der Gedanke an die Grube, die Laurence sich gegraben hatte, diebisches Vergnügen.

Noch am selben Abend fuhr ich zu ihr, ohne zu wissen, was ich sagen sollte. Das letzte Mal war ich vor meiner Fahrt nach Pretoria bei ihr gewesen, als ich ihr versprochen hatte, sie am nächsten Abend zu besuchen. Wieder hatte ich mein Wort gebrochen.

Unterwegs kam ich erneut an eine Straßensperre. Auf die Frage, wohin ich wolle, sagte ich: »Nur ein bisschen spazieren fahren«, eine Antwort, die den jungen Soldaten, der mich angehalten hatte, sichtlich verblüffte. Ich musste aussteigen und sämtliche Türen öffnen, damit er den Wagen durchsuchen konnte – unter und zwischen den Sitzen, das Handschuhfach, den Kofferraum, unter der Kühlerhaube. Der Wagen war leer, und er musste mich ziehen lassen, trotzdem quälten mich Gewissensbisse, als würde ich etwas Geheimes und Verbotenes schmuggeln.

Und als ich zur Hütte kam, stand der weiße Wagen davor. Der weiße Wagen, den ich vielleicht, vielleicht aber auch nicht vor dem Haus des Brigadiers gesehen hatte. Da ich nicht anhalten konnte und Warten zwecklos war, tat ich, was ich vorgegeben hatte, und machte eine Spritztour. Ich fuhr meilenweit durch die Dunkelheit. Kurz vor dem Höhenzug hielt ich an und stieg aus. Die Nacht war warm, der Himmel mit Sternen übersät. Ich saß auf der heißen Motorhaube, während es im Gras ringsum zirpte und zischte, und starrte in die Finsternis.

Es war angenehm, hier zu sitzen, fernab von allem, ganz allein. Eine Zeit lang hatte ich das Gefühl, mein Leben sei kein Stück von mir, sondern so etwas wie ein Hemd oder ein Hut, den ich achtlos hatte fallen lassen und nun gedankenverloren mit dem Fuß über den Boden schob. In diesem Zustand überkam mich ein sonderbarer Traum.

In diesem Traum besuchte ich Maria in ihrer Hütte. Sie

sah nicht anders aus als sonst, trug jedoch ein leuchtend gelbes Kleid, das ich an ihr noch nie gesehen hatte. Und ich ging zu ihr und nahm ihre Hände, wie ich es noch nie getan hatte. Zwischen uns herrschte eine warme, wortlose Atmosphäre, die das Geschehen wie eine Welle vor sich hertrieb.

»Komm mit mir, Maria«, sagte ich.

Sie war verwirrt. Sie wusste nicht, wovon ich sprach.

»Alles ist möglich«, sagte ich. »Komm mit.«

»Aber ich muss mich um den Laden kümmern.«

»Nein. Ich meine nicht nur für ein paar Tage oder Wochen. Ich meine für immer. Komm mit mir, fort von hier. Wir lassen alles zurück. Deine Arbeit, meine Arbeit. Den Laden und das Krankenhaus. Wir gehen in die Stadt, heiraten, ziehen zusammen und fangen noch einmal ganz neu an. Von vorn.«

Sie schüttelte den Kopf.

»Doch«, sagte ich. »Glaub mir. Alles ist möglich.« Und ich sah, dass es möglich war. Ich sah, wie leicht sich alles ändern ließe.

Doch da nahm der Traum eine unverhoffte Wendung. Sie schüttelte den Kopf, und plötzlich hatte ihr Kleid eine andere Farbe, und die Zukunft schoss in der warmen Dunkelheit an mir vorbei und war verschwunden. Das falsche Gefühl zum falschen Zeitpunkt: Es war alles zu spät. Die Kraft verließ mich, und ich stieg von der Motorhaube und machte mich auf den Heimweg.

Der weiße Wagen stand noch da.

Als ich ins Krankenhaus zurückkam, erwartete mich meine gewohnte, fest gefügte Welt. Die dunklen Gebäude, brach liegend und leer. Das Zimmer mit meinen wenigen Habseligkeiten. Laurence Waters, schlafend, den Kopf seitlich auf das Kissen hingestreckt.

Ich sah ihn lange an. Im schwachen Schein einer Laterne vor dem Fenster wirkte er noch jünger, als er war. Nicht so jung, als dass er unschuldig gewesen wäre, sondern weich und blass und schutzlos gegen Gewalt. Gewalt, wie ich sie in mir spürte: Plötzlich kam mir wie ein Blitz aus heiterem Himmel der Gedanke, wie leicht es wäre, einem Schlafenden den Schädel einzuschlagen. Ein harter, kräftiger Schlag mit dem richtigen Gegenstand, und Schluss.

Denn er *war* der Feind. Das war mir jetzt klar. Der Feind lauerte nicht in der Welt dort draußen, vor den Toren; er hatte die Mauern meiner Festung längst bezwungen. Während ich geschlafen hatte.

Nachtgedanken, wie sie mir noch nie in den Sinn gekommen waren. Grauenhaft, wie leicht man in der Vorstellung zum Mörder werden konnte. Ich schüttelte die Fantasien ab und ging zu Bett.

13

Aber die Nachtgedanken beschränkten sich nicht mehr nur auf die Dunkelheit. Sie begannen mich auch tagsüber zu quälen. Ich machte meine Arbeit, versah meinen Dienst und bewegte mich in den ausgefahrenen Gleisen der Gewohnheit. Doch hinter dem Visier meines Gesichts war ein Fremder eingezogen, der mir irgendwie bekannt vorkam, ein dunkler Bruder, der das Elternhaus vor langer Zeit verlassen hatte.

Er wohnte natürlich nur vorübergehend dort. Ich würde ihn dulden, eine Zeit lang, ein oder zwei Tage, für die Dauer eines Wutanfalls. Dann wollte ich ihn hinauswerfen und wieder ein anständiger Mensch werden.

Doch in diesen ein oder zwei Tagen, aus denen erst drei oder vier, dann fünf oder sechs wurden, sah ich Laurence zu, wie er mit seinen Problemen rang. Er brütete; er plagte sich. Und mich faszinierte das Vertrackte seiner Agonie, ähnlich den Qualen eines Menschen, der eine unlösbare Gleichung lösen muss.

Alles hing in der Schwebe, zwischen zwei Punkten. So kam es mir zumindest vor. Und das nicht nur in unserem Zimmer: auch in der Welt dort draußen. Wenn ich die Straßen der Stadt enlangging oder -fuhr, schienen sie regelrecht aufgeladen mit der Spannung bevorstehender Ereignisse. Und auch an den anderen Orten, die die Kulisse meines Lebens bildeten, war nichts mehr wie früher.

Mama Mthembu hatte einen Billardtisch gekauft. Eines Morgens schaukelte er auf der Pritsche eines Lieferwagens am Supermarkt vorbei. Als ich abends in die Kneipe kam, stand er bereits, umringt von einer Gruppe von Fremden und Soldaten, die spielten, zusahen, sich betranken.

Das Publikum bei Mama hatte sich verändert. Vielleicht wurde es von den Soldaten angezogen. Viele der einsamen Gestalten, die den Schankraum bevölkerten, waren nuttige, grell geschminkte Frauen. Ich weiß nicht, woher sie kamen – ob aus den umliegenden Dörfern oder von jenseits der Grenze –, aber sie waren geschäftlich hier, und es dauerte nicht lange, bis die Trucker extra von der nahe gelegenen Hauptstraße abbogen, um bei Mama Halt zu machen. Das war neu. Und so konnte man zwischen all den stillen, verlorenen und vertrauten Gesichtern, die hierher kamen, weil sie Gesellschaft suchten, immer öfter kantigere, schroffere Gesichter entdecken. Der Umgang wurde lockerer, lauter und fröhlicher, aber auch rabiater. Ich war dabei, als eines Abends plötzlich ein Streit entbrannte – ein linkischer Schlagabtausch zwischen einem Soldaten und einem Trucker –, der jedoch rasch im Klicken der Billardkugeln und im Münzgeklimper unterging.

Dann griff diese befremdliche Gewalt auch auf die Straße über. Eines Abends kam es in der Stadt zu einem Überfall. Vier bewaffnete, mit Skimützen vermummte Männer stürmten den Supermarkt. Zum Tatzeitpunkt waren keine Kunden im Geschäft, doch sie schlugen den Filialleiter zusammen, räumten den Tresor aus und fuhren, auf Straßenlaternen feuernd, die Hauptstraße entlang. So etwas hatte es noch nie gegeben. Und weil in dieser Stadt die einzige Form der Gewalt die Langeweile war, gab es tagelang kein anderes Geprächsthema als den Überfall, die Gang.

Der Filialleiter kam ins Krankenhaus. Ihm war mit einer Pistole auf den Kopf geschlagen worden, und ich musste eine tiefe Schnittwunde über seinem Auge nähen. Der Mann stand unter Schock und erzählte mir die Geschichte immer wieder, in abgehackten Sätzen: wie sie urplötzlich aufgetaucht waren, mit maskierten Gesichtern.

»Was für einen Wagen haben sie gefahren?«, fragte ich. »Konnten Sie das sehen?«

»Und ob. Einen weißen Toyota.«

Ein weißer Wagen. War der Wagen, der vor Marias Hütte stand, ein Toyota? Ich hatte keine Ahnung, mit ausländischen Marken kannte ich mich nicht aus, aber das Bild verfestigte sich in meinem Kopf rasch zur Gewissheit. Das hatte natürlich nichts zu bedeuten. Auf den Straßen waren Tausende von weißen Autos unterwegs. Aber für mich bedeutete es etwas. Wenn ich abends das Haus verließ, war ich vorsichtiger, wachsamer als früher.

Doch Maria besuchte ich vorerst nicht. Ich wollte abwarten, was Laurence unternehmen würde. Wenn ich abends überhaupt ausging, dann in Mamas Kneipe, und ich verließ sie erst wieder, wenn ich betrunken war.

Colonel Moller war auch oft dort. Genau wie ich saß er allein in einer düsteren Ecke. Und genau wie mir entging ihm nichts. Seine Augen schimmerten im Halbdunkel des Schankraums, und eines Abends hob er das Glas und prostete mir höhnisch zu.

Es dauerte eine Weile, bis ich begriff, dass ich eigentlich nur zu Mama ging, um ihn zu sehen. Abend für Abend, gewöhnlich allein. Nicht um mit ihm zu sprechen; das wollte ich nicht. Sondern um seine hagere Gestalt reglos dasitzen zu sehen, trotz des Qualms, der Musik und des Geschreis. Obwohl sein Anblick alles andere als tröstlich war – die Erinnerungen, die er in mir weckte, schmerzten wie ein gebrochener Knochen –, schien ich ihn irgendwie zu brauchen.

Er war natürlich nicht immer da. An manchen Abenden waren sämtliche Soldaten fort. Dann wusste ich, dass sie wieder eine Straßensperre errichtet hatten, Autos durchsuchten und sich wichtig machten. Und ich war keineswegs der Einzige in der Stadt, der sich fragte, ob sie je etwas anderes taten. Manchmal fuhren sie in ihren Jeeps die Hauptstraße auf und ab, sehr zielstrebig, sehr schnell. So viel Betriebsamkeit, so rege und so routiniert: Das musste etwas zu bedeuten haben. Dabei nahmen sie in all der Zeit nicht einmal jemanden fest.

Aber nicht nur dort draußen, weit weg, hatte sich etwas verändert, sondern auch in meiner unmittelbaren Nähe. Tehogo war immer schon unzuverlässig gewesen, aber nun erschien er kaum noch zur Arbeit. In den nächsten Wochen musste ich zwei oder drei Mal ganz allein Dienst tun, ohne Pfleger oder Krankenschwester. Eines Tages, beim Mittagessen, beschwerten sich sogar die Santanders darüber. Und wenn Tehogo dann, mit mehrstündiger Verspätung, ins Dienstzimmer geschlendert kam, entschuldigte er sich nicht einmal dafür. Die anderen mussten sich mit einem Achselzucken begnügen, ich mit dumpfem Schweigen, das mehr sagte als tausend Worte.

Da half auch alles Suchen nicht. Beim dritten Mal ging ich zu seinem Zimmer und klopfte an. Aber diesmal war die Tür verschlossen, und die Luft dahinter schien abgestanden und verbraucht. Stunden später sah ich, wie er durchs Tor kam. Ich hatte keine Lust, mit ihm zu sprechen, doch als er mir kurz darauf über den Weg lief, roch er nach Schweiß, und seine Augen waren müde und blutunterlaufen.

Ich versuchte, mit Dr. Ngema darüber zu reden. Aber ihr

Interesse hielt sich in Grenzen, und unser letztes Gespräch über Tehogo war noch nicht vergessen.

»Er schuftet sich schief und krumm, Frank«, sagte sie. »Er arbeitet immerhin für drei.«

»Ich weiß. Aber er ist ja anscheinend kaum noch hier.«

»Er hat es momentan nicht leicht. Haben Sie Geduld, Frank. Das renkt sich schon wieder ein.«

Ich ließ die Sache fürs Erste auf sich beruhen. Die jüngsten Ereignisse waren noch zu präsent, und mir gingen zu viele Fragen durch den Kopf. Ich wartete darauf, dass jemand anders etwas merkte und sich beschwerte, aber dazu kam es nicht. Vielleicht waren die Kollegen zu beschäftigt, gefangen im Taumel der Erregung, die das ganze Krankenhaus erfasst zu haben schien.

Denn die ebbte mitnichten ab. Im Gegenteil: Das prickelnde Gefühl, das Laurence mit seiner Ambulanz heraufbeschworen hatte, wirkte noch lange nach. Ich lauschte den Gesprächen der Kollegen, bei Tisch oder abends im Aufenthaltsraum. Es wurde viel über die nächste Ambulanz geredet und was sich daraus wohl ergeben würde.

Eines Abends, kurz vor dem Schlafengehen, sagte Laurence: »Weißt du, was? Sie möchte hier bleiben. Claudia Santander. Sie will nicht mehr zurück nach Kuba.«

»Ach ja? Wie schön.«

»Sie hat mir erzählt, dass es in Kuba ein staatliches Ambulanzprogramm gibt. Es sieht ganz danach aus, als ob wir hier bald etwas Ähnliches bekommen würden. Sie sagt, sie hätte endlich erkannt, warum sie eigentlich hier ist.«

»Schön«, sagte ich. »Sie hat ja auch nur zehn Jahre dafür gebraucht.«

Das war meine Sicht der Dinge. Die ungeheure Aufbruchstimmung: Sie hatte die Ehe der Santanders gerettet.

Was spielte es schon für eine Rolle, dass die Welt dort draußen an Krankheiten und Katastrophen zugrunde ging, solange auf dieser Seite der Mauer Ruhe und Frieden herrschten?

Eines Tages kam während meiner Schicht ein alter Mann herein. Er befand sich in Begleitung eines Jungen, seines Neffen oder Enkels, der mir erzählte, dass der Alte bei Laurence' Ambulanz gewesen sei. Darum, erklärte er mir, seien sie heute hier. Bis dahin hatten sie gar nicht gewusst, dass es das Krankenhaus überhaupt gab.

Obwohl er kein Wort Englisch sprach, lächelte der alte Mann in einem fort. Er schien von derselben Erregung ergriffen, die durch die Krankenhausflure wehte. Doch bei der Untersuchung stellte sich heraus, dass uns die Geräte fehlten, um sein Leiden – einen beginnenden grauen Star in einem Auge – behandeln zu können. Er musste in die Klinik hinter dem Höhenzug gebracht werden. Ich stellte eine Überweisung aus und adressierte sie an du Toit, den jungen Arzt, mit dem ich dort normalerweise zu tun hatte.

Als ich ihn fortschickte, stand dem Alten die Verwirrung ins Gesicht geschrieben. Und schon war der ganze Optimismus, den die Ambulanz genährt hatte, dahin.

Ich sagte Laurence nichts von dem alten Mann. Er hätte die Sache womöglich trotz allem als Sieg verbucht. Vielleicht aber auch nicht. Das lange Warten hatte Laurence träge und schwerfällig werden lassen.

Es ging um Maria. Er versuchte eine Entscheidung zu treffen. Obwohl er mir gegenüber kein Wort darüber verlor, stand die Frage weiter zwischen uns, und er warf mir immer wieder verstohlene Blicke zu, als wollte er ergründen, was ich dachte. Doch ich schwieg. Zwar hatte ich nach wie vor die feste Absicht, etwas zu tun, die Sache in die Hand zu nehmen, wollte damit jedoch so lange warten, bis Laurence ein für alle Mal begriff, dass seine simplen Regeln nichts taugten.

Eines Tages dann klaubte er eine Hand voll Instrumente und Utensilien zusammen. Er machte vordergründig zwar kein allzu großes Aufhebens davon, legte es jedoch eindeutig darauf an, dass ich es sah. Er holte eine große Schüssel und ein Stück Seife aus der Küche. Ein sauberes Leintuch aus dem Wäscheschrank. Er breitete ein Paar Handschuhe, ein Spekulum, einen Katheter, einen Zervikaldilatator wie zur Inventur auf seinem Bett aus. Dann setzte er sich auf die Fensterbank, stützte das Kinn auf die Knie und starrte hinaus.

Ich begriff, dass er zu einem Entschluss gekommen war und nun auch mich vor eine Entscheidung stellte. Noch blieb Zeit. Ich konnte ihn aufhalten. Bis zum allerletzten Augenblick, wenn er zur Tür hinausmarschierte, konnte ich die Hand heben und sagen: *Warte, Laurence. Lass mich das machen.* Oder: *Nicht, Laurence. Lass mich vorher mit ihr sprechen.*

Dabei hatte ich seit Wochen nicht mit ihr gesprochen, und auch dieser Tag ging vorüber, ohne dass ich etwas unternahm. Ich wusste jetzt, dass ich ihn nicht aufhalten würde. Was ich gesagt hatte, war die Wahrheit: Sie hatte sich an ihn gewandt, nicht an mich. Außerdem stammte das Kind wahrscheinlich ohnehin nicht von mir; und wenn doch, war dies vermutlich die einzige Lösung. Egal was ich tat, es änderte nichts. Und so sah ich schweigend zu.

Gegen Abend packte er alles zusammen, langsam, wie in Zeitlupe, wie unter Schmerzen. Er zog seinen weißen Kittel an. An der Tür blieb er noch einmal stehen.

»Frank.«

»Ja?«, erwiderte ich zu schnell, zu laut.

»Was machst du heute Abend?«

»Weiß nicht. Ein bisschen faulenzen, nehme ich an. Ich bin todmüde.«

»Wenn du Lust hast, können wir später ja noch weggehen. Was trinken oder so.«

»Wohin? Zu Mama? Da war ich gestern Abend erst, ich weiß nicht, ob ich das noch mal durchstehe.«

»Ach so. Ist gut.«

»Außerdem bin ich todmüde. Aber mal sehen, vielleicht kriege ich später ja doch noch Lust.«

»Ist gut.«

Ich spürte, ohne aufzublicken, dass er fort war. Ich wartete ein Weilchen und trat dann ans Fenster. Einsam ging er über den Parkplatz zu seinem Wagen und fuhr langsam in die Dunkelheit davon.

Er blieb lange fort. Mindestens vier Stunden. Obwohl ich nichts fühlte, merkte ich an meinem eigenen Verhalten, dass ich innerlich angespannt war. Ich lief in einem winzigen Geviert auf und ab wie eine große Raubkatze im Käfig. Später ging ich zu Bett und machte das Licht aus, dabei war an Schlaf nicht zu denken.

Ich hörte, wie er durchs Tor gefahren kam und den Motor abstellte. Ich hörte die Wagentür zuklappen und wie er langsam, mit schwerfälligen Schritten den Weg heraufkam.

Als er die Tür aufmachte, lag ich still, doch er beachtete mich gar nicht. Seine Tasche sah aus, als sei sie voller Steine. Und die Last dieser Steine schien er weit getragen zu haben. Er stieß gegen sein Bett, murmelte im Dunkeln etwas vor sich hin und verschwand im Bad. Ich hörte das Wasser endlos laufen und wie er sich wusch, immer und immer wieder.

Ich stand auf und machte das Licht wieder an. Es war eine

ruhige, windstille Nacht, erfüllt von der Wärme des zurückkehrenden Sommers, und plötzlich merkte ich, dass mir das Atmen schwer fiel. Ich öffnete das Fenster und kniete mich eine Weile auf sein Bett, um die frische Luft auf meiner Haut zu spüren.

Als er wieder hereinkam, war er nackt und tropfnass. Er sah mich an und setzte sich mit dem Gesicht zu mir auf mein Bett. Wir schwiegen lange. Ich war in Unterhose, und wie wir da so saßen, fast nackt in unserem unordentlichen Zimmer, schien es, als seien wir in einem Labyrinth der Intimität gefangen. Trotzdem erschien mir sein düsteres, verändertes Gesicht wie das Gesicht eines Fremden.

Später erst wurde mir klar: Die – wie auch immer geartete – Eigenschaft, die sein Gesicht so unverwechselbar gemacht hatte, war nicht mehr da.

»Warum hast du das getan?«, fragte er.

Komische Frage.

»Aber ich habe doch gar nichts getan«, sagte ich. »Ich war die ganze Zeit hier.«

»Ja.« Er nickte, und ich hatte das Gefühl, es käme noch etwas nach, aber es kam nichts.

Und dann kam doch etwas. Aber nicht von ihm, sondern von mir.

»Wenn du unbedingt jemandem Vorwürfe machen willst«, sagte ich, »dann fass dir zur Abwechslung mal an die eigene Nase. Es ging uns prima hier. Wir haben uns blendend verstanden. Dann kamst du. Und du konntest natürlich nicht einfach alles so lassen, wie es war. Nein, du musstest es besser machen. Du musstest den Laden auf Vordermann bringen, damit wir alle etwas davon haben. Jetzt siehst du, wo wir heute sind.«

»Und wo sind wir?«

»Genau da, wo wir immer schon waren. Nur dass sich hier kein Mensch mehr wohl fühlt.«

»Ich glaube nicht, dass wir da sind, wo wir immer schon waren. Es *ist* besser als vorher. Und dafür brauche ich mich nicht zu entschuldigen.«

»Wegen einer kleinen Ambulanz im Busch.«

»So siehst du das also?«

»Ich war nicht dabei. Ich weiß. Aber was hast du erreicht? Nichts. Bla, bla, bla. Ein Vortrag über Aids. Ein Vortrag über Gesundheit und Hygiene. Um Gottes willen, Laurence. Diese Menschen brauchen Medikamente und medizinische Versorgung, und du kommst ihnen mit Vorträgen.«

»Das ist nur der Anfang. Andere Dinge werden folgen.«

»Und was, wenn ich fragen darf? Noch eine Ambulanz, in ein paar Wochen. Die Elektrizität nicht zu vergessen.«

»Ist Elektrizität etwa bedeutungslos? So etwas kann nur jemand sagen, der nicht weiß, wie es ist, ohne Strom leben zu müssen.«

»Nein, Elektrizität ist natürlich nicht bedeutungslos. Aber wenn nur ein winziges Dorf ans Stromnetz angeschlossen wird, ist damit nichts gewonnen. Es ist ein Beschwichtigungsversuch, ein Symbol. Genau wie deine Medizin, Laurence. Dort draußen leben immer noch Millionen Menschen, denen nicht geholfen wird. Glaubst du wirklich, mit Vorträgen und ein paar Glühbirnen rettet man die Welt?«

»Wer nichts tut, der kann auch nichts verändern.«

»Die bestehenden Verhältnisse lassen sich nicht ändern.«

»Doch!«

Wir sahen uns verwundert, feindselig an.

»Es stimmt also doch, was man über dich sagt«, meinte er zögernd. Eine bittere Erkenntnis. »Ich habe es lange nicht begriffen. Aber jetzt ist es mir klar.«

»Und was sagt *man* über mich?«

»Dass du nicht Teil des … des neuen Landes bist.«

»Des neuen Landes«, sagte ich. »Und wo soll das sein, dieses neue Land?«

»Überall, Frank. So weit das Auge reicht. Wir fangen noch einmal bei Null an, bauen alles ganz neu auf.«

»Worte«, sagte ich. »Nichts als Worte und Symbole.«

»Nein. Das ist die Wirklichkeit. Hier und jetzt.«

»Das glaube ich nicht.«

»Warum? Warum bist du, wie du bist?« Es war eine zornige Frage, obwohl er ganz und gar nicht wütend klang. Aus seiner Stimme sprachen vielmehr Neugier und Enttäuschung. »Du bist doch kein schlechter Mensch.«

»Und wenn doch?«

»Du bist kein schlechter Mensch. Aber du sagst prinzipiell zu allem Nein. Ich weiß nicht, was mit dir los ist. Du glaubst an nichts. Du glaubst vermutlich nicht einmal, was du gerade gesagt hast.«

»O doch.«

»Darum kannst du auch nichts verändern. Weil du dich nicht ändern kannst.«

»Glaubst du im Ernst, es ist so einfach? Dass im Zentrum deines Lebens nur ein einziges Wort steht, Ja oder Nein, und dass daraus alles folgt?«

»Und wenn es wirklich so ist?«

Ich schaute ihn an, hatte jedoch ein ganz anderes Bild vor Augen: Laurence und ich als zwei Stränge ein und desselben Seils. Wir waren eng umschlungen, und nur die Spannung des Taus hielt uns zusammen. Und obwohl es in unserer Natur lag, derart verflochten und vereint zu sein, waren wir doch gänzlich verschieden.

Das Bild hielt sich einen Moment und verschwand dann

wieder, doch da waren wir längst verstummt. Die Wogen hatten sich etwas geglättet. Er sah müde aus und grau. Nach einer Weile drehte er sich auf die Seite und zog sich die Bettdecke über den Kopf. Ich wartete noch einen Augenblick, dann machte auch ich das Licht aus und legte mich hin. Wir lagen in den falschen Betten, aber das erschien mir völlig normal.

Auch ich war wie erschlagen, meine Knochen schwer wie Blei, trotzdem schien es eine Ewigkeit zu dauern, bis der Schlaf mich übermannte. Alles, was wir gesagt hatten, war falsch. Es war die falsche Diskussion. Sie hatte mit dem eigentlichen Thema des Abends nichts zu tun. Und doch war sie das einzig richtige, das einzig mögliche Gespräch.

Am nächsten Morgen war all das Vergangenheit. Als er aufstand, war die Last, die er am Vorabend getragen hatte, von ihm abgefallen. Er tänzelte durchs Zimmer und pfiff durch die Zähne. Als ich mich aufsetzte, grinste er mich an.

»Morgen, Frank. Gut geschlafen?«

Es war, als habe die letzte Nacht für ihn nicht stattgefunden. Jetzt ruhte die Last auf meinen Schultern. Sie war von ihm auf mich übergegangen. Der Austausch musste nachts vor sich gegangen sein, heimlich, still und leise. Ich war älter, schwerer und langsamer als vorher.

Und ich dachte jetzt, zum ersten Mal, ernsthaft darüber nach, was vorige Nacht geschehen war. Vor meinem geistigen Auge sah ich ihn noch einmal im Dunkeln über den Parkplatz schleichen. Aber meine Gedanken reichten weiter: zu der langen Straße, die im Licht der Scheinwerfer sichtbar wurde und ihn zu dem kleinen Bretterverschlag unter den Bäumen führte … und hinein.

Jetzt, viel zu spät erst dachte ich an Maria. Bislang hatte

sich alles um Laurence gedreht, und sie stand irgendwo im Abseits, ein abstraktes Problem, das ich nicht zu lösen vermochte. Aber heute war sie alles andere als abstrakt; sie war fest und warm und echt, ein menschlicher Körper, bei dem ich gelegen hatte. Und ich hatte ihr nicht geholfen.

Ich hatte Dienst, musste mich anziehen. Auch Laurence zog sich an, hastig und zielstrebig, als müsse er irgendwo hin.

»Was machst du?«

Er hielt inne, das Hemd halb offen. »Wegfahren.«

»Wohin?«

»Du weißt schon, wohin.« Er knöpfte sich das Hemd zu, ohne mich anzusehen. »Ich habe ihr versprochen, heute nach ihr zu sehen.«

»Aber du kannst jetzt nicht zu ihr. Es ist bestimmt alles voller Leute … Am helllichten Tag.«

»Aber heute Abend habe ich Dienst.«

»Ich erledige das.«

»Ich habe ihr versprochen, dass ich …«

»Ich erledige das, Laurence.«

Mein Tonfall ließ uns beide erstarren. Er sah mich an und wandte dann achselzuckend den Blick.

Die Stunden bis Dienstschluss zogen sich endlos dahin, und ich dachte nur an sie. Als ich abends ins Zimmer kam, war es noch zu früh, um zu Maria zu fahren. Stattdessen tat ich etwas Merkwürdiges. Ich machte das Zimmer sauber. Ich fuhr in die Stadt und kaufte Seifenpulver, Allzweckreiniger und Putztücher. Als ich zurückkam, schrubbte und scheuerte ich Wände, Fußböden und Fenster. Jeden Winkel. Danach fühlte ich mich besser, als hätte ich einen anstößigen Fleck beseitigt.

Doch ich konnte nicht stillsitzen, und als ich mich in den

Wagen setzte, war es noch früh, zu früh, um zu Maria zu fahren, und so fuhr ich ein oder zwei Stunden durch die Stadt. Leere Straßen, dunkle Laternen, unter den toten Augen der blinden, blicklosen Fenster. Dann war es so weit, und ich machte mich auf den Weg.

Als ich zu den Fieberbäumen kam, bog ich ab und parkte ungefähr an der Stelle, wo noch vor ein paar Tagen der weiße Wagen gestanden hatte, und meine Scheinwerfer streckten ihre Fühler in die Nacht. Doch ihr Licht fiel auf Staub, Gesträuch und öde Steppe. Die Hütte war verschwunden.

14

Im ersten Augenblick glaubte ich, mich geirrt zu haben. Doch als ich ausstieg, konnte ich den Umriss der Hütte deutlich erkennen: ein Quadrat, das etwas heller war als die Umgebung, wie der Schatten eines Pflasters auf sonnenverbrannter Haut. Ein paar lose Bretter und Plastikteile lagen herum.

Alles war hier passiert. Auf diesem winzigen Fleckchen Sand. Es war mir vorgekommen wie eine eigene Welt, und jetzt musste ich erkennen, dass es nichts weiter war als ein paar Quadratmeter Busch. Keine vierzehn Tage, und es war wieder von Unkraut, Gras und Dornen überwuchert.

Der Staub, den ich aufgewirbelt hatte, trieb wie Rauch im Scheinwerferlicht. Ich ließ den Wagen hinter mir und nahm den schmalen Weg zum Dorf. Obwohl es nur zwanzig oder dreißig Schritte waren, hatte ich nie auch nur einen Fuß hierher gesetzt. Als ich näher kam, schlug ein Hund an. Ein zweiter fiel in das Gebell mit ein. Begleitet von diesem tollwütigen Chor, betrat ich das kahle, von Lehmhütten umringte Rund im Herzen des Dorfes. Nichts als Staub, Dung und die Asche erkalteter Feuer, genau wie ich es mir vorgestellt hatte.

Es war niemand zu sehen. Nirgends brannte ein Licht, und das Einzige, was sich bewegte, waren die heranschleichenden Hunde. Ich stand da wie bestellt und nicht abgeholt. Ich hatte mich noch nie so verlassen und allein gefühlt.

Da wusste ich, dass sie überall sein konnte. Sei es fünf Schritte entfernt, in einem der umliegenden Häuser, sei es in einem der zahllosen kleinen, im Busch verstreuten Dörfer. Oder sie lag unter der Erde, verscharrt in einem eilig ausgehobenen Grab. Für mich war sie aus der Welt gefallen.

Der Schmerz, der mich erfüllte, war wie ein Urgefühl: In seiner rohen Gewalt schien er übermächtig wie die Liebe.

Die Hunde kamen immer näher. Ich war ein Eindringling. Ich kam nicht wie Laurence Waters tagsüber, mit Medizin und guten Ratschlägen. Ich kam aus dem Dunkel, begleitet vom Knurren klapperdürrer Hunde. Und mir blieb nichts anderes übrig, als zum Wagen zu eilen und in die Stadt zurückzufahren.

Ich raste wie ein Besessener, als müsste ich einen dringenden Termin einhalten, dabei wollte ich nirgendwohin. Diese Straße führte an kein Ziel.

Bis auf das Zimmer im Krankenhaus, wo Laurence kerzengerade im Bett saß und etwas auf ein Blatt Papier schrieb.

Als ich hereinkam, blickte er auf. »Hallo«, sagte er gedankenverloren. »Ich mache Pläne.«

»Pläne? Wofür?«

»Meine nächste Ambulanz. Nicht so wichtig. Ach, Mensch, fast hätte ich's vergessen!« Er sah mich durchdringend an. »Wie geht's ihr?«

»Gut«, sagte ich und wandte mich ab. Wahrscheinlich hatte er gesehen, wie es mir ging, und glaubte jetzt, den Grund dafür zu kennen, dabei hatte er keine Ahnung.

Am nächsten Morgen fuhr ich zurück ins Dorf. Ich parkte da, wo noch vor kurzem die Hütte gestanden hatte. Wieder nahm ich den schmalen Fußweg. Und jetzt war alles voller

Menschen: spielende Kinder, eine Frau, die in einem Hauseingang saß und Bohnen schnitt, zwei alte Männer, ins Gespräch vertieft. Ein fettes Schwein suhlte sich im Schlamm, und die Hunde vom Vorabend lösten sich bellend aus dem Schatten.

Ich hatte gehofft, ein vertrautes Gesicht zu sehen, zum Beispiel die Frau, die Maria Essen oder Wasser brachte, jemanden, den ich kannte. Aber nein. Und der Mann, mit dem ich sprach, der einzige Mensch weit und breit, der ein paar Brocken Englisch sprach, wusste nicht viel über Maria zu erzählen. Ja, die Hütte habe dort gestanden. Aber jetzt sei sie abgerissen. Die Leute seien vermutlich fortgezogen, woanders hin, da drüben irgendwo. Er zeigte auf die blauen Hügel in der Ferne.

Ja, ja, bestätigten ein paar ältere Frauen seufzend. Sie seien da drüben hingezogen.

Ob sie Maria kennen würden, fragte ich. Ob eine von ihnen mit ihr befreundet sei?

Doch ihre ratlosen Gesichter verrieten mir, dass der Name ihnen nichts sagte. Es war genau, wie ich gedacht hatte: Ihr eigentlicher Name lautete ganz anders, und sie hatte ihn mir verschwiegen.

Obwohl ich mir keine allzu großen Hoffnungen machte, hielt ich eine kleine Rede. Falls einer von ihnen Maria ausfindig machen und mich zu ihr bringen könne, sagte ich, so würde ich dafür eine Belohnung zahlen. Zum Beweis holte ich mein Portemonnaie hervor.

»Wer sind Sie?«, fragte der junge Mann, mein Dolmetscher.

»Mein Name ist Frank Eloff. Ich bin Arzt. An dem Krankenhaus in der Stadt.«

Bei diesen Worten ging ein Lächeln über ihre verwirrten

Gesichter. Ringsum erhob sich ein aufgeregtes Raunen. Das Krankenhaus! Die Ambulanz! Und die Erinnerung an dieses noch nicht allzu lange zurückliegende Ereignis versetzte sie sogleich in gute Laune, ähnlich der Stimmung unter dem Krankenhauspersonal.

Ich hatte es fast schon vergessen. Aber die Kollegen waren natürlich hier gewesen. Und ich hörte eine der alten Frauen, die sonst kein Wort Englisch sprach, »Doktor Laurence, Doktor Laurence« sagen, mit beseeltem, zahnlosem Grinsen.

Als ich ins Krankenhaus zurückfuhr, hatte die Last auf meiner Seele ihre Gestalt verändert. Ja, ich suchte nach Maria, doch es war nicht allein ihre Abwesenheit, die mich bewegte. Zum ersten Mal erschien mir alles, was ich in den vergangenen Tagen gesagt und getan hatte, wie eine Art Wahnsinn. Und der dunkle Unbekannte in meinem Kopf, dem man so bequem die Schuld zuschieben konnte, schien mir vertrauter, als ich angenommen hatte.

So ging es den ganzen langen, heißen Nachmittag. Laurence war nicht da, und ich lag schwitzend auf dem Bett und dachte nach. Wegen meiner ungeheuren Gleichgültigkeit und Blindheit Maria gegenüber quälten mich schreckliche Gewissensbisse. Ich war todunglücklich. Und was ich Maria angetan – beziehungsweise verweigert – hatte, unterschied sich letztlich kaum von dem, was ich mir hier hatte zuschulden kommen lassen. In diesem Krankenhaus. In diesem Zimmer.

Als Laurence Stunden später hereinkam, war es stockdunkel. Ich lag noch immer auf dem Bett. Er machte Licht und starrte mich verwundert an. »Was machst du?«

»Nichts.«

»Warum war das Licht aus? Hast du geschlafen?«

»Nein, bloß nachgedacht.«

»Worüber?«

Es kostete mich beträchtliche Mühe, die Beine über die Bettkante zu schwingen und mich aufzurichten. Damit war meine Kraft erschöpft.

Laurence starrte mich an. »Was ist?«

Mit einem Mal kam alles hoch, doch da ich es beim besten Willen nicht herauslassen konnte, schwieg ich und schüttelte stattdessen den Kopf.

Er lächelte, und sein rundliches Gesicht glänzte wie eine blank polierte Hundemarke. »Du solltest nicht so viel allein sein, Frank, sonst bekommst du noch Depressionen.«

»Laurence …«

»Ich habe jetzt keine Zeit. Ich muss schnell unter die Dusche, dann gehe ich mit Jorge und Claudia einen trinken. Willst du mitkommen?«

»Nein.« Er blieb mir verschlossen. Ich wollte reden, reden, reden, so viele Worte wie nur irgend möglich sagen, in der Hoffnung, dass eines davon das richtige sei, das Wort, das mich von aller Schuld befreite. Doch er war schon weg, durch die Badezimmertür. »Laurence.«

»Ja?« Er blieb stehen, drehte sich um und schüttelte den Kopf. »He, entspann dich, Frank, nur die Ruhe, ist schon gut.« Dann verschwand er im Bad.

Ich saß auf dem Bett und hörte das Wasser rauschen. Es spülte nichts hinweg.

15

Ich machte mich auf die Suche nach ihr. Das redete ich mir zumindest ein, obwohl meine edlen Motive rasch verloren gingen. Die betreffende Erinnerung ist dunkel und formlos wie ein Traum. Ich weiß nicht einmal mehr, ob es an diesem oder einem der folgenden Abende geschah. Aber ich sehe mich auf der Bettkante sitzen – Laurence war noch immer nebenan und wusch sich, und ich wand mich innerlich in meinem Elend –, als mich eine jähe Klarheit überkam.

Ich sehe mich stadtauswärts fahren. Aber das ist ein Trugbild, bestehend aus Bruchstücken all der anderen Abende, an denen ich diese Straße nahm. In Wirklichkeit ging ich zu Fuß. Der Grund dafür ist logisch und einleuchtend: Ein am Straßenrand geparkter Wagen hätte zu viel Aufmerksamkeit auf sich gelenkt. Deshalb eilte ich in der stickigwarmen Luft über den gekiesten Seitenstreifen der rechts und links von Wald gesäumten Straße, während die Lichter der Stadt rasch hinter mir verschwanden.

Die richtige Erinnerung setzt erst in dem Moment ein, als ich zu der Linksabzweigung kam. Ich war ein paar hundert Mal daran vorbeigefahren: der überwucherte Feldweg, der durch den Busch zu dem alten Militärcamp führte. Obwohl ich, fast wie in einem rituellen Akt, jedes Mal vom Gas ging, wenn ich zu der Stelle gelangte, von der aus man das Camp sehen konnte, hatte ich es mir nie aus der Nähe angesehen.

Ich weiß auch nicht, warum. Ich hatte mir eingeredet, es sei uninteressant – hässlich und verlassen, wozu also die Mühe? Doch der wahre Grund lag tief in mir verborgen, und ich spürte ihn jetzt, wo ich in den Pfad einbog, wie eine Linie der Angst, die ich erstmals überquerte.

Ich dachte nicht mehr an Maria. Ich dachte an gar nichts. Meine erhöhte Wachsamkeit galt der Dunkelheit, die mich von allen Seiten bedrängte. Die alten Bäume standen Posten. Grashalme sprossen durch die festgetretene Erde. Die Nacht war wie eine Lupe, die jede meiner Bewegungen für ein riesiges Auge zu vergrößern schien.

Der Weg fiel zu einem seichten Bach hin ab, der murmelnd über Steine plätscherte, und erklomm dann eine kleine Anhöhe. Sie war mit einem scheinbar undurchdringlichen Dickicht von Bäumen bewachsen, die, aus einem bestimmten Winkel betrachtet, den Blick auf die äußere Umzäunung des Camps freigaben. Ein filigranes Drahtnetz, regelmäßig und exakt, zeichnete sich zart gegen den Nachthimmel ab. In der Nähe ragte ein hoher Mast auf, der einst einen Scheinwerfer getragen hatte. Heute bog er sich unter der Last von Kletterpflanzen und schmiegte sich an einen Baum.

Da sah ich das Haupttor. Wenn es überhaupt eine Wache gab, dann hier. Ich hielt mich rechts und kletterte eine steile Böschung hinauf, die zum Gipfel des Hügels führte. Auf diese Weise wollte ich den offenkundigen Gefahren aus dem Weg gehen, doch als ich ausglitt, über Steine stolperte und Zweige mir Hände und Gesicht zerkratzten, wurde mir klar, dass ich nicht zum nächtlichen Machohelden taugte. Ich sah mein wahres Ich, bierbäuchig und schlaff, im warmen Licht von Mamas Kneipe sitzen, Whisky trinken und mit Laurence sprechen, und die Kluft zwischen dieser Fantasie und der Realität war der Riss, der mitten durch mein Leben ging. Wer war ich, und was machte ich hier? Ein ersticktes Schluchzen der Erschöpfung drang aus meiner Kehle, als ich ein letztes Mal die Finger in den Boden krallte, mich über den Rand der Böschung hievte – und mich direkt vor dem Drahtzaun rings um das Lager wieder fand.

Von dem Camp waren nur noch drei oder vier formlose, eingefallene Zelte übrig, bloße Schatten ihrer selbst. Dazwischen offenes Gelände, übersät mit ausrangierten Maschinenteilen. Aber keinerlei Bewegung, nirgends eine menschliche Gestalt. Ich weiß nicht, was ich erwartet hatte – Soldaten, die um ein großes Feuer saßen, gleich daneben der weiße Wagen. Maria, geknebelt und an einen großen Baum gefesselt. Dabei war das stumme Schwarz ringsum bedrohlich genug. Ich saß lange starr und reglos, fixiert im Fadenkreuz der Stille, während mein Schweiß zu einer kalten zweiten Haut gerann.

Ich musste hinein. Das große Rund aus toter Erde zog mich magisch an. Doch die Beine zu bewegen erwies sich als ebenso beschwerlich, wie durch hüfttiefes Wasser zu waten. Mit tauben Gliedern schlich ich wie in Zeitlupe, auffällig unauffällig den Zaun entlang, zu einem Loch. Und schlüpfte hindurch. Dann stand ich wieder still und lauschte. Doch außer meinem donnernden Herzschlag und meinem keuchenden Atem war nichts zu hören.

Ich entspannte mich ein wenig. Was passieren konnte, hätte längst passiert sein müssen. Das Lager war einsam und verlassen. Ruhiger und mutiger geworden, ging ich weiter, vorbei an ein, zwei Zelten, auf die leere Kiesarena zu.

Ein schwacher Wind war aufgekommen. Die spärlichen Grashalme bebten. Ein Zelt ächzte. Aber ich hatte keine Angst. Im Wald, noch dazu bei Nacht, war derlei ganz normal.

Da bewegte sich etwas. Unmittelbar vor mir, kaum dass ich nicht mehr darauf achtete. Ich sah es nicht. Ich spürte es nur: schlagartig, eine kaum merkliche Verzerrung der Dunkelheit. Sie hatte einen eigenen Kopf und einen eigenen Willen. Und im Nu war meine Furcht wieder da. All das, wovor ich mich am meisten ängstigte und graute, sämtliche Phantome des Geistes hatten sich zu einem Knoten zusammengezogen – ein der Finsternis entstiegenes Etwas.

Ich schlug rücklings hin, sprang jedoch sofort wieder auf und war meinen Gedanken davongerannt, ehe ich sie denken konnte.

Der Spiegel zeigte mir einen verängstigten, aschfahlen Mann. Meine Kleider waren dreckig, mit Dornen und Kletten übersät. Meine Haut war staubverklebt, und in meiner Stirn klaffte eine feucht glänzende Wunde.

Ich stand eine Ewigkeit unter der Dusche. Das heiße Wasser wirkte beruhigend, und als ich mich abgetrocknet und umgezogen hatte, war ich in die Normalität zurückgekehrt. Endlich wieder bei klarem Verstand, begann ich in Frage zu stellen, was ich gesehen hatte. Nichts, genau genommen – eine jähe Bewegung in der Finsternis. Vielleicht ein Hirsch oder ein anderes Tier, das ich durch mein unerwartetes Erscheinen aufgeschreckt hatte. Vielleicht aber auch nur ein Windstoß.

Diese durchaus rationalen Erklärungen beruhigten mich noch mehr. Doch die panische, irrationale Angst unterhalb der Oberfläche, tief in meinem Innern, wurde ich nicht los. Wenn ich mein Gedächtnis anstrengte, konnte ich jenen primitiven Augenblick immer wieder neu durchleben.

Ich ließ das Licht an, bis ich einschlief. Als ich aufwachte, war Laurence da, und zum ersten Mal fand ich den Anblick seiner auf dem Fußboden verstreuten Kleidungsstücke tröstlich. Im gleichmäßigen, warmen Tageslicht erschien mir der Ausflug auf einmal wie der reine Wahnsinn. Nichts davon war mehr gewiss, und der einzige handfeste Beweis war die Wunde auf meiner Stirn.

»Wie hast du denn das gemacht?«, fragte Laurence, als er etwas später aufwachte.

»Bin gegen den Medizinschrank gelaufen.«

»Sieht schlimm aus«, sagte er, und weiter nichts.

Wenn das stimmte, hatte ich soeben die Wahrheit verändert. Ein paar Worte, und die Geschichte war vergessen.

Trotzdem war ich den ganzen Tag nervös. Ich hatte Dienst, und die leeren Gänge waren wie eine Leinwand, über die meine Erinnerung die ewig gleichen Bilder flimmern ließ. An diesem Tag kamen keine Patienten. Nicht einer. Und auch Tehogo erschien nicht zum Dienst. Ich war allein, vor mir eine schier endlose Schicht. Abends war ich müde, vor lauter Langeweile so erschöpft, dass mir das Einschlafen ausnahmsweise leicht fiel.

Am nächsten Morgen war die Wunde an meiner Stirn verschorft. Der Heilungsprozess hatte begonnen. Und als ich meinen Dienst antrat, gelang es mir zur Abwechslung sogar, mich über Tehogos Fernbleiben zu ärgern. Diesmal ging ich ihn suchen, doch sein Zimmer war nach wie vor verschlossen, und mein Klopfen klang hohl.

Er kam weder am nächsten Tag. Noch am übernächsten. Und bald stand für uns alle fest: Tehogo war verschwunden.

Bei der nächsten Personalversammlung versuchte ich das Thema aufs Tapet zu bringen. Wie es mit Tehogo weitergehen solle?, wollte ich wissen. Würden wir Ersatz bekommen? Oder uns allein behelfen müssen?

Dr. Ngema schien das nicht allzu sehr zu interessieren. »Ähm, also, vorerst ja«, sagte sie. »Er könnte schließlich jederzeit zurückkommen.«

»Zurückkommen?«

»Er war in letzter Zeit ein wenig unzuverlässig. Zugegeben. Aber vielleicht wollte er ja nur mal ein Weilchen für sich sein.«

»Und wenn er zurückkäme, würden Sie ihn wieder einstellen?«

»Ja, doch. Durchaus. Was sonst? Soll ich seine Stelle etwa ausschreiben? Ausgebildete Krankenpfleger sind dünn gesät.«

»Tehogo hatte auch keine Ausbildung.«

»Nein, aber er verstand sein Handwerk. Ein Neuer müsste bei null anfangen. Außerdem ersticken wir ja nun nicht gerade in Arbeit. Es könnte schlimmer sein.«

Ihre Stimme klang leicht verärgert. Dr. Ngema und ich hatten noch nie so miteinander gesprochen, schon gar nicht vor Publikum. Ich sah in die Runde, doch die anderen senkten den Blick. Auf diese Auseinandersetzung hatte niemand allzu große Lust.

»Nur aus Prinzip«, versuchte ich es ein letztes Mal. »Warum würden Sie ihn wieder einstellen, nach allem, was er sich geleistet hat? Er hat uns schließlich einfach hängen lassen.«

»Ja, schon«, lenkte sie ein und sah mir ins Gesicht. »Aber er hat es in letzter Zeit wahrhaftig nicht leicht gehabt, Frank. Das müssten Sie eigentlich am besten wissen.«

Das müssten Sie eigentlich am besten wissen. Ihr Vorwurf brachte mich zum Schweigen, und ich ließ das Thema auf sich beruhen. Ich hatte das Gefühl, dass alle wussten, warum ich so darauf herumritt: weil Tehogos Zimmer jetzt, endlich, doch noch frei geworden war, wenn auch anders als erwartet.

Es wurde nicht weiter darüber gesprochen. Und ehrlich gesagt, dachte auch ich nur noch selten an Tehogos Zimmer. Es war fast unwichtig geworden, nebensächlich. In ein paar Monaten war auch Laurence' Sozialdienst vorbei, er würde gehen, und ich blieb. Allein.

Dann wurde in der Stadt ein zweiter Überfall verübt. Diesmal traf es die Tankstelle am oberen Ende der Hauptstraße. Das Szenario war dasselbe wie zuvor: eine Bande Maskierter, die in einem weißen Auto in der Dunkelheit verschwand.

Noch vor Tagesanbruch hatte sich die Geschichte wie ein Lauffeuer verbreitet, ergänzt um allerlei Mutmaßungen und Theorien. Am überzeugendsten klang die These, bei den Räubern handele es sich in Wahrheit um einige der in der Stadt stationierten Soldaten. Irgendjemand habe mit irgendjemandem gesprochen, der wiederum jemanden kenne, der ihm verraten habe ... Bis mittags hatte sich diese Version in eine unumstößliche Tatsache verwandelt.

Die Einstellung den Soldaten gegenüber hatte sich verändert. Anfangs schien ihre Anwesenheit der Stadt neues Leben einzuhauchen. Doch mit der Zeit entpuppten sich die vermeintlichen Retter als eine Bande lauter, arroganter, fauler junger Männer. Die Leute waren nicht gut auf sie zu sprechen. Es war zu Streitereien und Zwischenfällen mit den örtlichen Händlern gekommen, von den allabendlichen Raufereien in Mamas Kneipe ganz zu schweigen. Kein Wunder, dass die verängstigten Menschen jetzt den Spieß umdrehten und ihnen die Schuld in die Schuhe schoben.

Ich wusste, dass es nicht die Soldaten waren. Und jetzt zwang mich meine Furcht zum Handeln. Am Abend nach dem zweiten Überfall ging ich zu Mama. Das war keineswegs ungewöhnlich. Ich war dort häufiger zu Gast, aber ich muss gestehen, dass ich dabei diesmal durchaus gewisse Hintergedanken hatte.

Ich weiß nicht, was geschehen wäre, wenn sich keine günstige Gelegenheit ergeben hätte. Vielleicht suchte ich ja das gewohnte Chaos, die übliche Verwirrung, damit ich mich weiter abwartend verhalten konnte. Doch die Gelegenheit ließ nicht lange auf sich warten. Als ich kam, war von Colonel Moller nichts zu sehen. Bis auf ein paar Soldaten war der Schankraum leer. Doch dann, nach ein paar Stunden und ebenso vielen Drinks, die Kneipe hatte sich inzwischen gefüllt, teilte sich die Menge und gab den Blick frei auf seine hagere Gestalt.

Er saß auf einem Stuhl in der Nähe des Billardtisches und verfolgte die laufende Partie. Er kehrte mir den Rücken zu. Ich sah seinen Hals und seinen ausrasierten Nacken. Anders als sonst war er heute nicht in Uniform. Er trug Jeans und ein blaues T-Shirt mit einem grinsenden Comicgesicht auf dem Rücken. Ich beobachtete, wie die blonden Härchen an seinen Armen im Licht die Farbe wechselten, wenn er sein Glas zum Mund führte und wieder absetzte. Davon abgesehen bewegte er sich nicht.

Es verging eine Weile, bis ich den Mut aufbrachte, ihn anzusprechen. Es erfüllte mich mit einem perversen Wohlgefühl, ihm so nahe zu sein, nahe genug, um seine sonnenverbrannten Ohren zu betrachten, während er mich scheinbar nicht bemerkte. Doch dann lichtete sich die Menge wieder, und ich hatte Angst, er könnte gehen und mir einen Strich durch die Rechnung machen.

Ich trat neben ihn und flüsterte ihm »Ich weiß etwas« ins Ohr.

Er fuhr herum und sah mich an. »Wie war das?«

»Wenn Sie fündig werden wollen«, sagte ich, »müssen Sie in dem alten Militärcamp vor der Stadt suchen.«

Dann machte ich auf dem Absatz kehrt und ging eilig davon. Bei dem Gedränge war es nicht schwer, im Nu unterzutauchen. Genauso hatte ich mir das vorgestellt: eine mysteriöse Mitteilung, gefolgt von einem raschen Abgang.

Ich dachte, er hätte mich nicht erkannt. Wie auch, in einer Kneipe voller Paradiesvögel und Reisender? Ich hielt mich für unauffällig, unsichtbar. Doch als ich in die Einfahrt des Krankenhauses bog, entdeckte ich plötzlich ein Paar Scheinwerfer im Rückspiegel, und sein Jeep hielt neben mir.

Ich war verlegen und hatte Angst. Genau dieses Gespräch hatte ich vermeiden wollen, noch dazu hier, im Krankenhaus. Ich stieg aus und ging zu ihm, in dem Bemühen, ein Teil meiner verlorenen Macht durch Konfrontation zurückzugewinnen.

Das schien ihn zu amüsieren. Statt vom Wagen zu klettern, thronte er großspurig und mit einem leisen Lächeln auf den Lippen hinterm Steuer.

»Was haben Sie zu mir gesagt, Doktor? Ich habe es leider nicht richtig verstanden.«

»Woher wissen Sie, wer ich bin?«

»Sie sind mir aufgefallen. Es gibt schließlich nicht sehr viele Weiße in dieser Gegend. Ich habe mich nach Ihnen erkundigt.«

Ich sah zu ihm hoch, vermochte seinem Blick jedoch nicht standzuhalten und schlug die Augen nieder. Ich fühlte mich abrupt in die Vergangenheit zurückversetzt, in das kleine Lager an der Grenze. Die alte Angst war sofort wieder da, als seien die Jahre dazwischen nie gewesen. Er war älter und faltiger als damals; die harten, kantigen Züge wirkten weicher, wie verschwommen. Doch nicht sein Gesicht schreckte mich, sondern etwas anderes, tief in seinem Innern. Er kreiste um den winzigen, harten Kern seiner selbst, wie so viele Menschen, die ihr Leben einer einzigen Idee gewidmet haben. Bei einem Mönch kann das sehr schön sein, bei ihm war es das nicht.

»Sie suchen den Brigadier«, sagte ich.

»Den Brigadier?«

»Ich bitte Sie. Sie wissen genau, von wem ich rede.«

Er schüttelte ratlos den Kopf. »Wenn Sie den Kaffer meinen, der hier früher das Sagen hatte …«

»Sie haben's erfasst.«

»Aber der ist längst weg vom Fenster, Doktor. Warum sollte ich ihn suchen?«

»Ich dachte, Sie sollen die Grenze dichtmachen. Ich dachte, Sie sollen gegen Schmuggler und Illegale vorgehen.«

»Schon möglich.«

»Na, dann ist er Ihr Mann. Der Brigadier ist Ihr Mann. Er hält die Fäden in der Hand. Schleichhandel mit illegalen Gütern. Menschen, Drogen, Elfenbein. Das ist allgemein bekannt. Und ich will Ihnen noch etwas verraten. Die beiden Überfälle in der Stadt gehen ebenfalls auf sein Konto. Das waren seine Leute. Und ich weiß, wo sie stecken.«

Ich hatte ziemlich viel getrunken, und jetzt, wo ich meine anfängliche Hemmung überwunden hatte, sprudelten die Worte nur so aus mir heraus. Doch er verzog keine Miene, sondern starrte mich argwöhnisch, wachsam beinahe an, mit unverwandtem Blick.

»Wer hat Ihnen das erzählt, Doktor?«

»Das weiß doch jeder.«

Er grinste höhnisch. »Und Sie glauben, ich finde ihn in dem alten Militärcamp.«

»Ja.«

»Haben Sie ihn dort gesehen, Doktor?«

»Nein, gesehen habe ich ihn nicht. Aber ich weiß, dass er da ist.«

»Woher?«

»Ich kann es Ihnen nicht erklären, Commandant. Ich weiß es einfach.«

»Colonel«, verbesserte er mich leise.

Der kleine Lapsus trieb mir die Schamesröte ins Gesicht. Doch das schien ihn nicht zu interessieren. Er war mir aus Neugier hierher gefolgt, hatte mich inzwischen jedoch als Spinner ausgemacht, der sich mit einem Seufzen und einem Achselzucken abtun ließ.

»Werden Sie das überprüfen?«, fragte ich.

»Schon möglich.«

»Da wäre noch etwas ...«

»Ja?«

»Es könnte sein, dass auch eine Frau dort ist. Im Lager. Ihr darf unter keinen Umständen etwas geschehen, Colonel. Sie hat mit der ganzen Sache nichts zu tun.«

»Eine Frau?«

»Mit einem Mann, der einen weißen Wagen fährt.«

Er starrte mich an und nickte, doch die eisige Farbe seiner Augen konnte seine Verachtung nicht verbergen. Er hatte die warme Kneipe nicht verlassen, um sich auf einem Parkplatz das wirre Geschwätz eines Irren anzuhören. Er drehte den Schlüssel im Zündschloss.

Ich packte ihn am Arm. »Es ist die Wahrheit«, beteuerte ich. »Fahren Sie hin und überzeugen Sie sich selbst.«

»Der Brigadier ist tot. Es gibt keinen Brigadier. Außer mir – noch ein paar Jahre, Doktor, dann werde auch ich zum Brigadier befördert.«

»Er ist nicht tot«, schrie ich und klammerte mich an ihn, getrieben von der Kraft dessen, was ich wusste. Alles drohte aus mir herauszuplatzen. Da plötzlich entwand er mir den Arm, legte den Gang ein, und der Jeep rollte davon. Ich sah den Heckleuchten nach, bis sie in der Dunkelheit verschwunden waren, den Mund voll trockenem Straßenstaub.

Vielleicht hatte er ja Recht. In diesem Augenblick der Leere erschien mir plötzlich alles fraglich – selbst ob ich am Abend zuvor tatsächlich im Camp gewesen war. Vielleicht wünschte ich mir nur, dass Geister es bewohnten. Vielleicht drängte es mich, an den Brigadier zu glauben, der die Vergangenheit an seine Brust geheftet trug, so dass sie bei jeder Bewegung leise klimperte. Der seine Mitternachtsblumen pflegte. Und mit meinen Knochen düngte.

16

Am nächsten Tag tauchte Tehogo wieder auf. Ich war nicht da. Am späten Nachmittag fuhr ich noch einmal in das Dorf hinter Marias Hütte, um mich nach ihr zu erkundigen. Ohne Erfolg. Niedergeschlagen unternahm ich einen Abstecher zum Höhenzug. Als ich abends ins Krankenhaus zurückkam, war es schon dunkel. Im Hauptflügel brannten alle Lichter, das Gebäude strahlte in die Nacht, und hinter den Fenstern herrschte hektische Betriebsamkeit.

Eilig ging ich hinein. Das Ärztezimmer war leer. Ich hörte Geräusche von nebenan, aus der Chirurgie, aber kaum war ich auf den Gang hinausgetreten, kamen sie mir auch schon entgegen – Dr. Ngema, die Santanders und Laurence.

Niemand sprach mit mir. Es herrschte heilloses Chaos, alles war außer Kontrolle. Doch nach einer Weile schien sich die Aufregung zu legen. Die Santanders plapperten auf Spanisch miteinander, Dr. Ngema zog sich in ihr Dienstzimmer zurück und schrieb den OP-Bericht. Laurence stand, wie ich, noch einen Augenblick unschlüssig im gespenstisch leeren Korridor.

»Worum geht es hier eigentlich?«, fragte er.

»Ich hatte gehofft, du könntest es mir erklären.«

»Ich weiß nicht, ich verstehe das nicht.«

»Was ist denn los?«

»Er liegt da drin. Mit einer Kugel in der Brust. Ich glaube nicht, dass er durchkommt. Dr. Ngema hat versucht zu operieren, aber das Projektil sitzt direkt neben der Lunge. Ich glaube …«

»Wer? Von wem redest du?«

Er starrte mich ungläubig an, als sei ich ihm ein Rätsel. »Tehogo«, sagte er schließlich. »Wo bist du gewesen?«

Ich begriff noch immer nicht. Da plötzlich traf mich die Erkenntnis.

Ich lief den Flur entlang. Mitten in der Chirurgie, im düsteren Schein des blauen Nachtlichts, lag Tehogo auf dem Rücken, unter einem Tuch. Er wurde künstlich beatmet, und in seinem Arm steckte ein Infusionsschlauch. Sein Oberkörper war, abgesehen von Kompressen und Verbänden, nackt. Und als ich mich über ihn beugte, sah ich, dass sein Gesicht ganz eingefallen war, wie bei einem Leichnam.

Ich ging zurück zu Laurence. »Wer hat ihn eingeliefert?«, fragte ich.

»Dieser andere Typ. Sein Freund. Glaube ich.«

»Glaubst du?«

»Ich habe nicht darauf geachtet. Es ging alles so schnell.« Er hielt sich den Kopf, und ich sah, dass er den Tränen nahe war. Ich hatte Laurence noch nie weinen sehen. »Ich saß im Dienstzimmer, als ich hörte, wie ein Wagen vorfuhr. Sehr schnell. Dann hupte jemand – immer wieder. Ich rannte nach draußen. Und der Typ, also der Fahrer, zerrte Tehogo vom Rücksitz.«

»Was war das für ein Wagen?«

»Wie bitte?«

»Was das für ein Wagen war.«

»Ich weiß nicht, Frank, ich habe nicht darauf geachtet, tut mir Leid.« Eine Träne rollte ihm über die Wange, aber seine

Stimme blieb fest. »Ich habe mit angepackt und Tehogo aus dem Wagen gezogen, weil ich helfen wollte, logisch. Da sitzt der Typ schon wieder hinterm Steuer und rast mit einem Affenzahn davon. Ich weiß nicht, Frank, ich glaube, es war sein Freund, aber hundertprozentig sicher bin ich mir da nicht. Wie konnte es dazu kommen? Was ist hier eigentlich los?«

»Keine Ahnung«, sagte ich. Dabei wusste ich genau, wie es dazu gekommen war, ganz so als wäre ich selbst dabei gewesen.

Ich fuhr zu Mama. Es war noch früh, und die Kneipe war so gut wie leer. Mama stand hinter dem Tresen und zählte Münzstapel in einen Plastikbeutel. Sie lächelte, als sie mich sah.

»Ich suche Colonel Moller.«

Das Lächeln verschwand. Sie sah mir an, was ich vorhatte. »Er ist oben. In seinem Zimmer.«

»Welche Nummer?«

Sie verriet es mir, und ich stieg die Treppe hinauf. Es war die letzte Tür am Gang, im hintersten Winkel des Gebäudes. Auf mein Klopfen öffnete er fast sofort, als habe er mich schon erwartet. Doch als er mich erblickte, huschte ein kaum merkliches Zucken über sein steinernes Gesicht. Einen Sekundenbruchteil nur, dann war es verschwunden.

Heute trug er Uniform. Camouflagehosen, braune Stiefel. Das Hemd hatte er ausgezogen, und seine obere Körperhälfte, glatt und nahezu unbehaart, passte nicht recht zu seiner Uniform. Soweit ich es erkennen konnte, sah sein Zimmer genauso aus wie das Zimmer von Zanele, ein paar Türen weiter. Doch falls derlei überhaupt möglich war, hatte seine Gegenwart die geradezu spartanisch strenge Atmosphäre noch verstärkt. Seine Sachen lagerten zu akkuraten Stapeln aufgeschichtet im Schrank. Auf dem Tisch lagen, ordentlich aufgereiht, die schimmernden Einzelteile eines Sturmgewehrs.

»Kann ich einen Augenblick reinkommen, Colonel?«

Er schüttelte den Kopf. »So Leid es mir tut, Doktor, aber ich habe zu tun. Wir werden uns an der Tür unterhalten müssen.«

Sehr höflich, sehr distanziert. Und ich habe keinen Zweifel, dass er mit den Menschen, die er gefoltert und ermordet hatte, ebenso verfahren war. Für ihn war das reine Routine.

»Colonel«, sagte ich. »Wir haben einen Verwundeten im Krankenhaus. Ich glaube, Sie wissen, wer er ist.«

Er schaute mich ruhig, abwartend an.

»Ich möchte wissen, was mit ihm geschehen ist.«

»Bedaure.« Wieder schüttelte er den Kopf. »Ich wollte, ich könnte Ihnen helfen, Doktor.«

Er war noch immer höflich und verschlossen, doch seine Einstellung mir gegenüber hatte sich verändert. Gestern Abend war ich nichts weiter gewesen als ein Irrer, den man mit Verachtung strafen konnte. Jetzt aber war er auf der Hut. Aus seiner Reserviertheit sprach Autorität, gelassene Wachsamkeit, Teil eines Spiels. Obwohl er mich jetzt ernst nahm, vergab er sich nichts.

»Ich will offen zu Ihnen sein«, fuhr ich fort. »Sie brauchen mir nichts zu sagen. Ich weiß, dass Sie auf den Mann geschossen haben – Sie oder Ihre Männer. Sie sind in das Militärlager gefahren, weil ich es Ihnen gesagt habe. Und obwohl Sie nicht glaubten, dass Sie etwas finden würden, haben Sie etwas gefunden. Und dann kam es zu einem Zwischenfall, jemand wollte fliehen oder hat geschossen – und das ist nun das Resultat.«

Er starrte mich noch immer an, demonstrierte höfliches Interesse.

»Colonel«, sagte ich, und mein gequälter Unterton entging weder ihm noch mir. »Können Sie denn nicht verstehen, dass ich mich verantwortlich fühle? Ich bin nicht hier, um Ihnen Vorwürfe zu machen oder Ärger. Ich möchte lediglich verstehen. Ich habe Ihnen gesagt, wo Sie suchen müssen. Leider habe ich die Folgen nicht bedacht. Ich bin schuld. So viel steht fest. Nicht Sie, sondern ich. Ich ganz allein. Wenn ich wüsste, was geschehen ist, würde mir das helfen. Mehr verlange ich gar nicht. Bitte helfen Sie mir, Colonel. Bitte.«

»Bedaure, Doktor.«

»Na schön. Dann verraten Sie mir Folgendes – nur eine Kleinigkeit. Wurde sonst jemand verletzt? Was ist mit den anderen geschehen? Sind sie davongekommen? Haben Sie sie festgenommen?«

»Ich kann Ihre Fragen nicht beantworten.«

»Na gut. Vergessen Sie die anderen – vergessen Sie sie einfach. Konzentrieren wir uns auf eine Person: die Frau. Die Frau, von der ich gestern Abend gesprochen habe. War sie dort? Ist sie in Sicherheit?«

»Ich weiß es nicht.«

»Ein Wort nur, Colonel. Ja oder nein. Nicht einmal ein Wort – ein Nicken oder Kopfschütteln genügt. Ist sie noch am Leben, oder ist sie tot? Mehr will ich gar nicht wissen.«

Er trat zurück und schloss die Tür. Der gesamte Dialog gipfelte in dieser einen endgültigen Geste. Ich presste eine Zeit lang die Stirn gegen die Wand, dann trat ich den Rückweg an.

Im Krankenhaus war wieder Ruhe eingekehrt, doch die Nachwehen des Tumults lagen über allem wie ein dichter Nebel. Laurence und die Santanders saßen im Dienstzimmer beisammen. Es gab kein anderes Thema als Tehogo. Man war sich einig, dass er sterben würde.

Ich ging ein zweites Mal zu ihm hinein. Er lag noch immer in der Chirurgie, noch immer an das Beatmungsgerät angeschlossen, das ihn am Leben erhielt. Er schien zur Hälfte aus künstlichen Materialien zu bestehen, und seine menschliche Hälfte war teilnahmslos und passiv.

Ich sagte seinen Namen. Ohne die geringste Reaktion. Und so stand ich einfach da und betrachtete ihn, sein Gesicht. Ich entdeckte ein Muttermal, einen etwas dunkleren Fleck auf einer Wange. Eine winzige, sichelförmige Narbe auf der Stirn. Diese Feinheiten waren mir bis jetzt nie aufgefallen. Und obwohl ich jahrelang mit ihm unter einem Dach gelebt und gearbeitet hatte, glaube ich sagen zu können, dass ich mich ihm in diesem Augenblick zum ersten Mal wirklich verbunden fühlte.

17

Obwohl ich dienstfrei hatte, ging ich am nächsten Tag mehrmals ins Haupthaus, um nach ihm zu sehen. Und zwar nicht in meiner Funktion als Arzt, sondern getrieben von einem persönlichen Bedürfnis, das sich nicht in Worte fassen ließ. Es war jedes Mal dasselbe: Ich stand am Fußende des Bettes und starrte ihn unendlich lange an. Ich weiß bis heute nicht, wonach ich suchte.

Ein paar Mal war auch Dr. Ngema da. Ebenso kopflos und verstört wie ich, lief sie hektisch um das Bett herum, kontrollierte seinen Puls, seine Pupillen, seinen Blutdruck. Keinem anderen Patienten hatte sie je so viel Aufmerksamkeit geschenkt.

»Sollten wir ihn nicht lieber verlegen?«, fragte ich. »In der Klinik wäre besser für ihn gesorgt.«

»Schon möglich. Schon möglich. Aber wir können ihn vorerst nicht verlegen. Er ist nicht transportfähig.«

»Ihnen ist hoffentlich klar«, sagte ich, »dass sie zurückkommen könnten.«

Das wurde auch mir jetzt erst klar.

»Wer?«, fragte sie.

»Seine ... Leute«, antwortete ich. »Die Leute, mit denen er zusammen war.«

Sie sah mich entgeistert an. Sie hatte keine Ahnung, welche Leute ich meinte und weshalb sie hinter ihm her waren.

Trotzdem fragte sie nicht weiter nach, sondern machte sich wieder ans Werk. Aber der Gedanke verfolgte mich den Rest des Tages. Warum ließen sie ihn hier, wo er doch all ihre Geheimnisse kannte?

Das war offenbar auch Colonel Moller eingefallen, denn am nächsten Morgen war Tehogo an sein Bett gekettet, und ein Soldat stand in der Ecke Wache.

Ich hatte an jenem Tag Dienst. Als Dr. Ngema zur Visite kam, zeigte sie sich erstaunt über die neuen Sicherheitsvorkehrungen, die man ohne ihre Zustimmung getroffen hatte. Sie zerrte an Tehogos silbernen Handschellen und starrte den Soldaten finster an.

»Wer sind Sie? Was machen Sie hier?«

Es war ein junger Weißer, kaum der Pubertät entwachsen, mit kümmerlichem Schnurrbart und einem sardonischen Lächeln. Den ihr Entsetzen sichtlich amüsierte.

»Wache schieben«, sagte er.

»Wache? Und wen, bitte schön, bewachen Sie?«

Er hielt das anscheinend für so offensichtlich, dass er auf eine Antwort verzichtete.

»Wir befinden uns auf der Intensivstation«, sagte Dr. Ngema streng. »Zutritt nur für Personal.«

»Darüber müssen Sie mit meinem Colonel sprechen.«

»Sie können ihn doch nicht einfach in Ketten legen. Diese Zeiten sind zum Glück vorbei. Warum machen Sie das?«

»Gefahr im Verzug.«

»Gefahr?« Sie blickte sich im Zimmer um, als ob sie Gestalt angenommen hätte: Gefahr, eine messbare Größe, die sich unter dem Bett versteckte. »Dagegen muss ich schärfstens protestieren. Das können Sie nicht machen. Ich werde mich beschweren.«

Ich weiß nicht, ob sie ihre Drohung tatsächlich wahr machte, es änderte sich jedenfalls nichts. Der Soldat und die Silberschellen blieben, wo sie waren. Obwohl sie – die Wache – nach einer Weile zu mir ins Ärztezimmer umzog. Vielleicht fand der Soldat es dort gemütlicher, und er konnte sich mit Dart und Kaffee die Zeit vertreiben. Eigentlich war ich ganz froh, ihn bei mir zu haben. Jedoch nicht etwa, weil ich Gesellschaft brauchte: Vielmehr beruhigte die Waffe meine Nerven. Seit meinem Gespräch mit Dr. Ngema am Tag zuvor hatte ich Angst.

Aber der Soldat machte einen reichlich gelangweilten Eindruck. Er schien nicht an die Gefahr zu glauben, von der er gesprochen hatte. Er kam nicht mit, wenn ich zur Station hinüberging. Vielleicht dachte er, so viel Achtsamkeit und Anteilnahme einem Patienten gegenüber sei normal. In Wirklichkeit hatte mich noch kein Fall so sehr in Anspruch genommen wie dieser.

Anfangs lag Tehogo völlig still, wie ein zur Besichtigung aufgebahrter Leichnam. Folglich musste er bewegt werden. Ich drehte ihn alle zwei Stunden herum, damit er sich nicht wund lag. Wenn ich meine Hände zu diesem Zweck unter seinen Körper schob, musste ich mich so weit herunterbeugen, dass ich den säuerlichen Atem riechen konnte, der aus den Tiefen seines leeren Magens aufstieg. Er war heiß, schlaff und schweißgebadet.

Ich musste alles für ihn tun. Luft und Nahrung bekam er durch Plastikschläuche. Ich musste das Beatmungsgerät überwachen und den Tropf im Auge behalten. Ihm alle paar Stunden eine Morphiumspritze geben. Man hatte ihm einen Blasenkatheter gelegt, und der Beutel musste mehrmals gewechselt werden. Später kotete er sich voll, und ich musste ihn waschen und das Bett frisch beziehen. All diese ebenso lästigen wie notwendigen Routinearbeiten hatte früher Tehogo verrichtet. Für mich war das Neuland. Ich hatte Tehogo mein Lebtag noch nicht angefasst, und plötzlich war ich gezwungen, ihn selbst an den intimsten Stellen zu berühren. Wäre dies eine Allegorie gewesen, so hätte ich wohl Demut lernen sollen, doch es war nur das richtige Leben, seltsam, schäbig und bedrohlich, und die Gefühle, die es in mir wachrief, waren alles andere als demutsvoll.

Doch im Laufe des Tages verbesserte sich sein Zustand. Zur Mittagszeit waren Herzfrequenz und Blutdruck fast normal. Und als ich ihn später umdrehen wollte, stellte ich fest, dass er sich von allein bewegt hatte. Eine winzige Regung nur, eine kaum merkliche Verlagerung von Händen und Füßen, und doch unverkennbar ein Zeichen von Leben, das an die Oberfläche drängte.

Und die Bewegungen wurden mehr. Ein kleines Zucken hier, ein Beben da – bis er gegen Abend schließlich anfing, sich im Schlaf zu winden und zu wälzen.

Damit er sich die Schläuche nicht herauszog, band ich ihn mit einem weichen, in Streifen gerissenen Leintuch ans Bett. Doch diese Fesseln – an den Beinen und seinem freien Arm – ähnelten auf geradezu absurde Weise der echten Kette um sein Handgelenk. Er war sowohl Patient als auch Gefangener; ebenso wie ich zugleich Arzt war und der Grund für seinen Zustand.

Gewissensbisse, Schuldgefühle – da ich nicht lange stillsitzen konnte, lief ich im Flur auf und ab. Auch die anderen Ärzte sahen von Zeit zu Zeit nach ihm. Die Santanders und Dr. Ngema – auch sie waren ängstlich und besorgt. Doch ihre Sorge beruhte auf dem Unverständnis der ganzen Situation, während ich alles nur allzu gut verstand.

Der Einzige, der nicht vorbeischaute, war Laurence. Ich

rechnete den ganzen Tag mit ihm, allein schon weil ihm seine ärztlichen Pflichten über alles gingen. Doch er kam erst abends, als er ohnehin Dienst hatte. Er sei im Zimmer gewesen, sagte er, und habe die nächste Ambulanz geplant.

Die Ambulanz hatte ich völlig vergessen. Aber unter diesen Umständen, wandte ich ein, werde sie doch sicher abgesagt.

»Nein, nein«, widersprach Laurence mit Nachdruck. »Ich habe heute mit Dr. Ngema gesprochen. Sie meinte, wir sollten auf alle Fälle weitermachen.«

»Und was ist mit Tehogo?«

»Na ja, die Sache ist natürlich ernst ... aber das Leben geht weiter, Frank. Machen wir uns doch nichts vor.«

Zum ersten Mal gab es im Krankenhaus einen Patienten, der Laurence gleichgültig war. Selbstverständlich war auch er erschrocken und beunruhigt, trotzdem wünschte er Tehogo zum Teufel: denn dies war ein Rückschlag für sein eigenes, weitaus ruhmreicheres Projekt.

Was war bloß aus uns geworden? Die alte Welt stand auf dem Kopf. Aus dem Pfleger war ein Patient geworden. Der engagierte, fürsorgliche Arzt hatte nur noch Augen für sich selbst, während ich, der verbitterte Ungläubige, auf der Stelle betend auf die Knie gesunken wäre, wenn ich mir etwas davon versprochen hätte.

Vielleicht ließ sich aus all dem ja eine Lehre ziehen, nur welche?

Unterdessen schlich ich nervös im Dienstzimmer umher, obwohl meine Schicht längst beendet war und die Erschöpfung sich bemerkbar machte.

»Warum legst du dich nicht ein bisschen hin?«, fragte Laurence schließlich. »Du siehst fertig aus.«

»Gleich. Ich warte noch.«

»Worauf?«

»Keine Ahnung.«

Er musterte mich prüfend. »Ich dachte, du kannst Tehogo nicht leiden«, sagte er.

»Stimmt. Aber ich will nicht, dass er stirbt.«

»Weißt du noch, was du mir mal gesagt hast? Medizin hat mit Symbolen nichts zu tun.«

»Was soll das heißen? Tehogo ist für mich doch kein Symbol.«

»Bist du sicher?«

Am nächsten Morgen war Tehogo wach. Sein Blick ruhte auf mir, kühl und glänzend, unverwandt. Ich sah mein Spiegelbild in seinen Augen, bis er sie niederschlug und zu Boden starrte.

Eigentlich hatte Claudia Santander Dienst, doch ich bot ihr an, ihre Schicht zu übernehmen. »Nein, nein«, sagte sie immer wieder. »Ambulanz ist morgen. Ich nix wollen arbeiten morgen.«

»Brauchst du auch nicht. Ich will nicht mit dir tauschen. Ich möchte bloß heute arbeiten, ohne Gegenleistung, ohne Bedingung.«

Obwohl sie es nicht recht begriff, ließ sie mir schließlich meinen Willen. Und so kümmerte ich mich auch am nächsten Tag um Tehogo. Dr. Ngema kam vorbei, entfernte den Infusionsschlauch und schaltete das Beatmungsgerät ab. Das waren sichere Anzeichen dafür, dass er sich rasch erholte. Aber die Kugel steckte noch immer in ihm und musste herausoperiert werden.

»Damit warten wir noch ein oder zwei Tage«, sagte Dr. Ngema. »Bis er sich etwas stabilisiert hat. Was meinen Sie, Frank?«

»Ich meine, wir sollten ihn in die Klinik verlegen.«

»Aber ich bin sicher, dass wir das auch hier erledigen können …? Es geht ihm schon viel besser.«

Sie wollte meine Zustimmung, ich wollte, dass er verschwand. Ich wollte, dass er so weit weg war wie irgend möglich, wo sie nicht an ihn herankamen. »Es liegt mir wirklich sehr am Herzen«, sagte ich. »Bitte erlauben Sie mir, ihn zu verlegen.«

»Also … gut.« Sie blinzelte unsicher. »Er ist aber noch zu schwach.«

»Dann eben morgen. Gleich morgen früh.«

»Morgen ist die Ambulanz.«

Ich starrte sie an. »Die werden Sie doch sicher absagen? Unter diesen Umständen.«

»O nein. Nein, ausgeschlossen, Frank.« Sie machte ein gequältes Gesicht. »Dafür steht einfach zu viel auf dem Spiel. Der Minister rechnet fest mit uns … Für eine Absage ist es zu spät.«

»Ohne mich«, sagte ich wütend. »Ich bringe ihn weg.«

Das war keine Frage; der gereizte Unterton in meiner Stimme war ihr keineswegs entgangen. Sie war zu verwirrt, um Nein zu sagen.

Tehogo hörte all das wortlos mit an. Er war noch zu schwach zum Sprechen und beantwortete Dr. Ngemas Fragen mit einem Nicken oder Kopfschütteln. Ja, er liege bequem. Ja, er habe Kopfschmerzen. Nein, die Bettpfanne brauche er nicht.

»Versuchen Sie ihn zum Sprechen zu bringen, sobald er wieder bei Kräften ist«, flüsterte Dr. Ngema mir im Ärztezimmer zu. »Versuchen Sie dahinter zu kommen, was passiert ist.«

Sie klang besorgt, war jedoch sichtlich froh, ihn nicht

selbst befragen zu müssen, sondern mir diese heikle Aufgabe zu überlassen. Das Dumme war nur, dass Tehogo sich weigerte, mit mir zu sprechen. Trotz Erschöpfung und Morphium war die Erinnerung an seinen Groll nach wie vor äußerst lebendig: Wenn ich ihn ansprach, verdrehte er demonstrativ die Augen und schaute weg.

Doch davon ließ ich mich nicht beirren. Er war noch immer mein Gefangener und Patient, ans Bett gekettet. Zwar hatte ich ihn von Fuß- und Handfesseln befreit, die Handschellen hingegen blieben und klirrten, wenn er sich bewegte. Er sah sie, und er sah den Soldaten in der Ecke.

Heute hielt ein neuer Wache, ein nervös wirkender Bursche, der stocksteif, mit dem Gewehr zwischen den Knien, dasaß und ein Auge auf Tehogo hatte. Er nahm seine Arbeit ernst. Er ließ sich nicht vom Dienstzimmer, von Kaffee und Dartscheibe in Versuchung führen, sondern beobachtete, wie ich immer wieder ein und aus ging, um dieses oder jenes zu erledigen.

Tehogo konnte jetzt wieder etwas zu sich nehmen, wenn auch nur Flüssignahrung, weil seine Kehle von den Schläuchen völlig wund war. Und so brachte ich ihm zweimal ein Tablett mit Suppe und fütterte ihn vorsichtig, Löffel um Löffel. Er öffnete den Mund und aß, doch er mied meinen Blick und ließ auch meine anderen Aufmerksamkeiten mit brennendem Desinteresse über sich ergehen. Obwohl er sich nicht wehrte, ließ er mich seine wahren, geheimsten und verborgensten Gefühle deutlich spüren.

Ich musste ihm auch beim Pinkeln helfen. Wir setzten uns wie alte Freunde nebeneinander, und ich schlang ihm den Arm um die Schulter und stützte ihn. Um diese Demütigung ertragen zu können, schloss er die Augen, und das tat er auch später noch einmal, als ich ihn wusch. Ich säuberte

Körperteil um Körperteil, ganz so als seien wir Maschinen – dabei waren wir nicht halb so mechanisch wie früher.

Ich redete nicht mit ihm. Ich stellte ihm nicht einmal die Fragen, auf die Dr. Ngema – und nicht zuletzt auch ich – eine Antwort haben wollte. Einmal nur entfuhren mir ein paar Worte. Ich beugte mich zu ihm hinunter und raunte ihm ins Ohr.

»Ich habe dir doch gesagt, dass du nicht mein Feind bist, Tehogo«, wisperte ich. »Meinst du, ich würde meinen Feind *so* behandeln?«

Der Soldat blickte auf und warf mir einen strafenden Blick zu: Was für subversive Informationen wir wohl im Flüsterton austauschten? Doch Tehogos Miene blieb verschlossen. Von ihm würde ich nichts erfahren.

Für mich ist jener Abend der letzte, das Ende, obgleich er mir damals nicht weiter bemerkenswert erschien. Er hatte so ganz und gar nichts Schicksalhaftes an sich, weshalb es mir schwer fällt, mich an Einzelheiten zu erinnern. Er war wie zahllose andere Abende – wie alle Abende, an denen ich im Krankenhaus mein Leben vertrödelte. Ich war todmüde, das weiß ich noch genau, als hätte ich mehr Energie verbraucht, als die Arbeit erfordert hatte. So dass ich, als Laurence schließlich zum Dienst erschien, nur noch ins Bett wollte. Es gab schließlich keinen Grund zur Sorge mehr. Am nächsten Morgen würde ich Tehogo fortbringen.

»Und? Startklar für morgen, Frank?«, fragte Laurence vergnügt.

»Wofür? Ach ja, die Ambulanz. Ich würde ja gern, aber ich kann nicht, Laurence. Ich muss Tehogo wegbringen.«

»Aber warum morgen? Hat das denn nicht bis übermorgen Zeit?«

»Nein. Tut mir Leid. Ausgeschlossen.«

»Ja, sicher. Sicher. Schon gut. Ich hatte eigentlich sowieso nicht mit dir gerechnet.«

Sind diese Sätze wirklich gefallen, hat dieses Gespräch tatsächlich stattgefunden? Ich weiß es nicht, möglicherweise habe ich es meiner Erinnerung nachträglich hinzugefügt. Es erscheint mir ungerecht, dass – nach all den gewichtigen Worten – ausgerechnet die letzten Worte derart banal gewesen sein sollen.

Und so glaube ich mich daran zu erinnern, oder bilde mir zumindest ein, dass Laurence' Miene bei unserer letzten Begegnung Verdruss und Unwillen verriet. Obwohl er es als unbedeutend abtat, war er zutiefst verletzt. Ich ließ ihn wieder einmal im Stich, genau wie erwartet. Ich wollte mich von ihm verabschieden, doch er zog es vor, im Vorratsschrank zu kramen. Als ich seinen Namen rief, hallte meine Stimme bebend durch den leeren Gang.

Am nächsten Morgen war er fort. Mit ihm der Soldat, und mit ihm Tehogo. Und um das kleine Problem der Handschellen zu lösen, hatten sie das Bett gleich mitgenommen.

18

Ich hatte den Wecker auf früh gestellt. Kurz nach Tagesanbruch überquerte ich die freie Fläche zwischen den Gebäuden. Im fahlen Licht sah ich im Haupthaus Leute aus und ein gehen.

Dr. Ngema kam mir an der Tür entgegen. Ihr Gesicht war wie versteinert. Es dauerte eine Weile, bis sie ihre Stimme wieder fand.

»Sie sind weg«, sagte sie. »Weg.«

»Wer? Was soll das heißen?«

Obwohl ich es längst ahnte, ging ich in den verlassenen Krankensaal, um mich selbst zu überzeugen. Ich starrte auf den leeren Fleck in der Saalmitte, der etwas sauberer war als der Fußboden ringsum, als enthielte er eine Botschaft, die sich mit der Zeit gewiss entschlüsseln ließe.

Und schon nach wenigen Minuten gehörte auch ich zu denen, die apathisch vor sich hin irrten, aus und ein, aus und ein. Ohne Zweck und Ziel. Alle standen unter Schock. Kaum zu glauben, dass drei Menschen und ein Bett einfach so über Nacht verschwinden konnten. Lautlos, ohne die geringste Spur. Als habe eine riesengroße Hand sie geradewegs vom Erdboden gefegt.

Wie viele Täter waren es, über welche Waffen verfügten sie? Und wie waren sie vorgegangen? Waren sie, wie Besucher, durch das Haupttor gekommen oder wie Mörder über die Mauer geklettert? Ich wusste es nicht. Ich würde die Antworten auf diese Fragen nie erfahren, denn es war in einem anderen Land geschehen, während ich geschlafen hatte.

Und Laurence – warum hatten sie ihn mitgenommen, was hatte er getan, das sein Verschwinden unumgänglich machte? Ich konnte es mir lebhaft vorstellen, obwohl ich nicht dabei gewesen war: Er hatte vermutlich versucht, sie aufzuhalten, hatte sich zwischen Tehogo und den Feind gestellt. *Tut mir Leid, aber Sie können ihn nicht mitnehmen, er ist mein Patient. Es ist meine Pflicht, ihn zu beschützen.* Pflicht, Ehre, Verantwortung – für Wörter wie diese hatte Laurence gelebt, und nun war er auch für sie gestorben.

Es hätte ebenso gut jeden anderen Arzt treffen können, der in dieser Nacht Dienst tat, selbst mich. Dann wäre vielleicht alles anders gekommen. Ich lebte nicht für Wörter wie Pflicht. Das taten ohnehin nur wenige. So stellte sich beispielsweise heraus, dass der Soldat keineswegs entführt worden war. Als er sie hatte kommen sehen, war er um sein Leben gelaufen. Stunden später kam er, sein Gewehr voller Scham hinter sich herziehend, aus dem Busch. Auch das Bett wurde gefunden, in seine Einzelteile zerlegt, lag es im Gras; nur das eine Ende, der Teil, an dem Tehogo festgekettet war, tauchte nie wieder auf.

Doch all das kam später, in der Phase der logischen Erklärungen und der Vernunft. An diesem Morgen gab es weder Logik noch Vernunft. Es gab nur den langen, verwaisten Flur und den leeren Fleck im Krankensaal, wie eine klaffende Wunde.

Auch Dr. Ngema irrte ziellos umher. Als sie mich schließlich ansprach, stand ihr die Verzweiflung förmlich ins Gesicht geschrieben.

»Es ist unfassbar. Ich kann es immer noch nicht fassen, Frank, was sollen wir tun?«

»Kein Ahnung«, antwortete ich niedergeschlagen. »Meldung machen.«

»Das habe ich schon. Ich habe mit diesem Mann gesprochen, dem Mann vom Militär. Er hat gesagt, er würde alles in seiner Macht Stehende ...«

»Mehr können Sie nicht tun.«

»Er hat gesagt, ich sollte alles in einem Bericht zusammenfassen. Sämtliche Fakten. Aber das muss warten. Die Ambulanz geht vor.«

»Sie wollen die Ambulanz trotzdem durchziehen?«

»Was bleibt uns anderes übrig?«, jammerte sie. »Es ist alles vorbereitet!«

Und bald darauf verschwanden auch sie – die restlichen drei, die Santanders und Dr. Ngema. Sie mussten ihre Pflicht erfüllen, bei der Versammlung in dem Dorf, das heute ans Stromnetz angeschlossen wurde. Sie glaubten wohl, ich würde ihnen im eigenen Wagen hinterherfahren, doch ich dachte nicht daran. Ich streifte erst durch die Gänge im Parterre, dann durch die im ersten Stock und schließlich durchs Gras rings um das Krankenhaus.

Ich hatte das Gefühl, dass er noch immer irgendwo dort draußen war, ganz in der Nähe, lebend. Laurence – mit seinen Idealen und seinem Pflichtbewusstsein. Obwohl das vermutlich Unsinn war. Er lag wahrscheinlich längst in einem Erdloch oder einem eilig ausgehobenen Grab, mit durchschnittener Kehle oder einer Kugel im Kopf – je nachdem. Seither versuche ich sie mir vorzustellen – seine letzten Augenblicke, den Höhepunkt seiner Geschichte –, doch an jenem Tag wollten die Bilder nicht kommen. Ermordet und wie ein Stück Abfall entsorgt zu werden: So etwas geschah nur anderen Leuten, fremden Leuten, und nicht Laurence. Nein, er war hier draußen, nicht allzu weit entfernt, nährte seinen Zorn und seine Hoffnung. Und wartete darauf, dass ihm jemand half – denn wozu waren Menschen da, wenn nicht um sich gegenseitig zu helfen?

Und so kam er schließlich doch noch: mein Moment, wenn schon nicht der Wahrheit, so doch wenigstens des Handelns. Zu spät, sämtliche Anschlüsse verpasst. Dennoch: Endlich schenkte mir das Leben einen Funken Mut. Noch wusste ich es nicht. Ich spürte nur, wie sich eine Kraft zusammenbraute, die ich noch nicht recht zu fassen vermochte. Und selbst als ich in meinen Wagen stieg und durchs Tor fuhr, wusste ich noch nicht, wohin ich eigentlich wollte.

Diesmal bog ich ab und holperte schlingernd über den zerfurchten Feldweg. Da plötzlich war mir alles klar; so wie man die Absichten eines Menschen zu durchschauen versucht, indem man beobachtet, was er tut. Ich erkannte die Chance, die sich mir bot, und sah mich schon im Lager ankommen: mit Karacho durch das Tor, die Räder eine Wolke aus Staub und Wagemut und Hochspannung aufwirbelnd. Doch am Ende der kleinen Senke rammte mein Wagen einen Felsen, soff ab und wollte nicht mehr anspringen. Mein Eifer hatte merklich nachgelassen, und bevor er vollends erlahmen konnte, stieg ich aus und rannte auf wackligen Beinen die Böschung hinauf. Ich sah mich, umringt von verblüfften Gesichtern, vor das einzig wahre Gesicht hintreten und vor ihm auf die Knie fallen.

Ich bin hier, wollte ich sagen, *um mich zum Austausch anzubieten. Nicht gegen Tehogo – er ist einer von Ihnen, Sie können ihn behalten. Gegen den anderen. Ich weiß, dass er Ihnen nichts bedeutet, aber mir bedeutet er alles. Zumindest all das, was ich nicht bin. Charakter ist Schicksal, und das Schicksal hat bestimmt, dass ich mein Leben damit verschwende, alles als unzulänglich zu befinden, darum bitte ich Sie, mir Gelegenheit zu geben, in meinem letzten Augenblick ein anderer zu werden. Ich flehe Sie an, nehmen Sie statt seiner mich, und schenken Sie mir einen Tod, der meinem Leben einen Sinn gibt, machen Sie mit mir, was Sie wollen, aber lassen Sie ihn gehen.*

Ich hätte es getan. Ich hätte es gesagt. In diesem Augenblick hatte ich keine Angst vor dem Tod.

Aber sie waren natürlich nicht da. Ich weiß nicht, wie ich auf diese Idee gekommen war. Sie hatten das Camp vermutlich schon nach den Schüssen auf Tehogo verlassen und keinen Grund gesehen, noch einmal zurückzukehren. Sie waren allein in meiner Vorstellung fest an diesem Ort verankert, wie eine Zielscheibe, auf die ich mein Leben wie einen Pfeil gerichtet hatte. Doch getroffen hatte ich wieder nicht. Das viel versprechende Rohmaterial meines Lebens reichte noch nicht einmal zu einer richtigen Tragödie.

Und so stand ich am Ende niemandem gegenüber außer mir selbst, der lächerlichsten aller Figuren. Verfettet, längst jenseits der besten Jahre, außer Atem. Entkräftet inmitten dieses verlassenen Theaters stehend, beobachtet nur von modrigen Planen und rostigem Stacheldraht.

Und ihm. Nach ein paar Minuten kam er, erschien ruhig und etwas gelangweilt wirkend am anderen Ende des Camps, wo ich erst jetzt das Dach seines Jeeps ausmachte.

Er trug wieder Uniform. Trotzdem wirkte er heute lockerer als sonst, eher Zivilist als Militär. Er hatte die Hände in den Taschen und pfiff durch die Zähne.

»Guten Morgen, Doktor«, sagte er.

Er schien nicht weiter verwundert, mich hier anzutreffen. Lediglich ein wenig amüsiert darüber, wie sehr ich schwitzte.

»Zwei, drei Wochen Grundausbildung«, sagte er, »und Sie sind wieder in Form.«

»Ich wollte …«, stammelte ich. »Ich wollte … nachsehen, ob …«

»Ich auch. Ihre Chefin hat mir erzählt, was passiert ist. Da dachte ich, es wäre an der Zeit, Ihre Geschichte zu überprüfen. Und nachzusehen, ob hier tatsächlich etwas ist. Aber …«

Er wies auf die Ruinen ringsum, die verdorrten Grashalme, die aus dem Boden ragten.

»Das stimmt nicht«, sagte ich. »Sie waren schon mal hier. Warum leugnen Sie das so hartnäckig?«

Ein schmales Lächeln spielte um seine Lippen. Er war heute guter Laune. »Aber hier ist niemand. Außer uns. Und es ist total *kak* hier.«

»Und was jetzt?«

»Nichts. Sie sind weg. Ich glaube kaum, dass wir sie noch mal zu Gesicht bekommen.«

»Ich meinte … was passiert mit ihm? Mit meinem Freund.«

»Ich habe von Ihrem Freund gesprochen«, sagte er.

Und dann gab es nichts mehr zu sagen. Die Worte waren versiegt, hier, am unmöglichsten aller Orte, an einem ganz normalen Tag.

»Wie sind Sie hierher gekommen?«, fragte er. »Kann ich Sie irgendwo absetzen?«

»Mein Wagen steht da unten. Er ist stecken geblieben.«

»Ich helfe Ihnen raus. Ich hole nur schnell meinen Jeep.«

Er wandte sich zum Gehen und fing wieder an zu pfeifen, und ich sagte: »Commandant.«

Ich weiß nicht, woher er kam, dieser sinnlose Drang, die Wahrheit zu sagen.

»Sie meinen Colonel«, sagte er.

»Ich kenne Sie von früher. Wissen Sie noch?«

Es war erstaunlich, wie seine Miene sich veränderte. Er war sofort hellwach. Alles in ihm reduzierte sich auf diesen harten Kern, winzig, verschlossen, unergründlich. Er betrachtete mich wie aus weiter Ferne.

»Und wo soll das gewesen sein?«

»An der Grenze.« Ich nannte den Namen des Lagers und das Jahr. Ich sah, wie er sich erst auf den Zeitpunkt konzentrierte, dann auf mein Gesicht und das eine mit dem anderen zu verknüpfen versuchte.

»Ich war damals Sanitäter«, sagte ich. »Sie haben manchmal den Captain zu Hilfe gerufen. Aber eines Nachts war der Captain nicht da, und Sie haben stattdessen mich kommen lassen.«

»Sie haben mir geholfen?«

»Ja.«

Er starrte mich noch einen Moment lang an und verlor dann das Interesse. Es stand ihm förmlich ins Gesicht geschrieben. Es ging keine Gefahr mehr von ihm aus. Ich war für ihn nur einer unter vielen.

»Tut mir Leid«, sagte er. »Daran kann ich mich nicht erinnern.«

»Aber wir haben miteinander gesprochen.«

»Schon möglich. Ich habe damals mit sehr vielen Leuten gesprochen. Tut mir Leid.«

Sein Ton war sachlich und energisch. Es interessierte ihn nicht mehr. Ich war mein kleines Geständnis los geworden, doch er konnte mir keine Absolution erteilen. Einer Regung folgend, die ich selbst nicht verstand, machte ich zwei Schritte auf ihn zu und streckte ihm die Hand hin. Er schüttelte sie. Es war eine bedeutungslose Geste, eine leere Formalität. Das Wesentliche hatte lange vorher stattgefunden.

19

Laurence wird nie wiederkommen. Das ist mir inzwischen klar. Auch wenn es mir in den ersten paar Tagen nicht so vorkam. Laurence' Kleider lagen noch immer überall verstreut, hingen über der Stuhllehne und an der Handtuchstange im Badezimmer. Eine halb gerauchte Zigarette steckte in einem Aschehäufchen auf dem Fensterbrett. Alles deutete darauf hin, dass er nur kurz fort war, zum Dienst oder dergleichen, und gleich zurückkommen würde.

Doch nach etwa einer Woche räumte ich, einer spontanen Regung folgend, all seine Sachen weg. Ich klaubte den kleinen Schrein zusammen, den er auf dem Fensterbrett errichtet hatte, mitsamt den Fotos und den Steinen. Ich faltete seine Kleider zu einem ordentlichen Stapel, packte alles in die Tasche, mit der er damals angekommen war, und verstaute sie unter dem Bett. Ich beseitigte sämtliche Spritzer und Reste, den Rasierschaum am Spiegel, die Zigarettenkippen. Ich nahm seine Zahnbürste aus dem Becher im Bad und warf sie – nach kurzem Nachdenken – weg.

Schon sah die Welt ganz anders aus. Ich war fast wieder allein. Und als mir Wochen später plötzlich danach war, die Möbel wieder so zu stellen, wie sie vor seiner Ankunft gestanden hatten, war es beinahe, als wäre er nie da gewesen.

Aber er war da gewesen. Auch das war mir klar. Und sein leeres Bett war wie ein stummer Vorwurf.

Unter seinen wenigen Papieren fand ich einen Brief von Zanele, auf dessen Rückseite als Absender eine Adresse in Lesotho angegeben war. Ich wusste zunächst nicht recht, ob ich es tun sollte, schrieb ihr dann aber doch. Womöglich wusste sie es noch gar nicht. Es fiel mir schwerer, als ich angenommen hatte. Ich wollte es bei der simplen Mitteilung belassen, doch die Fakten sperrten sich. Ich schrieb, er sei tot, und saß dann da und starrte auf das Wort. *Tot.* Es schien eine Bedeutung zu besitzen, die in diesem Fall nicht zutraf. Es gab keine Leiche, keine Waffe, keinen eindeutig geklärten Tathergang. Schließlich schrieb ich nur, dass er unter äußerst mysteriösen Umständen verschwunden sei und ich es ihr erklären würde, falls sie sich mit mir in Verbindung setzte.

Doch sie ließ nichts von sich hören. Vielleicht hat sie den Brief gar nicht bekommen – sie könnte damals schon wieder in Amerika gewesen sein –, oder sie wollte es so genau nicht wissen. Ich wusste nicht, was ich weiter unternehmen sollte, und dafür war ich, ehrlich gesagt, dankbar.

Ich suchte in seinen Unterlagen nach einer Adresse, fand aber keine. Auf den Umschlägen der Briefe von seiner Schwester – die eigentlich seine Mutter war – stand kein Absender. Ich bat Dr. Ngema, in seiner Personalakte nachzusehen, und sie erklärte mir, sie habe sich bereits darum gekümmert. Wieder war ich erleichtert, dass ich nichts damit zu tun hatte.

Eines Tages dann, ein oder zwei Monate nach seinem Verschwinden, tauchte plötzlich seine Mutter auf. Sie war eine hagere, hoch gewachsene Frau im schwarzen Hosenanzug, die pausenlos an einer langen Zigarettenspitze zog. Sie hatte überhaupt nichts von Laurence. Das breite Gesicht vielleicht, an das ich mich erinnerte, doch ihre ganze Art, vor allem die Lockerheit ihrer Gesten, war mir fremd. Sie stakste stundenlang über das Krankenhausgelände, spähte in von Unkraut überwachsene Ecken, sah über die Mauer. Sie vermittelte den Eindruck einer Frau, die zielsicher an der falschen Stelle nach etwas suchte, das sie verloren hatte.

Schließlich kam sie zu mir ins Zimmer. Dr. Ngema, die mit komplizierten Gefühlen nichts zu schaffen haben wollte, stellte sie mir vor. »Das ist Laurence' Schwester«, sagte sie eilig. »Sie möchte eine Weile mit Ihnen plaudern.« Es machte mir nichts aus. Ich war sogar neugierig, auf quälende Art und Weise. Doch als wir uns dann gegenübersaßen, sie auf seinem Bett, ich auf meinem, genau wie er und ich uns immer unterhalten hatten, gab es plötzlich nichts zu sagen. Statt uns in Peinlichkeiten zu ergehen, schienen wir in unserem Verlust vereint.

Ich holte seine Tasche und den kleinen Stapel Fotos hervor. Sie sah sie gleichgültig durch.

»Ich habe auch seine Wagenschlüssel«, sagte ich. »Die wollen Sie doch sicher haben.«

»Ach, nein, nein. Jetzt nicht. Ich bin mit meinem eigenen Wagen hier.«

»Er steht gleich da draußen. Ich lasse von Zeit zu Zeit den Motor an.«

»Das ist sehr nett von Ihnen. Ich komme ihn demnächst abholen.« Sie sah sich um. In ihren porzellanweißen Höhlen wirkten ihre dunklen Augen noch dunkler. »Also, hier, äh …«, sagte sie, »hier hat er …«

»Ja?«

»Das war sein Zimmer.«

»Unser gemeinsames Zimmer. Ja.«

Sie sah mir ins Gesicht. Sie war eine zierliche, äußerst fragile Frau, und nur ihre verrauchte Stimme ließ erahnen, wie sehr ihr das Leben zugesetzt hatte. Ihre Stimme – und etwas in ihren Augen.

»Sie waren sein Freund«, sagte sie.

»Wie bitte?«

»Er hat es mir geschrieben. In seinen Briefen hat er häufig über Sie geschrieben.«

»Ach ja? Das rührt mich. Aber ich weiß nicht, ob ich ihm wirklich so ein guter Freund war.«

»O doch. Nur keine falsche Bescheidenheit. So wie er von Ihnen gesprochen hat … Er meinte, Sie hätten ihn unter Ihre Fittiche genommen.«

»Tatsächlich«, sagte ich. »Ja, ich nehme an, ich war sein Freund.«

»Danke, dass Sie sich so rührend um meinen … um meinen kleinen Bruder gekümmert haben.«

Das ganze Theater war absurd, und jetzt doppelt absurd. Ich konnte mir nicht helfen. Ich sagte: »Ich weiß, dass Sie seine Mutter sind. Sie brauchen sich nicht zu verstellen.«

Sie zuckte nicht mit der Wimper, sondern nickte ruhig und paffte an ihrer Zigarette. »Ich nehme an, er hat es Ihnen gesagt.«

»Also, ich … ja.«

»Das beweist, wie großes Vertrauen er zu Ihnen hatte. Andernfalls hätte er es Ihnen nie verraten.«

Darauf wusste ich keine Antwort. Ich wollte, dass sie endlich ging, doch sie schien im wahrsten Sinne des Wortes Wurzeln geschlagen zu haben. Schweigen machte sich breit, sie paffte und paffte, und dann plötzlich sagte sie: »Ich verstehe nicht, wie das passiert ist.«

Ich spürte, wie sich in mir etwas regte, als würde die Maske endlich fallen.

»Das ist eine sehr komplizierte Geschichte.«

»Dann verstehen Sie es also.«

»Nein, ich … Eigentlich nicht, nein.«

»Aber er ist verschwunden.«

»Ja.«

»Er ist nicht tot. Er ist verschwunden. Das ist etwas anderes.«

»Ich glaube, ich kann Ihnen nicht ganz folgen.«

Sie war nach wie vor ruhig und gelassen. Ich sah zu, wie sie die alte Zigarette aus dem Fenster warf und eine neue in die Spitze steckte. »Ich meine«, sagte sie, »er könnte zurückkommen.«

Ihre Stimme klang, als würde sie eine bloße Feststellung treffen. Doch ihr Blick blieb starr auf mich gerichtet, und mir wurde klar, dass es eine Frage war.

Ich dachte einen Augenblick nach und sagte dann: »Nein. Das glaube ich nicht.«

Sie fing an zu weinen. Es war erstaunlich, mit welcher Macht die Gefühle aus diesem dürren, leidenschaftslosen Körper hervorbrachen. Sie verbarg schluchzend das Gesicht in den Händen. Ich setzte mich neben sie und legte ihr den Arm um die Schulter. Mir blutete das Herz, und ich fand es schade, dass wir uns am Ende doch noch in echten Emotionen verloren.

Laurence war fort. Er war verschwunden. Und in gewisser Weise hatte sie Recht: Das ist etwas anderes als Sterben.

Auch andere gingen später fort. Sie verschwanden, aber nicht wie Laurence: Sie verliefen sich im Labyrinth ihres Lebens. Nach ein paar Monaten wurden die Soldaten abkommandiert, und Colonel Moller mit ihnen. Eben noch hatten sie saufend und Sprüche klopfend um den Billardtisch gestanden, und am nächsten Abend war plötzlich alles ruhig.

Dann ging Claudia Santander nach Kuba zurück. Laurence' Schicksal war so etwas wie der letzte Strohhalm für ihre Ehe. Zwar hatten sie mit Streiten aufgehört, doch die Stille, die stattdessen herrschte, war nichtssagend und schwer. Es war offenkundig, dass sie nicht mehr miteinander sprachen, und dann wurde, bei einer der montäglichen Personalversammlungen, bekannt gegeben, dass sie uns binnen Wochenfrist verlassen werde. Das bedeutete den endgültigen Bruch. Nach ihrem Weggang waren wir nur noch zu zweit, Jorge und ich, und der Dienst wurde uns endlos lang.

Dr. Ngema wurde etwa um dieselbe Zeit versetzt, in die Stadt, auf den Posten im Ministerium, um den sie sich beworben hatte. Es sollte ein fröhlicher Abschied werden, für sie wie für mich. Doch dann führte ich ein letztes Gespräch mit Dr. Ngema, das ich bis heute nicht vergessen habe. Es kam buchstäblich aus heiterem Himmel.

Wir waren in ihrem Dienstzimmer, an einem der letzten Nachmittage vor ihrer Abreise. Sie zeigte mir, worum ich mich in Zukunft kümmern musste: Krankenakten, Buchhaltung, Registratur. Danach erklärte sie mir, wie man Gelder zur Finanzierung von Neueinstellungen beantragte. Der unverhoffte Personalverlust hatte das Krankenhaus in eine Krise gestürzt, die schnellstens bewältigt werden musste. Das rief in uns beiden persönliche Gefühle wach, und mitten in einer trockenen, ausführlichen Erklärung hielt Dr. Ngema plötzlich inne. Dann seufzte sie und sagte: »Armer Tehogo.«

»Was?«

»Was ihm zugestoßen ist, war schrecklich. Einfach schrecklich.«

Ich hätte es dabei belassen, die Bemerkung stillschweigend übergehen können. Aber irgendetwas in mir sträubte sich dagegen. Als sie sich wieder ihren Papieren widmete, fragte ich: »Und was ist mit Laurence?«

Sie blinzelte erschrocken. »Das gilt natürlich auch für Laurence.«

»Tehogo lebt noch«, sagte ich. »Ich glaube nicht, dass Laurence noch lebt.«

Sie legte ihre Papiere zögernd beiseite und sah mich an. Die Luft zwischen uns war dicker geworden.

»Ich weiß nicht, was Sie meinen.«

»Ich meine, dass Tehogo einer von ihnen ist. Sie haben ihn sich geholt, damit er nicht redet. Aber sie werden ihm nichts tun.«

»›Sie‹«, sagte sie. »Wer, bitte, sind ›sie‹?«

»Seine Leute.«

»Tehogo hatte keine ›Leute‹. Er war allein. Es tut mir Leid, Sie enttäuschen zu müssen, aber die Soldaten haben ihn mitgenommen. Er hatte etwas gesehen, das er nicht sehen durfte.«

Ich schnalzte ungläubig mit der Zunge. »Er war kein Opfer«, sagte ich. »Warum reden Sie sich das ein?«

Sie lächelte, ohne eine Spur von Belustigung.

»Sie konnten Tehogo nie leiden«, sagte sie langsam. »Er war Ihnen schon lange ein Dorn im Auge.«

»Das ist nicht wahr.«

»Bedaure, Frank, aber ich glaube, doch. Sie wollten, dass er wegkommt. Sie wollten, dass er verschwindet. Sie konnten ihn nicht riechen. Tja, jetzt ist er weg.«

»Nein. Er ist irgendwo da draußen.«

»Sie wissen immer alles ganz genau.«

»Ich weiß, wer Tehogo war. Er war ein Dieb, ich habe gesehen, was er getan hat. Es hat mich sehr enttäuscht, dass Sie ihn in Schutz genommen haben.«

All das in ebenso höflichem wie kühlem Tonfall, als würden wir über ein gänzlich abstraktes Thema diskutieren. In letzter Zeit waren Dr. Ngema und ich des Öfteren aneinander geraten. Aber diesmal war es anders.

»Dieser junge Mann«, sagte sie, »dieser junge Mann hat es wahrlich nicht leicht gehabt. Im Gegenteil, sein Leben war furchtbar schwer. Weitaus schwerer als das Ihre. Er hatte weder dieselben Chancen noch dieselben Privilegien wie Sie. Spielt das für Sie gar keine Rolle?«

»In diesem Fall nicht. Nein.«

»Ja. Das sehe ich.« Sie schaute mich an, blickte zugleich jedoch durch mich hindurch, über mich hinaus. »Wie ich sehe, haben Sie nicht die leiseste Ahnung, was es heißt, in diesem Land schwarz zu sein. Für Sie gibt es nur Ihr eigenes Leben.«

»Das gilt ja wohl für alle. Man kann schließlich nur ein Leben leben.«

»Schwarze leben viele Leben.«

»Was für ein Quatsch.«

»Ja. Für Sie mag das Quatsch sein. Für mich ist es Realität. Aber es hat keinen Sinn, darüber zu diskutieren.«

Sie beugte sich wieder über die Papiere, und obwohl das Gespräch versandete, hatte es doch wie ein scharfes kleines Messer tiefe Wunden hinterlassen. Wir verloren nie wieder ein Wort darüber und gingen bei unseren letzten paar Besprechungen betont höflich miteinander um.

Auch Maria war verschwunden, tauchte dann aber doch wieder auf. Ich hatte die Hoffnung, sie jemals wiederzusehen, längst aufgegeben. Bis eines Tages ein Schwarzer, der mir irgendwie bekannt vorkam, im Ärztezimmer auftauchte. Er könne mich bringen, wohin ich wolle, sagte er.

Es dauerte eine Weile, bis ich begriff, wovon er sprach.

Dann fiel mir ein, wo ich ihn schon einmal gesehen hatte: im Dorf hinter Marias Hütte, an dem Tag, als ich mich dort nach ihr erkundigt hatte. Er war als Dolmetscher eingesprungen, als ich den Leuten für ihre Hilfe Geld geboten hatte.

Leider konnte ich nicht mit ihm gehen. Ich war im Dienst. Frühestens in ein paar Tagen konnte ich mir freinehmen. Als es so weit war, holte ich ihn mit meinem Wagen ab. Er kletterte auf den Beifahrersitz, wies mir mit verhaltener Gewissheit den Weg und grinste in sich hinein. Es war eine lange Fahrt über versteckte Straßen – das Netz von Feldwegen, das von der Hauptstraße abging. Die Landschaft hier war unwegsam und wild und machte nur gelegentlich einem jener namenlosen Dörfer Platz, die als Punktewirrwarr auf Laurence' Karte zu sehen waren.

Und sie war in einem dieser Dörfer, irgendwo in der Nähe der bläulichen Hügelkette am Horizont. Der Wagen quälte sich das letzte Stück bergauf, über einen unsäglichen Pfad, der aussah, als sei er erst am Tag zuvor mit einer stumpfen Klinge in den Busch geschlagen worden. Auf dem Hügel lag eine verstreute Ansammlung von Hütten und Feldern, die sich in nichts von den anderen unterschied, an denen wir vorbeigekommen waren, aber der grinsende junge Mann sagte: »Hier.«

»Hier?«

Er zeigte mir, wohin ich gehen musste. Es war eine der letzten Hütten am Rande des Dorfes, dahinter eine Wand aus Bäumen, davor ein weißer Wagen.

Ich hatte ihn immer nur im Vorbeifahren gesehen, aus der Ferne. Doch als ich jetzt daran entlangging, erkannte ich sofort, dass dieser Wagen nichts mit dem Brigadier zu tun hatte. Es war ein alter Datsun, Dach und Kühlerhaube waren völlig durchgerostet. Eine Tür war locker, und die Windschutzscheibe hatte einen Sprung. Es war das Auto eines Armen.

Und so war das Puzzle, das Bild, das ich nicht fassen konnte, doch noch nicht komplett. Oder die Teile passten nicht alle so zusammen, wie ich es mir ausgemalt hatte.

Ähnliches galt für Maria. Ich hatte angenommen, dass sie von meinem Kommen wusste – dass der junge Mann, mein Fremdenführer, mit ihr gesprochen und ihr berichtet hatte, dass ich nach ihr suchte. Doch in dem Moment, als sie mich sah, fiel sie aus allen Wolken.

Das war hinter der kleinen Hütte, auf einem kahlen Fleckchen Erde im Schatten der Bäume. Als ich an die Haustür klopfte, rief von hinten eine Männerstimme, und wir gingen um die Hütte herum. Als sie mich erblickte, sprang sie auf, schlug sich die Hand vor den Mund und starrte mich entgeistert an.

Er war auch da. Ich sah ihn zum ersten Mal. Der Mann. Etwa in meinem Alter, gedrungen, mit rundlichem Gesicht und leicht in die Stirn geschrägter Karomütze auf dem Kopf. Er sah nicht aus wie jemand, der seine Gefühle offen zeigt, doch ich spürte sein Erstaunen, als würde der Boden unter meinen Füßen leise beben.

Und so standen wir da und sahen uns an. Alle drei wie gelähmt, wodurch das Grinsen meines Begleiters umso deplacierter wirkte.

»Maria«, sagte ich.

Dabei war das gar nicht ihr Name, zumindest nicht ihr richtiger. Sie fuhr herum, zu ihrem Mann, und fing an, auf ihn einzureden. Schnell, mit hoher Stimme. Ich verstand kein Wort. Dann verstummte sie, machte kehrt und lief ins Haus, ohne sich noch einmal umzusehen.

Ich weiß nicht, was ich erwartet hatte: dass wir glücklich vereint beieinander sitzen und in Erinnerungen schwelgen würden? Dass der Mann, wie schon zu Zeiten unserer Affäre, aus irgendeinem Grund nicht da sein würde? Oder dass wir uns wie durch ein Wunder auf dem sandigen Boden der Hütte wieder finden würden, von Dunkelheit umgeben?

Doch nichts dergleichen. Diese Geschichte hatte kein passendes Ende – vielleicht nicht einmal ein Thema. Ich war nur hierher gekommen, um wieder einmal zu erfahren, wie viel ich nicht wusste und niemals verstehen würde.

Der Mann war fuchsteufelswild. Er baute sich vor mir auf und knurrte mich herausfordernd an. Er ballte die Fäuste, obgleich ich nicht den Eindruck hatte, dass er damit auf mich losgehen wollte. Noch nicht. Dazu war er zu verblüfft, zu unsicher.

»Ich weiß nicht, was er mir sagen will«, sagte ich.

»Er sagen«, übersetzte der junge Mann, »was Sie wollen hier?«

»Ich wollte mit Maria sprechen.«

»Er sagen, was Sie wollen von seine Frau?«

»Sagen Sie ihm, nichts. Nichts Böses. Ich bin ein Freund von ihr, von früher, aus dem Laden. Ich wollte nur sehen, wie es ihr geht.«

»Er sagen, geht gut. Er sagen, Sie jetzt besser verschwinden.«

»Ich will keinen Ärger. Sagen Sie ihm das.«

Aber dann hätte ich nicht kommen dürfen. Es braute sich etwas zusammen, wie feiner, vom Wind aufgerührter Staub. Es war besser zu verschwinden, ohne zu wissen, was danach passieren würde, und genau das taten wir denn auch. Den ganzen langen Weg zurück, nach einem Besuch von zwei oder drei Minuten Dauer.

»Aber sie lebt«, sagte ich etwa eine halbe Stunde später vor mich hin, während wir über irgendeine Straße rasten. »Und das ist die Hauptsache.«

»Ja«, bestätigte mein Begleiter vergnügt. »Sie lebt.«

Immerhin etwas. Alles andere konnte ich nicht wissen. Sie hatte im Mittelpunkt meines Lebens gestanden wie ein kryptisches Symbol, ich hingegen war für sie nichts weiter als ein nebensächliches Detail, das ein wenig geheimnisvolle Spannung in ihr Dasein brachte. Ich würde sie nie wieder sehen, aber sie lebte.

Als wir zurückkamen und ich den jungen Mann absetzte, schlich er erwartungsvoll um den Wagen herum. Ich war derart in Gedanken versunken, dass ich nicht gleich begriff. Schließlich holte ich mein Portemonnaie hervor.

Da ich Maria eigentlich Geld hatte geben wollen, lag das zusammengefaltete Bündel Scheine noch immer griffbereit darin. Nach kurzem Zögern drückte ich ihm den ganzen Packen in die Hand. Es war eine große Summe, so viel hatte ich noch nie verschenkt. Ich weiß nicht, was mir vorgeschwebt hatte: sie zurückzukaufen oder meinen Abgang entsprechend teuer zu gestalten.

Im ersten Augenblick schien er erstaunt, dann steckte er es eilig ein. Er strahlte übers ganze Gesicht.

Kurz bevor der Krebs ihn endgültig besiegte, wollte mein Vater mich besuchen. Das war vermutlich seine Art, mir seine Anerkennung zu beweisen. Als ich ihm eröffnete, dass ich endlich zum Leiter des Krankenhauses befördert worden sei, sagte er: »Ach, Gott sei Dank.« Auch wenn er sich das wahrscheinlich etwas anders vorstellte. Ich verzichtete darauf, ihn aufzuklären, und war letztlich erleichtert, dass er schon zu schwach war für die lange Reise. Er starb in dem

Glauben, dass ich die Kurve schließlich doch noch gekriegt und mein Ziel erreicht habe. Und theoretisch stimmt das sogar.

Es hat sich, in vielerlei Hinsicht, einiges verändert. Zunächst einmal arbeite ich jetzt in Dr. Ngemas Dienstzimmer, wo mich statt der Dartscheibe und endlosen Stunden der Langeweile ein Schreibtisch und Büroarbeit erwarten. Ich fühle mich eigentlich gar nicht mehr als Arzt, sondern vielmehr als Verwaltungsangestellter.

Das Krankenhaus steckt in Schwierigkeiten, und meine Aufgabe besteht darin, es zu retten. Briefe und Telefonate gehen hin und her. Das Ministerium möchte unseren Laden dichtmachen, und ich muss in einem fort erklären, warum ich das für keine gute Idee halte. Wir leisten wichtige Arbeit in armen ländlichen Gemeinden, gebe ich vor. Ironischerweise musste ich ausgerechnet auf die beiden von Laurence durchgeführten Ambulanzen zurückgreifen, um meine Argumentation zu untermauern.

Wir führen keine Ambulanzen mehr durch. Genau genommen tun wir eigentlich überhaupt nichts. Es gibt nur noch zwei Ärzte und zwei Mann Küchenpersonal – einen Koch für jeden. Und ich habe keine Ahnung, wie lange Jorge noch bleiben wird.

Wir mussten an allen Ecken und Enden sparen. Und so sind wir jetzt de facto eine Tagesklinik und haben jeden Morgen zwei Stunden geöffnet. Wir geben Medikamente aus und führen Beratungsgespräche durch. Schwere Fälle – oder auch nicht ganz so schwere Fälle, die jedoch eine Übernachtung erfordern würden – werden an die Klinik überwiesen.

Die Lage ist kritisch, und die Aussichten sind schlecht. Trotzdem – obwohl ich es logisch nicht erklären kann – bin ich zufrieden. Wer weiß, vielleicht ist es der trügerische Frieden der Resignation. Dennoch habe ich irgendwie das Gefühl, mit mir im Reinen zu sein.

Womöglich liegt das einzig und allein daran, dass ich nach sieben langen Jahren des Wartens endlich zwanzig Meter weiter, in Dr. Ngemas Zimmer gezogen bin. Eine Kleinigkeit, die mir trotz allem viel bedeutet. Ein neues Zimmer, kahl, sauber und leer: der ideale Ort für einen Neuanfang. Ich verteilte meine Sachen und kaufte eine Tischdecke und Bilder für die Wände. Ich tat alles, um der Leere meinen Stempel aufzudrücken. Und jetzt hat mein Leben endlich wieder einen Sinn. Ich weiß, dass ich nicht ewig hier bleiben werde; andere Orte, andere Menschen werden kommen.

Eine ganz neue Zukunftsperspektive, nur weil sich eine Winzigkeit verändert hat. Wobei ich mich bisweilen frage, ob nicht vielleicht alles anders gekommen wäre, wenn ich nicht mein Zimmer hätte teilen müssen.

Danksagung

Ich danke dem National Arts Council of South Africa dafür, dass ich die zweite Hälfte des Jahres 1998 als Writer-in-residence an der Universität Kapstadt verbringen durfte.

Zu Dank verpflichtet bin ich auch meinem Agenten Tony Peake für seinen kritischen Blick und seine unentwegte Unterstützung, Lyn Denny für ihre gewissenhaften Recherchen, Alison Lowry und Clara Farmer für ihr hilfreiches Lektorat und nicht zuletzt Riyaz Ahmad Mir, der immer für mich da war.